Últimos contos

Anton Tchékhov

Últimos contos

tradução e apresentação
Rubens Figueiredo

todavia

Apresentação 7

Em casa de amigos 17
Iónitch 41
O homem no estojo 65
A groselheira 83
Sobre o amor 99
Um caso médico 113
Coisas de trabalho 127
A queridinha 149
A Nova Datcha 167
A dama do cachorrinho 187
No barranco 209
Nas festas de Natal 261
O bispo 269
A noiva 291

Apresentação

Este volume reúne todos os últimos contos de Anton Tchékhov, escritos entre 1898 e 1903, oito meses antes de sua morte. Ao lado das peças teatrais, o conto foi sua forma literária de predileção, pelo menos a partir de 1879, quando começou a estudar medicina em Moscou. Ao longo de 25 anos, Tchékhov compôs mais de quinhentos contos e novelas, assinados primeiro com pseudônimos e, pouco depois, já médico formado, com seu próprio nome. Oriundo de uma família empobrecida, que mudara da pequena cidade de Taganrog para Moscou a fim de fugir de dívidas, Tchékhov descobriu, aos dezenove anos, que a venda de pequenos contos humorísticos para jornais e revistas ajudava, de forma considerável, a suprir as carências de seus numerosos familiares. No decorrer dos anos seguintes, muitas coisas mudaram, na vida de Tchékhov e no mundo à sua volta, e os contos deste volume podem ser lidos como o fruto mais acabado desse processo, uma espécie de suma da elaboração artística e intelectual do autor.

Entre 1860 e 1904, anos de nascimento e morte de Tchékhov, o Império Russo viveu um processo de expansão das relações capitalistas ainda mais acelerado do que se verificara em décadas anteriores. Profundas reformas sociais e institucionais transformaram as feições em que, historicamente, a própria sociedade russa se reconhecia. Para tanto, contribuiu a inversão de capitais estrangeiros em projetos industriais e de infraestrutura de grande porte — ferrovias, comunicações, energia, siderurgia etc. Tais transformações, porém, foram impulsionadas por um Estado cujas estruturas correspondiam, teoricamente, a uma etapa histórica anterior. O imperador governava sem os constrangimentos de nenhuma constituição ou parlamento, mas com o respaldo da Igreja ortodoxa, detentora de postos importantes, e até centrais, na estrutura do Estado e no regime político. A nobreza, formada pelos senhores de terra, embora decadente, continuava a exercer grande peso no conjunto da vida social, por conta da predominância da economia agrária. Nesse quadro, entretanto, o país se urbanizava, uma classe burguesa se desenvolvia e, ano a ano, conquistava posições. Com a difusão da educação e a necessidade de um corpo de profissionais no serviço público e nas empresas, a pequena burguesia se ampliava contra o fundo de uma nova e crescente classe operária e da massa camponesa secular. Todos esses grupos sociais figuram, por meio dos seus representantes, nas páginas deste livro.

Não será irrelevante ressaltar que Tchékhov era neto de um servo de gleba que comprou a própria liberdade, filho de um pequeno comerciante de província arruinado, aluno de liceu, na província, e estudante de medicina, na cidade grande, graças a bolsas de estudo e, por fim, escritor proletarizado, que vendia seu trabalho, página por página, no mercado da imprensa de Moscou, Petersburgo e outras cidades russas. Nesse aspecto, à diferença de escritores das gerações anteriores, Tchékhov representava um novo tipo de intelectual, chamado de *raznotchínets*, proveniente de extratos inferiores da escala social. Como não podia deixar de ser, as condições de vida e de trabalho de Tchékhov denotam as transformações históricas em curso. No entanto, de que forma e até que ponto seus contos também refletem e exprimem aquele processo?

No período em que estes contos foram escritos, a tuberculose de Tchékhov se agravou. A doença não tinha cura e

Tchékhov sabia que sua vida estava no fim. Se, no início da carreira, vendia um conto a cada dois ou três dias, ao final, mal concluía um conto a cada dois ou três meses. Nos cinco anos que este livro abarca, Tchékhov morou em seu sítio em Melíkhovo, perto de Moscou, em Nice, na França, e sobretudo em Ialta, na Crimeia, onde possuía uma casa — os dois últimos endereços por recomendação médica, em razão das temperaturas mais amenas.

O período também foi marcado pela tomada de posição política menos discreta de Tchékhov, como, por exemplo, na repressão às manifestações estudantis, em Petersburgo, e no célebre caso Dreyfus. Tratava-se de uma trama judicial ocorrida na França que mobilizou intelectuais em vários países e aprofundou a consciência do alcance daquilo que separava os conservadores dos progressistas. No contexto de tal polêmica, Tchékhov chegou a se encontrar com o irmão de Dreyfus, em Paris. A fim de prestar seu apoio, concedeu uma entrevista ao jornalista francês B. Lazare, que havia levantado o assunto para a opinião pública. No entanto, ao receber o texto da entrevista para sua aprovação, teve de negá-la, pois o jornalista havia adulterado suas palavras e inventado uma série de comentários sobre antissemitismo, a opinião pública na Rússia e outros assuntos de todo estranhos às declarações do autor.[1]

O caso Dreyfus levou Tchékhov a se afastar de Suvórin, seu editor e amigo desde o início da carreira. Tratava-se de um empresário e editor riquíssimo, cujos empréstimos, por toda a vida, socorreram Tchékhov, ao mesmo tempo que mantinham o escritor preso ao editor. Desde alguns anos, Suvórin vinha se entrincheirando em posições monarquistas cada vez mais acerbas. Isso se refletia nas páginas da sua principal revista, *Nóvi Mir* [Mundo Novo], o que indispunha Tchékhov

---

1 Carta de Tchékhov a Ivan Pavlóvski, 28 de abril de 1898.

com a publicação. Tanto assim que os contos deste volume foram publicados em periódicos de linha editorial mais progressista, como no caso de "No barranco", lançado na revista *Jizn* [Vida], de Maksim Górki, jovem escritor identificado com movimentos de esquerda. Aliás, também nesse período, em 1902, Tchékhov renunciou ao seu posto na Academia Imperial, em protesto contra a decisão do tsar Nicolau II, que anulou a eleição de Maksim Górki para a instituição.

A par dos contos, Tchékhov também escreveu, ao longo daqueles últimos anos, as peças *Três irmãs* e *O jardim das cerejeiras*. Não por acaso, o leitor encontrará coincidências flagrantes entre as narrativas aqui reunidas e as obras teatrais do autor. Alguns personagens, e até suas palavras, se repetem quase literalmente. Um exemplo é Serguei Sergueitch, personagem do conto "Em casa de amigos", que se assemelha muito ao Gáiev de *O jardim das cerejeiras* e que, ao mesmo tempo, emprega as palavras exatas de Soliónin, personagem da peça *Três irmãs*. Temas gerais presentes nos dramas recorrem, em nova roupagem, nestas narrativas. Como no mesmo conto "Em casa de amigos", cujo enredo e ambiente valem como uma variação do argumento desenvolvido na peça *O jardim das cerejeiras*. Além disso, certas técnicas patentes nas peças, como a repetição, a alternância e a alusão, também são adotadas nos contos.

A título de exemplo, tomemos o conto "Iónitch". Na casa da família Túrkin, a repetição dos hábitos, dos gestos e das palavras denotam, no plano imediato, a falta de perspectiva na vida dos personagens naquela cidade de província. Entretanto, à medida que o tempo passa, aquilo que é repetido, e que permanece igual na superfície, vai se apresentando sob uma luz diferente, em contraposição aos deslocamentos do mundo ao redor. As linhas novas que surgem revelam, no fundo, a gravidade das mudanças em curso. Uma proposta de casamento negada no início se repetirá ao final da narrativa, porém com uma inversão de posições; desse modo, unidas por um fio de tensão, uma cena remete à outra, mantendo ambas presentes e ativas na mente do leitor. A longa cena no cemitério, passada na juventude dos protagonistas em tom de farsa, retorna como alusão muda, subentendida — mas agora em tons trágicos —, nas últimas linhas do conto, por meio da rápida referência à doença mortal de um dos protagonistas. A encenação cômica do criado, que repete para as visitas sempre a mesma fala do Otelo de Shakespeare ("Morra, mulher maldita!"), termina reverberando ao fundo — agora, também, com um toque de tragédia —, entre as poucas e rápidas palavras do desfecho do conto, à primeira vista neutras e meramente informativas.

A dificuldade generalizada que os personagens dos contos manifestam de dizer o que pensam, de responder o que lhes perguntam, de ouvir o que diz o interlocutor, significa bem mais do que a simples redução do poder conceitual das palavras. Pois, se elas não correspondem mais ao mundo a que deveriam se referir, é porque os personagens, em certa medida, perderam a capacidade de apreender o seu próprio mundo e expressá-lo. Trata-se de um mundo alheio a eles. Desse modo, a presença reiterada, nestes contos, de sons aleatórios e banais adquire uma pertinência e um tipo de significação que resultam, justamente, de sua carência de sentido imediato.

O coaxar das rãs, o uivo do vento na chaminé da estufa, as pancadas do contravento solto da janela durante a nevasca, os sinais periódicos dos vigias noturnos, o canto dos rouxinóis, os estalos mecânicos na fábrica, as batidas dos saltos da bota no chão — enfim, todos os sons que perpassam estas páginas com tanta insistência funcionam como alusões às palavras que, embora ditas com clareza pelos personagens, perdem seu sentido pela falta de reciprocidade com os interlocutores. Os sons do mundo natural ou inanimado adquirem relevância, pois remetem às palavras que caem no vazio, somam-se a essas palavras, acumulam-se no mesmo espaço, até se formar uma atmosfera densa, em que os personagens se veem tolhidos e isolados em suas inquietações sem resposta.

Tanto os contemporâneos de Tchékhov quanto a crítica da posteridade se empenharam com afinco em buscar, em seus contos, pelo menos as pontas das linhas do pensamento e das ideias pessoais do autor. A posteridade, sobretudo, com o recurso a excertos de suas cartas e a dados selecionados de pesquisa biográfica e histórica, tenta até hoje montar um personagem intelectual palatável ou funcional para as ideias dominantes. Como se verifica, em particular, na influente doutrina tchekhoviana elaborada pelo jornalismo e por círculos acadêmicos nos Estados Unidos, na qual o escritor é pintado quase como um baluarte do individualismo liberal. Entretanto, lidos aqui em conjunto e por inteiro, estes contos deixam bem patentes aspectos importantes e, para dizer o mínimo, pouco observados por essa vertente da crítica. Chamo a atenção, neste texto, apenas para dois desses aspectos.

O primeiro é que, muito mais do que qualquer tipo de ideário ou visão de mundo que o autor porventura tivesse, estes contos ressaltam que o ponto forte de sua significação geral e de seu alcance crítico decorre de outra fonte. O texto de Tchékhov é sempre claro, as palavras e as frases são simples, seu sentido não oferece dúvidas e, na absoluta maioria dos casos, nada aparentam ter de especial. De outro lado, quase tudo o que acontece, as situações, os personagens e o ambiente primam pelo aspecto trivial, e também, em sua larga maioria, nada contêm de extraordinário. Então, de onde vem a força dos contos, sua intensa carga emotiva e crítica?

Se não provém diretamente do que se diz nem do que se mostra, devemos buscar sua origem na relação entre essas duas dimensões: o real contraposto às palavras e aos pensamentos, e vice-versa. Trata-se de uma relação dinâmica, que não estaciona em conceitos, não formula argumentos, mas se manifesta, antes, em forma de problemas e pressões incessantes. O conto "A dama do cachorrinho" constitui um caso exemplar dessa técnica (o mesmo se aplica ao conto "Sobre o amor", do qual ele é uma espécie de variação). Aquilo que sentimentos simples e comuns tentam dizer é silenciado e coagido, mais e mais, pela barreira insuperável de convenções, também elas simples e comuns, mas que corporificam, no plano individual, as estruturas sociais.

Os sentimentos e as convenções não se referem ao mesmo mundo: sua matriz e seu propósito divergem. Porém ambos incidem sobre as mesmas pessoas e ao mesmo tempo. Assim, sob pressões opostas, as personagens se veem perdidas, sem referências para guiar seus movimentos. Não à toa, neste conto, o personagem Gúrov reflete que "tudo é belo neste mundo, tudo, exceto aquilo que nós mesmos pensamos e fazemos". O mesmo vale para o rápido diálogo, tão trivial, em que Gúrov tenta expressar suas emoções para um parceiro de jogo e diz: "Se o senhor soubesse que mulher encantadora eu conheci em Ialta!"; mas, em troca, o outro responde: "o senhor tinha razão: aquele esturjão estava um pouco passado!".

Este é um bom momento para apontar que esse desencontro interno nas narrativas guarda importante simetria com o quadro histórico geral que apontamos acima. Pois o avanço da ordem burguesa, de um lado, e a persistência da Igreja, da monarquia e da economia agrária, de outro, também apontam para mundos diferentes. Entretanto, exercem sua coerção sobre as mesmas pessoas e ao mesmo tempo, o que as deixa paralisadas.

Nessa perspectiva, podemos ler com vantagem o conto "O bispo". Pois o tão almejado sucesso do bispo, na burocracia eclesiástica, o torna inatingível para a própria mãe, cuja miséria, aos olhos do filho, parece apenas algo enfadonho e muito distante. Em vez de ir ao encontro do mundo real e presente, o bispo foge para as recordações. Mesmo ao saber que a irmã está vivendo de esmolas, ele se sente tolhido, incapaz de fazer qualquer coisa para ajudá-la. A exemplo da mãe, que também se sente paralisada, sem forças até para pedir ajuda ao filho. Bem a propósito, nessa hora, o bispo recorda a infância e relembra a assustada timidez da mãe, ao visitar pessoas ricas na companhia dos filhos.

A rigor, é graças a esse procedimento de contrapor o que se vive ao que se pensa que Tchékhov podia terminar uma narrativa bruscamente, quase onde bem entendesse. Como ilustra o breve conto "Nas festas de Natal". Pois, uma vez delineada a relação dos termos em desacordo, e bem amarrada a tensão interna e insolúvel do conto, qualquer desfecho se torna supérfluo.

Essa mesma técnica permite que Tchékhov ponha em relevo os efeitos subjetivos das tendências históricas objetivas em curso em seu tempo. Em outras palavras, lhe permite sublinhar a maneira como a infelicidade coletiva envenena a felicidade individual. Para tanto, basta observar as reflexões e os sonhos do personagem Líjin, do conto "Coisas de trabalho". Ou as palavras do narrador do conto "A groselheira", quando afirma: "a pessoa feliz se sente bem só porque os infelizes carregam seu fardo em silêncio e, sem tal silêncio, a felicidade dela seria impossível". Nessa fala, deve-se ressaltar a palavra "silêncio". E este é o segundo aspecto que os últimos contos de Tchékhov nos revelam de forma incisiva. Em vez de ser lançada diretamente aos olhos do leitor, a exploração das massas trabalhadoras se denuncia, de forma indireta, nas angústias difusas, nas inquietações vagas, nas aspirações de fuga e evasão daqueles que as exploram ou que, mesmo sem querer, assessoram os exploradores.

Nessa chave interpretativa, podemos ler com proveito, por exemplo, o conto "Um caso médico", no qual o médico vai tratar a herdeira de uma fábrica, mas conclui que a doença é a própria fábrica, bem como os operários, que passam em bando, como que por acaso, ao lado de seu coche. Ou o conto "A noiva", no qual as criadas dormem no chão, entre baratas e imundície, enquanto a dona da casa aplaca suas aflições e seu vago nervosismo com o estudo de homeopatia, espiritismo e filosofia. Ou ainda o conto "No barranco", em que a busca de riqueza impõe relações que destroem a família e determinam, com crueldade implacável, toda a maneira de conduzir a vida. Ou ainda os caminhos pelos quais o conto "O homem no estojo" investiga, ponto por ponto, as origens do conformismo e do conservadorismo desesperado das classes intermediárias. Até que, por trás do temor dos patrões e das autoridades, tão bem expresso pelo protagonista do conto, sobressaiam, para o leitor, todas as linhas da fragilidade da posição daquela camada social.

Os exemplos são incontáveis e suas feições, muito variadas. No entanto, pode-se dizer que, em regra, a significação e o teor crítico e emotivo das narrativas de Tchékhov decorrem menos de cenas ou enunciados explícitos que da relação entre a dimensão verbal e a realidade, entre o pensado e o vivido, entre o individual e o coletivo, entre um lado que fala e outro que não fala, mas pressiona em surdina. É justamente essa pressão que entreouvimos, de fato, nos contos. Afinal, um traço sempre lembrado, mas com certeza mal compreendido, da voz desse autor. Cuja origem e posição social frágil, como vimos (e nunca é demais frisar), o situava na condição daqueles que nem sempre podem falar ou mesmo pensar abertamente, sem se sentir ameaçados de perder o pouco que, a duras penas, conseguiram obter.

Rubens Figueiredo

Em casa de amigos

De manhã, chegou uma carta!

Querido Micha,
O senhor se esqueceu de nós por completo, venha depressa, queremos ver o senhor. Imploramos, nós duas, de joelhos. Venha hoje, deixe-nos ver os seus olhos radiantes. Aguardamos com impaciência.
Ta e Va.
Kuzmínki, 7 de junho.

A carta vinha de Tatiana Alekséievna Lósseva, que, dez ou doze anos antes, quando Podgórin morava em Kuzmínki, era chamada de Ta, para abreviar. Mas e quem era Va? Podgórin tinha lembrança de longas conversas, risos alegres, romances, passeios à noitinha e um verdadeiro jardim florido de meninas e moças, que, na época, moravam em Kuzmínki e nos arredores, e Podgórin também tinha lembrança de um rosto simples, inteligente, cheio de vida e com sardas que combinavam muito bem com os cabelos ruivos, de tom escuro — era Vária, ou Varvara Pávlovna, amiga de Tatiana. Vária tinha se formado em medicina e estava trabalhando em algum lugar na periferia de Tula,[1] numa fábrica, e agora, pelo visto, tinha ido a Kuzmínki para passar uma temporada.

[1] Cidade situada a 190 quilômetros ao sul de Moscou. [Esta e as demais notas chamadas por número são do tradutor.]

"A doce Vá!", pensou Podgórin, entregando-se a recordações. "Como era maravilhosa!"

Tatiana, Vária e Podgórin tinham quase a mesma idade; porém, naquela época, ele não passava de um estudante, enquanto as duas já eram moças feitas, prontas para casar, e o encaravam como um menino. Mesmo agora, apesar de já ser advogado e estar começando a ficar grisalho, as duas ainda o chamavam de Micha,[2] o consideravam um mero rapazinho e diziam que não tinha nenhuma experiência de vida.

Ele amava muito as duas, no entanto parecia amá-las mais nas recordações do que na realidade. Pouco sabia da vida atual de ambas — estranha e difícil de compreender, para ele. Assim como era estranha aquela carta breve, jocosa, que na certa as duas compuseram com vagar e esmero, bem como era certo que, enquanto Tatiana escrevia, às suas costas, de pé, estava Serguei Sergueitch, seu marido... Fazia apenas seis anos que Kuzmínki fora entregue como dote,[3] mas já havia sido arruinada por aquele mesmo Serguei Sergueitch, e agora, toda vez que era preciso pagar a um banco ou resgatar uma hipoteca, eles buscavam os conselhos de Podgórin, na condição de advogado e, além do mais, já duas vezes haviam lhe pedido algum empréstimo. Estava claro que, também daquela vez, queriam obter de Podgórin conselho ou dinheiro.

Kuzmínki já não tinha o atrativo de antes. Era um lugar triste. Já não havia risos nem agitação nem rostos alegres e despreocupados nem encontros em silenciosas noites de luar, entretanto, acima de tudo, já não havia juventude; o mais provável era que tudo aquilo fosse fascinante só nas memórias... Além de Ta e Va, lá também vive Na, ou Nadiejda, irmã de Tatiana, que, de brincadeira e a sério, chamavam de a noiva de

---

2 Hipocorístico do nome Mikhail.   **3** Fica claro que Kuzmínki é o nome de uma grande propriedade rural.

Podgórin; ele a viu crescer, achavam que ia casar com ela e, certa época, Podgórin esteve mesmo apaixonado e teve a intenção de pedi-la em casamento, mas agora Nadiejda já contava vinte e três anos e ele ainda não havia casado...

"Mas como foi que tudo acabou ficando desse jeito?", pensava agora, confuso, ao ler a carta. "Só que eu também não posso deixar de ir lá, vão ficar magoadas..."

O fato de haver muito tempo que não visitava os Lóssev pesava como uma pedra em sua consciência. E, depois de caminhar pelo quarto e pensar bem, fez um esforço contra si mesmo e decidiu visitá-los durante dois ou três dias, cumprir aquela obrigação e, em seguida, ficar livre e tranquilo, pelo menos até o verão. Assim, após o almoço, enquanto se preparava para ir à estação Bréstski,[4] disse à criada que voltaria em três dias.

De Moscou a Kuzmínki, eram duas horas de viagem de trem e mais uns vinte minutos de coche. Já da estação, se avistava o bosque de Tatiana e três casas de campo altas e estreitas, que Lóssev tinha começado a construir, mas não terminara, envolvido em várias negociatas logo nos primeiros anos do casamento. Aquelas casas de campo e vários outros negócios o levaram à ruína, sem falar das viagens constantes a Moscou, onde almoçava no Bazar Eslavo, jantava no Hermitage e terminava o dia na rua Málaia Brónnaia[5] ou no Jivodiorka,[6] onde havia ciganos (a isso ele chamava de "divertir-se"). O próprio Podgórin também era dado a beber, às vezes em excesso, e frequentava mulheres de vida desregrada, mas o fazia com frieza, indolência, sem nenhuma satisfação, e era dominado por um sentimento de repulsa quando, em sua presença, outros homens se entregavam àquilo com fervor. Podgórin não

---

4 Atual estação Bielarúski, em Moscou. 5 Rua central de Moscou. Local de boemia, na época. 6 Nome de casa noturna. Significa local onde trabalham esfoladores.

compreendia as pessoas que se sentiam mais livres no Jivodiorka do que em casa, na companhia de mulheres direitas, e não gostava de tais pessoas; tinha a impressão de que qualquer sordidez grudaria nele, como uma bardana. Também não gostava de Lóssev, julgava-o desinteressante, incapaz de qualquer coisa, uma pessoa preguiçosa e, em sua companhia, mais de uma vez experimentara um sentimento de repugnância...

Logo depois do bosque, Serguei Sergueitch e Nadiejda vieram a seu encontro.

— Meu caro, o que houve, por que o senhor se esqueceu de nós? — disse Serguei Sergueitch, enquanto o beijava três vezes,[7] e depois o segurou pela cintura, com as duas mãos. — O senhor está completamente farto de nós, não é, meu velho?

Tinha feições pronunciadas, nariz grosso, barba rala e castanho-clara; penteava os cabelos para o lado, à maneira de um comerciante, a fim de parecer uma pessoa simples, um russo comum. Ao falar, respirava forte, direto no rosto do interlocutor e, quando calado, ofegava pelo nariz. O corpo bem nutrido e a excessiva saciedade o sufocavam e, a fim de respirar melhor, ele sempre estufava o peito, o que lhe dava um aspecto arrogante. A seu lado, Nadiejda, a cunhada, parecia de uma leveza aérea. Era uma lourinha pálida, esbelta, de olhos simpáticos e afetuosos; se bonita ou não, Podgórin era incapaz de dizer, pois a conhecia desde a infância e encarava sua aparência com indiferença. Naquele dia, usava vestido branco e decotado, e a impressão do pescoço branco, alongado e nu era nova para ele, e não muito agradável.

— Eu e a minha irmã estamos esperando o senhor desde a manhã — disse ela. — Vária está conosco, também à espera do senhor.

---

[7] Era costume, entre homens, cumprimentar-se com três beijos, nas duas faces e nos lábios.

Tomou-o pelo braço e riu de repente, sem motivo, em seguida deu um leve grito de alegria, como que encantada por alguma ideia repentina. O campo de centeio em flor, imóvel no ar parado, e o bosque, iluminado pelo sol, eram bonitos; e parecia que só agora, ao caminhar ao lado de Podgórin, Nadiejda havia se dado conta de tal beleza.

— Eu vim passar três dias com vocês — disse ele. — Perdoe, não consegui, de maneira nenhuma, me desvencilhar mais cedo de Moscou.

— Não é bom, não é bom, o senhor se esqueceu completamente de nós — disse Serguei Sergueitch. — *Jamais dans ma vie*![8] — disse ele, de súbito, e estalou os dedos.

Tinha o costume de pronunciar, em tom exclamativo, e de surpresa para o interlocutor, uma expressão qualquer, sem nenhuma relação com a conversa e, ao mesmo tempo, estalar os dedos. Além disso, estava sempre imitando alguém; se revirava os olhos ou jogava o cabelo para trás, com ar negligente, ou se adotava um tom enfático, significava que, na véspera, tinha ido ao teatro ou a um jantar em que fizeram discursos. Daquela vez, caminhava como alguém que sofre de gota, em passos bem curtos, sem flexionar os joelhos — na certa, também estava imitando alguém.

— A Tânia[9] nem acreditava mais que o senhor viria — disse Nadiejda. — Já eu e Vária tínhamos um pressentimento; não sei por quê, mas eu sabia que o senhor viria justamente nesse trem.

— *Jamais dans ma vie*! — repetiu Serguei Sergueitch.

Na varanda que dava para o jardim, as damas aguardavam. Dez anos antes, Podgórin — estudante pobre, na ocasião — dava aulas de matemática e história para Nadiejda, em troca de comida e um quarto para dormir; e Vária, estudante, aproveitava

---

8 Francês: "Nunca em minha vida".   9 Hipocorístico de Tatiana.

para ter, com ele, aulas de latim. Mas Tânia, na época já moça feita e bonita, não pensava em nada, senão no amor, só queria amor e paixão, e queria com fervor, esperava um noivo e sonhava com ele dia e noite. Agora, já com mais de trinta anos, tão bonita e vistosa como antes, num penhoar comprido, de mãos brancas e carnudas, ela só pensava no marido e nas duas filhas pequenas e trazia no rosto a expressão de alguém que, mesmo quando falava e sorria, estava sempre alerta, sempre em guarda, na defesa de seu amor e de seu direito a esse amor, sempre pronta para, a qualquer minuto, lançar-se contra algum inimigo que quisesse tomar seu marido e suas filhas. Ela amava muito e, assim lhe parecia, seu amor era correspondido, mas o ciúme e o temor pelas filhas a afligiam o tempo todo e impediam que fosse feliz.

Após a recepção ruidosa na varanda, todos, exceto Serguei Sergueitch, foram para o quarto de Tatiana. Ali, por trás dos estores fechados, os raios do sol não penetravam e reinava a penumbra, tanto que todas as rosas do grande buquê pareciam de uma cor só. Acomodaram Podgórin na velha poltrona junto à janela, Nadiejda sentou-se a seus pés, num banquinho baixo. Ele sabia que, além das censuras carinhosas, das brincadeiras e dos risos que agora soavam e lhe traziam tantas lembranças de outros tempos, logo viria uma conversa desagradável sobre letras de câmbio e hipotecas — era inevitável —, e pensou que talvez fosse melhor tratar do assunto de uma vez, não deixar para mais tarde; desembaraçar-se o quanto antes e, depois, ir para o jardim e para o ar livre.

— Não é melhor conversar primeiro sobre negócios? — disse ele. — Que novidade têm vocês sobre Kuzmínki? Tudo está bem no reino da Dinamarca?[10]

---

[10] Alusão a uma fala do personagem Marcelo em *Hamlet*, tragédia de Shakespeare: "Há algo de podre no reino da Dinamarca".

— Nossa Kuzmínki vai muito mal — respondeu Tatiana, e suspirou com tristeza. — Ah, os nossos negócios andam tão mal, tão mal, que a situação parece que não poderia estar pior — disse, e, abalada, começou a caminhar pela sala. — Nossa propriedade vai ser vendida, o leilão está marcado para o dia 7 de agosto, já foi divulgado em toda parte e os compradores vêm aqui, andam pelos quartos, olham tudo... Qualquer um tem direito de entrar no meu quarto e olhar. Pode ser correto, do ponto de vista jurídico, mas me humilha, me ofende profundamente. Não temos como pagar e não há mais onde pedir empréstimos. Em suma, é horrível, horrível! Juro ao senhor — prosseguiu, parando no meio da sala; a voz tremia, lágrimas cintilavam nos olhos. — Juro ao senhor, por tudo o que há de mais sagrado, pela felicidade de minhas filhas: sem Kuzmínki, eu não posso! Eu nasci aqui, este é o meu ninho e, se me tomarem isto, não vou sobreviver, vou morrer de desespero.

— Parece-me que a senhora está vendo a situação de modo sombrio demais — disse Podgórin. — Para tudo há um jeito. Seu marido vai arranjar um emprego, a senhora vai tomar um caminho novo, vai ter uma vida nova.

— Como o senhor pode dizer isso? — gritou Tatiana; agora, ela parecia muito bonita e forte, e aquela prontidão para, a qualquer minuto, lançar-se contra algum inimigo que quisesse tomar seu marido, suas filhas e seu ninho, se expressava em seu rosto, e em toda a sua figura, de modo especialmente incisivo. — Que vida nova é essa? Serguei anda à procura de um emprego, estão oferecendo o posto de inspetor de tributos em algum lugar na província de Ufá ou de Perm, e eu estou disposta a ir para onde quiserem, até para a Sibéria, estou disposta a viver lá dez, vinte anos, contanto que eu saiba que, cedo ou tarde, um dia, apesar de tudo, voltarei para Kuzmínki. Sem Kuzmínki, eu não posso. Não posso e não posso. Eu não quero! — gritou e bateu com o pé no chão.

— Micha, o senhor é advogado — disse Vária. — O senhor conhece o ramo, e seu trabalho é dar conselhos sobre o que fazer.

Só havia uma resposta justa e razoável: "Não se pode fazer nada". Mas Podgórin não tinha coragem de dizer isso francamente, e balbuciou, indeciso:

— Vai ser preciso pensar um pouco... Eu vou pensar.

Dentro dele, havia duas pessoas. Como advogado, lhe ocorria cuidar de casos graves. Com os clientes e no tribunal, ele se portava com destemor e exprimia sua opinião sempre de modo direto e incisivo e, com os amigos, usava até um linguajar rude; mas na vida pessoal e na intimidade, com as pessoas mais próximas ou conhecidas de longa data, Podgórin demonstrava uma delicadeza fora do comum, era acanhado e sensível, incapaz de se exprimir de forma direta. Bastava uma lágrima, um olhar de esguelha, a menor mentira ou um simples gesto feio para ele logo se retrair e perder a coragem. Naquele momento, Nadiejda estava sentada a seus pés, e ele não gostou do pescoço desnudo, aquilo o incomodava, sentia até vontade de ir embora. Um ano antes, sem saber como, ele encontrara Serguei Sergueitch na casa de certa senhora na rua Brónnaia e, agora, diante de Tatiana, sentia-se constrangido, como se ele mesmo tivesse participado de uma traição. E aquela conversa sobre Kuzmínki o deixava em grande apuro. Estava habituado a ver todas as questões espinhosas e desagradáveis resolvidas pelos juízes ou pelos jurados, ou simplesmente por algum artigo da lei, porém, quando apresentavam uma questão a ele, em particular, para que ele, em pessoa, a solucionasse, então Podgórin se via perdido.

— Micha, o senhor é nosso amigo, todos nós amamos o senhor como uma pessoa da família — prosseguiu Tatiana. — E digo ao senhor com toda a sinceridade: toda nossa esperança está no senhor. Pelo amor de Deus, nos explique o que devemos fazer. Quem sabe é necessário apresentar uma petição em algum lugar? Quem sabe ainda não é tarde para passar a propriedade para o nome de Nádia ou de Vária?... O que fazer?

— Ajude, Micha, ajude — disse Vária, enquanto fumava. — O senhor sempre foi muito inteligente. O senhor viveu pouco, não tem nenhuma experiência da vida, mas, sobre os ombros, tem uma cabeça muito boa... O senhor vai socorrer Tânia, eu sei.

— É preciso pensar... Talvez eu consiga imaginar alguma coisa.

Saíram para passear no jardim e, depois, no campo. Serguei Sergueitch foi também. Segurou Podgórin pelo braço e o levou sempre à frente dos demais, pelo visto com a intenção de conversar com ele sobre algum assunto — na certa, seus negócios fracassados. Andar ao lado de Serguei Sergueitch e conversar com ele era um tormento. A todo instante beijava Podgórin, sempre três vezes, segurava-o pelo cotovelo, abraçava-o pela cintura, respirava em cheio no seu rosto, parecia coberto por uma cola açucarada que, a qualquer momento, poderia grudar-se nele; a expressão dos olhos, que deixava claro que ele precisava de algo de Podgórin e que, a qualquer minuto, ia fazer um pedido, produzia uma impressão angustiante, como se estivesse sob a mira de um revólver.

O sol se pôs, começou a escurecer. Na ferrovia, aqui e ali, cintilavam luzes verdes, vermelhas... Vária parou e, olhando para as luzes, começou a recitar:

Reta, a ferrovia: aterros estreitos,
Trilhos, postes, pontes,
Pelas margens, ossos russos...
Quantos, quantos![11]

— Como é que continua? Ah, meu Deus, esqueci tudo!

---

11 Trata-se do poema "A estrada de ferro" (1864), de N. A. Nekrássov (1821-78), um dos clássicos da literatura russa.

Trabalhamos com afinco, no calor, no frio,
As costas eternamente curvadas...

Ela recitava com voz magnífica, que ressoava no peito, com sentimento, um rosado vivo ardia no rosto e, nos olhos, surgiram lágrimas. Era a Vária de outros tempos, a Vária estudante, e, ao ouvi-la, Podgórin pensou no passado e recordou que ele mesmo, quando universitário, sabia de cor muitos versos bonitos e adorava recitar.

Sem aprumar ainda as costas arqueadas,
Até hoje, segue o povo calado, passivo...

Mas, daí em diante, Vária não lembrou mais... Calou-se, deu um sorriso frouxo, apagado, e, depois que parou, as luzes verdes e vermelhas ganharam um aspecto tristonho...
— Ah, eu esqueci.
Porém, de repente, Podgórin lembrou — por acaso, de algum modo, aquilo havia sobrevivido incólume em sua memória de estudante — e recitou devagar, a meia-voz:

Já suportou bastante, o povo russo,
Suportou esta estrada de ferro,
Suportou tudo — e com o peito largo,
Radiante, há de abrir caminho para si...
Pena que...

— Pena que — cortou Vária, lembrando —, pena que, viver esse tempo tão belo, já não caberá a mim nem a ti!
Ela riu e bateu de leve com a mão no ombro de Podgórin.
Voltaram para casa e foram jantar. Serguei Sergueitch, com ar negligente, enfiou o canto do guardanapo por dentro da gola — imitando alguém.

— Vamos beber — disse, e serviu vodca para si e para Podgórin. — Nós, estudantes de antigamente, sabíamos beber de verdade, falar bonito e agir a sério. Bebo à sua saúde, meu amigo, e o senhor vai beber à saúde de um velho tolo idealista e fazer votos para que ele morra tão idealista quanto antes. A sepultura endireita o corcunda.

Durante todo o jantar, Tatiana olhava para o marido com ternura, com ciúmes, temerosa de que bebesse ou comesse algo nocivo. Tinha a impressão de que ele se fartara das atenções das mulheres, de que estava cansado — disso ela gostava no marido, mas, ao mesmo tempo, a fazia sofrer. Vária e Nádia também demonstravam ternura por Serguei Sergueitch, olhavam para ele com preocupação, como se temessem que, de súbito, ele se levantasse, fosse embora e as deixasse. Quando ele quis servir um segundo cálice para si, Vária se mostrou zangada e disse:

— O senhor está se envenenando, Serguei Sergueitch. O senhor é uma pessoa nervosa, impressionável, e pode facilmente tornar-se alcoólatra. Tânia, mande tirar a vodca da mesa.

Em geral, Serguei Sergueitch fazia grande sucesso com as mulheres. Elas adoravam sua estatura elevada, seu porte físico, os traços pronunciados do rosto, sua ociosidade e seus infortúnios. Diziam que era muito bondoso e, por isso, gastador; que era um idealista e, por isso, sem senso prático; que era honesto, puro de espírito, incapaz de fazer concessões às pessoas e às circunstâncias e, por isso, nada possuía e não encontrava ocupações apropriadas para si. As mulheres acreditavam nele a fundo, o adoravam e, desse modo, o deixaram envaidecido com sua veneração, tanto assim que ele mesmo passou a crer que era um idealista, sem senso prático, honesto, puro de espírito, e também que era melhor do que aquelas mulheres e que estava um degrau acima de todas elas.

— Mas por que o senhor não faz um elogio às minhas meninas? — disse Tatiana, olhando com amor para as duas filhas, saudáveis, bem nutridas, semelhantes a duas broas, enquanto amontoava, para as meninas, dois pratos cheios de arroz. — Olhe só para elas! Dizem que todas as mães elogiam os filhos, mas, garanto ao senhor, eu sou imparcial, minhas filhas são fora do comum. Sobretudo a mais velha.

Podgórin sorria para Tatiana e para as meninas, mas achava estranho que aquela mulher jovem, saudável, inteligente, no fundo um organismo tão grande e tão complexo, despendesse toda a energia da vida num trabalho tão simples, tão rasteiro como a organização daquele ninho que, por si só, mesmo sem ela, já se organizaria muito bem.

"Talvez até seja necessário", pensou ele, "mas é uma coisa desinteressante e limitada."

— Nem gemer ele conseguiu, quando sobre ele um urso caiu[12] — disse Serguei Sergueitch, e estalou os dedos.

Jantaram. Tatiana e Vária levaram Podgórin para a sala de estar, acomodaram a visita no sofá e começaram a conversar com ele a meia-voz, de novo sobre negócios.

— Nós temos de ajudar o Serguei Sergueitch — disse Vária. — É nossa obrigação moral. Ele tem suas fraquezas, não sabe economizar, não pensa no dia de amanhã, mas isso acontece porque ele é muito bom e generoso. Tem sempre alma de criança. Se você der um milhão para ele, em um mês não sobrará mais nada, vai distribuir tudo.

— É verdade, é verdade — disse Tatiana, e lágrimas correram em suas faces. — Eu sofri demais com ele, mas tenho de reconhecer que é um homem maravilhoso.

E então, as duas, Tatiana e Vária, não conseguiram se esquivar de uma pequena crueldade e não pouparam Podgórin de uma censura:

---

[12] Referência a uma fábula de I. A. Krilóv (1769-1844), *O camponês e o trabalhador*.

— E a geração do senhor, Micha, já não é capaz de nada disso!

"Mas que história é essa de geração?", pensou Podgórin. "Afinal, Lóssev é mais velho do que eu uns seis anos no máximo..."

— Não é fácil viver neste mundo — disse Vária, e suspirou. — Vivemos o tempo todo sob a ameaça de alguma perda. Ora querem tomar a nossa propriedade, ora alguém muito próximo de nós adoece e temos medo de que morra... e é assim, dia após dia. Mas o que fazer, meus amigos? É preciso se resignar à vontade suprema, sem lamúrias, é preciso lembrar que, neste mundo, nada é por acaso, tudo tem um propósito distante. O senhor, Micha, ainda viveu pouco e sofreu pouco, e vai rir de mim; pois pode rir, mesmo assim, vou lhe contar: no tempo de minhas agruras mais aflitivas, tive alguns episódios de clarividência, isso produziu uma reviravolta no meu espírito e, agora, sei que nada é por acaso e tudo que ocorre em nossa vida é necessário.

Como aquela Vária já grisalha, comprimida por um espartilho, num vestido da moda, com ombreiras, aquela Vária que girava um cigarro entre os dedos compridos, magros, e que por algum motivo tremiam, como aquela Vária que cedia facilmente ao misticismo e falava em voz tão lânguida e monótona — como ela era diferente da Vária estudante, ruiva, alegre, expansiva, atrevida...

"Mas para onde foi tudo aquilo?", pensou Podgórin, enquanto a escutava, entediado.

— Cante alguma coisa, Va — disse Podgórin, a fim de interromper aquela conversa sobre visões sobrenaturais. — Antigamente a senhora cantava tão bem.

— Ah, Micha, o tempo passou e não volta mais.

— Então recite um pouco mais de Nekrássov.

— Eu já esqueci tudo. O que recitei agora há pouco me ocorreu por acaso.

Apesar do espartilho e das ombreiras, percebia-se que ela também andava passando necessidades e que, lá na fábrica perto de Tula, vivia na penúria. Também dava para perceber que trabalhava demais; o serviço pesado, monótono, e seu envolvimento constante nos problemas alheios, sua preocupação com os outros, a haviam esgotado, envelhecido, e Podgórin, agora, enquanto olhava com pena para seu rosto já sem viço, pensava que, no fundo, o certo mesmo seria socorrer não Kuzmínki, não Serguei Sergueitch, pelos quais ela tanto se afligia, mas sim a própria Vária.

A instrução elevada e o fato de ter se tornado médica, pelo visto, não tinham alterado a mulher que havia dentro dela. Assim como Tatiana, ela adorava casamentos, famílias, batizados, longas conversas sobre crianças, adorava com fervor os romances com desenlaces felizes, só lia, nos jornais, notícias sobre incêndios, enchentes e cerimônias de gala; desejava muito que Podgórin pedisse Nadiejda em casamento e, se aquilo acontecesse, ela se desmancharia em lágrimas de ternura.

Podgórin não sabia se a circunstância surgira por acaso ou se tinha sido planejada por Vária, o fato é que, de repente, ele se viu a sós com Nadiejda. Entretanto, a suspeita de que o estavam observando às escondidas e queriam algo dele o deixava constrangido e encabulado e, ao lado da moça, Podgórin tinha a sensação de ter sido colocado, junto com ela, dentro de uma gaiola.

— Vamos para o jardim — disse Nadiejda.

Foram para o jardim: ele estava aborrecido, com um sentimento de enfado, sem saber o que falar; já ela estava alegre, orgulhosa de ficar a sós com ele, visivelmente satisfeita com a perspectiva de Podgórin permanecer em sua casa por mais três dias, e também, talvez, cheia de doces devaneios e esperanças. Ele desconhecia se amava Nadiejda ou não, mas sabia que ela estava habituada com ele, se afeiçoara a ele desde muito tempo e continuava a vê-lo, ainda, como seu professor e, agora, em sua alma, se passava o mesmo que, em outros tempos, se dera na alma de sua irmã Tatiana, ou seja, só pensava no amor, em se casar o quanto antes, ter marido, filhos e o seu cantinho para viver. O sentimento de amizade, tão forte entre as crianças, Nadiejda o conservava até agora, e era bem possível que apenas respeitasse Podgórin, gostasse dele como um amigo e estivesse apaixonada não por ele, mas por aqueles sonhos de ter marido e filhos.

— Está escurecendo — disse ele.
— Sim. Agora a lua aparece mais tarde.

O tempo todo, caminhavam apenas pela alameda perto da casa. Podgórin não tinha intenção de ir para o fundo do jardim: lá era escuro, ele teria de conduzir Nadiejda segura pelo braço, ficar muito perto dela. Na varanda, algumas sombras se moviam, e ele teve a impressão de que eram Tatiana e Vária, que o vigiavam.

— Preciso pedir um conselho ao senhor — disse Nadiejda, e se deteve. — Se Kuzmínki for mesmo a leilão, Serguei Sergueitch vai arranjar um emprego, e nossa vida vai mudar completamente. Não vou mais morar com minha irmã, nós vamos nos separar, porque não quero ser um fardo para a família. Eu preciso trabalhar. Vou arranjar alguma coisa para fazer em Moscou, vou trabalhar muito, vou ajudar a minha irmã e o seu marido. E o senhor vai me ajudar com seus conselhos... não é verdade?

Sem nenhuma familiaridade com o trabalho, agora, no entanto, ela estava repleta de entusiasmo com a ideia da independência, de uma vida laboriosa, e construía planos para o futuro — isso estava escrito em seu rosto, e aquela vida, em que ela iria trabalhar e ajudar os outros, lhe parecia bela, poética. Podgórin via bem de perto seu rosto pálido, as sobrancelhas escuras, e lembrou como era uma aluna inteligente, sagaz, cheia de aptidões promissoras, e lembrou como era agradável dar aula para Nadiejda. Agora, com certeza, ela não era uma simples dama da sociedade à cata de um noivo, mas uma jovem inteligente, generosa, de extraordinária bondade, de alma dócil e meiga, da qual, como a cera, se poderia moldar qualquer coisa e, num ambiente adequado, havia de se transformar numa mulher maravilhosa.

"De fato, por que, então, não se casar com ela?", pensou Podgórin, mas logo, por algum motivo, se assustou com a ideia e caminhou rumo à casa.

Na sala, Tatiana estava sentada ao piano, e sua maneira vigorosa de tocar o fez lembrar-se do passado, quando, naquela mesma sala, tocavam, cantavam e dançavam até de madrugada, diante das janelas abertas, enquanto os pássaros, no jardim e no rio, também cantavam. Podgórin se alegrou, começou a dizer gracejos, pôs-se a dançar com Nadiejda e com Vária, depois cantou. Um calo no pé o afligia, ele pediu permissão para calçar os chinelos de Serguei Sergueitch e, por mais estranho que fosse, de chinelos, sentiu-se uma pessoa de casa, da família ("como um cunhado...", passou por sua cabeça, num lampejo), e tornou-se ainda mais alegre. Ao vê-lo assim, todos se animaram, se alegraram, como que rejuvenescidos; no rosto de todos, reluziu a esperança: Kuzmínki estava salva! Afinal, era simples de resolver: bastava inventar alguma coisa, escavar algo nas leis ou então casar Nádia com Podgórin... E, obviamente, aquela questão já estava bem encaminhada. Nádia, rosada, feliz, com os olhos cheios de lágrimas, à espera de algo extraordinário, rodopiava na dança, seu vestido branco inflava e se viam os pezinhos bonitos e miúdos, em meias cor de pele... Vária, muito contente, tomou Podgórim pelo braço e lhe disse a meia-voz, com expressão eloquente:

— Micha, não fuja da sua felicidade. Apanhe a felicidade já, enquanto ela mesma se oferece às suas mãos. Depois, o senhor vai correr atrás dela e aí já será tarde, não vai mais alcançá-la.

Podgórin sentiu vontade de prometer, dar esperanças, e ele mesmo já estava acreditando que Kuzmínki estava salva e que aquilo era simples de fazer.

— E tu serás a rainha do m-u-u-undo... — cantou ele, fazendo pose, mas de súbito se deu conta de que não podia fazer nada para aquelas pessoas, rigorosamente nada, e emudeceu, com ar culpado.

Depois, sentou-se num canto, calado, encolheu as pernas e, sob a cadeira, cruzou os pés calçados em chinelos alheios.

Olhando para ele, os demais também compreenderam que já não era possível fazer nada, e emudeceram. Fecharam a tampa do piano. Todos se deram conta de que era tarde, era hora de dormir, e Tatiana apagou o grande lampião da sala.

Fizeram a cama de Podgórin na mesma casinha anexa onde ele morara antigamente. Serguei Sergueitch o conduziu até lá, com uma vela erguida bem alto, acima da cabeça, embora a lua já tivesse subido e estivesse claro. Os dois caminharam pela alameda entre arbustos de lilases e, sob os pés de ambos, o cascalho fino crepitava.

— Nem gemer ele conseguiu, quando sobre ele um urso caiu — disse Serguei Sergueitch.

E Podgórin teve a impressão de que já ouvira a frase mil vezes. Como estava farto daquilo! Ao chegarem à casinha, Serguei Sergueitch tirou, de dentro do paletó folgado, uma garrafa e dois cálices e os colocou sobre a mesa.

— É conhaque — disse. — Número zero-zero. Vária está lá em casa e, com ela, não posso beber, agora ela desandou a falar em alcoolismo, mas aqui nós podemos ficar sossegados. O conhaque é excelente.

Sentaram-se. De fato, o conhaque parecia bom.

— Hoje vamos beber de verdade — prosseguiu Serguei Sergueitch, enquanto acrescentava limão. — Sou um velho estudante festeiro, às vezes adoro uma farra. É indispensável.

Nos olhos, havia a mesma expressão de que precisava de alguma coisa de Podgórin e de que, a qualquer momento, ia fazer algum pedido.

— Vamos beber, meu caro — prosseguiu, e suspirou. — Senão é triste demais. Chegou o fim da linha, para os excêntricos como eu. Acabou-se. O idealismo já saiu de moda. Hoje em dia, reina o rublo e, se você não quiser ser varrido para fora da estrada, ajoelhe-se diante do rublo e mostre veneração por ele. Só que eu não consigo. Já é demais para mim!

— Quando vai ser o leilão? — perguntou Podgórin, para mudar de assunto.

— Dia 7 de agosto. Mas eu, meu caro, não estou contando com a salvação de Kuzmínki. A dívida acumulada é gigantesca e a propriedade não gera receita nenhuma, só prejuízos, todos os anos. Não vale a pena... Claro, Tânia está triste, é o seu solo natal; já eu, confesso, fico até contente, em parte. Não sou um homem do campo. Minha terra é a cidade grande, ruidosa, meu ambiente é a luta!

Continuou a falar, mas não era ainda aquilo que desejava dizer e, com olhar penetrante, espreitava Podgórin, como à espera do melhor momento. De súbito, Podgórin viu seus olhos bem perto, sentiu no rosto sua respiração...

— Meu caro, salve-me! — exclamou Serguei Sergueitch, ofegante. — Preciso de duzentos rublos! Eu suplico ao senhor!

Podgórin queria dizer que ele mesmo andava apertado de dinheiro e pensou que era melhor dar aqueles duzentos rublos a um mendigo qualquer ou, até mesmo, simplesmente perder tudo num jogo de cartas, porém seu constrangimento era terrível e, naquele quarto acanhado, com uma vela acesa, sentiu-se preso numa armadilha, queria livrar-se o quanto antes daquela respiração, daquelas mãos moles que o seguravam pela cintura e que pareciam já ter se grudado a ele, e bem depressa tratou de procurar nos bolsos o seu caderno de anotações, dentro do qual guardava o dinheiro.

— Tome... — balbuciou, tirando cem rublos. — O resto, só depois. Não tenho mais comigo. Veja, eu não sei negar

— continuou, contrariado, e começou a se irritar. — Eu tenho o coração mole de uma mulherzinha. Mas, faça o favor, depois me pague esse dinheiro sem falta. Eu preciso dele.

— Agradeço ao senhor. Obrigado, meu amigo!

— E, pelo amor de Deus, pare de imaginar que é um idealista. O senhor é tão idealista quanto um peru. O senhor não passa de um leviano, uma pessoa ociosa, e mais nada.

Serguei Sergueitch suspirou fundo e sentou-se no sofá.

— Meu caro amigo, o senhor se irritou — disse. — Mas, se soubesse como sofro! Estou atravessando uma fase horrorosa. Meu caro amigo, eu juro, não é por mim mesmo que lamento, não! Lamento é pela esposa e pelas filhas. Se não tivesse esposa e filhas, eu já teria dado cabo da minha vida há muito tempo.

De repente, os ombros e a cabeça começaram a tremer, e ele se desfez em soluços.

— Era só o que faltava — disse Podgórin, andando inquieto pela sala, com forte irritação. — Pois muito bem, o que se faz com uma pessoa que causa uma montanha de malefícios e depois começa a chorar? Essas suas lágrimas desarmam a gente, eu não tenho forças para lhe dizer nada. O senhor está chorando, portanto, o senhor tem razão.

— Eu causei uma montanha de malefícios? — perguntou Serguei Sergueitch, levantando-se e olhando para Podgórin com surpresa. — Meu caro, será que o senhor disse mesmo isso? Eu causei uma montanha de malefícios? Ah, como o senhor me conhece mal! Como o senhor me compreende pouco!

— Muito bem, eu não compreendo o senhor, mas, por favor, só não fique aí chorando. Isso é nojento.

— Ah, como o senhor me conhece mal! — repetiu Lóssev, com total sinceridade. — Como o senhor me conhece mal!

— Olhe para si no espelho — prosseguiu Podgórin. — O senhor já não é nenhum jovem, logo estará velho, chegou a hora de pôr a cabeça no lugar, de se dar conta, por pouco que seja, de quem é o senhor e do que é o senhor. Não fez nada a vida inteira, levou toda a vida nesse palavrório ocioso e pueril, sempre com esses trejeitos, essas palhaçadas. Nem sei como a cabeça do senhor ainda não começou a girar. Como pode não estar cansado de viver desse jeito? É horrível ficar com o senhor! É maçante, me deixa à beira do estupor!

Dito isso, Podgórin foi para fora, batendo a porta com força. Talvez tivesse sido a primeira vez na vida em que foi sincero e disse o que de fato queria.

Pouco depois, já lamentava ter sido tão severo. De que adiantava falar a sério ou discutir com uma pessoa que mentia sem parar, comia muito, bebia muito, gastava muito o dinheiro dos outros e, ao mesmo tempo, estava convencido de que era um idealista e uma vítima? Tratava-se, no caso, de mera tolice ou de antigos maus costumes que se entranharam a fundo no organismo, como uma doença, e já não tinham mais cura. Em todo caso, indignação e censuras severas de nada adiantavam, nas circunstâncias, o melhor seria dar risadas; uma zombaria bem-feita produziria muito mais resultado do que uma dezena de sermões!

"A solução mais simples era não dar atenção, e pronto", pensou Podgórin. "E, acima de tudo, não dar dinheiro!"

Pouco depois, já nem pensava mais em Serguei Sergueitch nem nos seus cem rublos. A madrugada estava silenciosa, sonhadora, muito clara. Quando olhou para o céu daquela noite enluarada, Podgórin teve a impressão de que só ele e a lua estavam acordados, tudo o mais dormia ou, pelo menos, cochilava; e no seu pensamento não havia nem gente nem dinheiro, e, pouco a pouco, seu estado de ânimo se tornou sereno, apaziguado, ele se sentiu unido àquele mundo e, no silêncio da madrugada, o rumor dos próprios passos lhe pareceu muito triste.

O jardim era contornado por um muro de pedras brancas. No lado que dava para o campo, no canto direito, havia uma torre, construída muito tempo antes, ainda na época da servidão. Embaixo, a torre era feita de pedra e, em cima, de madeira, com um patamar, tinha o telhado em forma de cone, com uma agulha comprida, na qual se via um negro cata-vento. No térreo, havia duas portas, de modo que era possível passar do jardim para o campo, e para cima, rumo ao patamar, havia uma escada que rangia sob o peso dos pés. Embaixo da escada, amontoavam-se velhas poltronas quebradas, e o luar, que agora penetrava pela porta, iluminava as poltronas, e elas, com suas pernas tortas e viradas para cima, pareciam ter ganhado vida de madrugada e ali, no silêncio, era como se estivessem à espera de alguém.

Podgórin subiu pela escada até o patamar e sentou-se. Logo depois do muro, havia uma vala com uma mureta, para marcar a divisa, e depois vinha o campo, vasto, iluminado pelo luar. Podgórin sabia que seguindo em linha reta, à frente, a três verstas[13] do jardim, ficava o bosque, e agora ele tinha a impressão de estar vendo, ao longe, uma faixa escura. As codornas e as codornizes piavam; de vez em quando, do lado do bosque, vinha o canto de um cuco, que também estava acordado.

Soaram passos. Alguém caminhava pelo jardim, na direção da torre.

Um cachorro latiu.

— Juk![14] — ordenou uma voz baixa, de mulher. — Juk! Para trás!

De baixo, veio o som de alguém entrando na torre e, após um minuto, surgiu na mureta o cão negro, velho conhecido de Podgórin. Ele parou, olhou para cima, para o lugar onde Podgórin estava sentado, e abanou o rabo com ar amistoso. Em seguida, após um breve intervalo, como uma sombra que

---

13 Uma versta equivale a 1,067 quilômetro.   14 Em russo, escaravelho, besouro.

saísse da vala escura, ergueu-se um vulto branco que também parou na mureta. Era Nadiejda.

— O que você está vendo lá? — perguntou ela para o cachorro, e se pôs a olhar para cima.

Não estava vendo Podgórin, mas na certa sentia sua presença, pois sorriu, e o rosto pálido, iluminado pela lua, parecia feliz. A sombra negra da torre, que se estendia até bem longe, sobre a terra, pelo campo, o vulto branco e imóvel, com um sorriso de enlevo no rosto pálido, o cachorro preto, as sombras dos dois — tudo parecia um sonho...

— Alguém está lá em cima... — falou Nadiejda, baixinho.

Ficou parada, à espera de que Podgórin descesse ou a chamasse para junto dele e, afinal, se declarasse, e os dois seriam felizes, naquela madrugada linda e serena. Branca, pálida, esguia, muito bonita à luz da lua, ela esperava carinhos; seus constantes sonhos de felicidade e amor a consumiam, ela já não tinha mais forças para esconder seus sentimentos e toda sua figura, os olhos radiantes, o sorriso feliz e imutável, revelavam seus pensamentos secretos, e Podgórin ficou encabulado, retraiu-se, emudeceu sem saber se devia dizer algo que transformasse tudo em mera brincadeira, como era seu costume, ou manter-se calado, e então sentiu uma irritação e só conseguiu pensar que ali, naquele jardim, numa noite de luar, perto de uma jovem bela, apaixonada, sonhadora, ele se sentia tão indiferente quando na rua Málaia Brónnaia — e, sem dúvida, era por isso que, para ele, essa poesia era tão obsoleta quanto aquela prosa grosseira. Obsoletos também eram os encontros ao luar, as figuras femininas brancas e de cinturas finas, as sombras misteriosas, as torres, os jardins e os "tipos" como Serguei Sergueitch, e também como ele mesmo, Podgórin, com seu tédio frio, sua irritação constante, sua incapacidade de adaptar-se à vida real, sua incapacidade de tomar da vida aquilo que ela podia oferecer, e com essa lamuriosa e enfadonha sede de algo que não existe nem pode existir neste mundo. E agora, ali sentado naquela torre, ele preferia uns fogos de artifício bonitos ou algum desfile ao luar ou Vária recitando de novo "A estrada de ferro" ou mesmo outra mulher que, de pé na mureta, lá onde agora estava Nadiejda, contasse algo interessante, novo, sem nenhuma relação com o amor nem com a felicidade e, no entanto, se falasse de amor, que fosse como um chamado para novas formas de vida, elevadas e racionais, cuja véspera já estamos vivendo, talvez, e que às vezes até pressentimos...

— Não tem ninguém lá... — disse Nadiejda.

Depois de aguardar mais um minuto, ela seguiu rumo ao bosque, devagar, de cabeça baixa. O cachorro foi correndo na frente. E Podgórin, ainda por muito tempo, ficou vendo aquela mancha branca.

"Mas como é que tudo ficou assim tão complicado...", repetia em pensamento, enquanto voltava ao seu quarto, na casinha anexa.

Não conseguia imaginar o que ia dizer para Serguei Sergueitch e Tatiana, no dia seguinte, como ia se portar na frente de Nadiejda — e também no terceiro dia, e, por antecipação, já sentia o constrangimento, o medo, o tédio. Como preencher aqueles três dias compridos que prometera passar ali? Veio à memória a conversa a respeito de visões sobrenaturais e a frase feita de Serguei Sergueitch: "Nem gemer ele conseguiu, quando sobre ele um urso caiu", lembrou-se de que no dia seguinte, para agradar a Tatiana, teria de sorrir para suas filhas bem nutridas, rechonchudas... e decidiu ir embora.

Às cinco e meia, na varanda da casa principal, apareceu Serguei Sergueitch com um roupão de Bukhara[15] e, na cabeça, um

---

15 Cidade no Uzbequistão, na Ásia Central.

fez com uma borla pendurada. Podgórin, sem perder um minuto, foi até ele e tratou de se despedir.

— Eu preciso estar em Moscou às dez horas — disse, sem olhar para ele. — Esqueci completamente que estarão à minha espera no cartório. Por favor, deixe-me partir. Quando elas se levantarem, diga que peço desculpas e que lamento tremendamente...

Nem ouviu o que Serguei Sergueitch respondeu e se retirou afobado, virando-se toda hora a fim de olhar para as janelas da casa principal, receoso de que as damas despertassem e o retivessem ali. Tinha vergonha de seu nervosismo. Sentia que era a última vez que veria Kuzmínki e, ao partir, virou-se várias vezes para olhar para a casinha anexa onde, em outros tempos, vivera tantos dias bonitos, mas sua alma estava fria, sem sinal de tristeza...

Já em casa, sobre a mesa, viu, antes de tudo, o bilhete que recebera na véspera. "Querido Micha", leu. "O senhor se esqueceu de nós por completo, venha depressa..." E, por algum motivo, lembrou-se de como Nadiejda rodopiava ao dançar, como seu vestido inflava e se viam os pés calçados em meias cor de pele...

Dez minutos depois, já estava sentado à mesa, trabalhando, e não pensava mais em Kuzmínki.

1898

Iónitch

I

Na cidade provinciana de S., quando os visitantes se queixavam do tédio e da monotonia da vida local, os habitantes, como que para se defender, diziam que, ao contrário, era muito bom morar ali, que havia uma biblioteca, um teatro, um clube, realizavam-se bailes e que, por fim, havia famílias instruídas, interessantes e simpáticas, com as quais valia a pena travar amizade. E apontavam a família Túrkin como a mais culta e talentosa.

Essa família morava na rua principal, numa casa própria, ao lado da residência do governador. O próprio Túrkin, de nome Ivan Petróvitch, um moreno bonito, parrudo e de suíças, organizava espetáculos amadores com fins beneficentes, ele mesmo representava o papel de velhos generais e, nessas oportunidades, tossia de modo bastante engraçado. Sabia muitas anedotas, charadas, provérbios, adorava gracejos e ditos espirituosos e, pela expressão do rosto, nunca se podia saber se estava brincando ou falando sério. Sua esposa, Vera Ióssifovna, senhora magrinha, graciosa, de pincenê, escrevia contos e romances e ficava contente de ler suas obras em voz alta para os convidados. A filha, Ekatierina Ivánovna, moça jovem, tocava piano. Em suma, cada membro da família tinha seu talento próprio. Os Túrkin recebiam os convidados com hospitalidade e exibiam seus talentos com alegria e simplicidade cordial. Seu casarão de pedra era espaçoso e fresco no verão, metade das janelas dava para um velho jardim sombreado, onde rouxinóis cantavam na primavera; quando havia visitas em casa, as facas tilintavam na cozinha, do pátio vinha um cheiro de cebola assada e aquilo sempre prenunciava um jantar saboroso.

E para o dr. Dmítri Iónitch Stártsev, que tinha acabado de ser nomeado médico local e fixara residência em Diálij, a nove verstas de S., também disseram que, como membro da intelectualidade, ele precisava conhecer os Túrkin. Certo dia, no inverno, em plena rua, foi apresentado a Ivan Petróvitch; falaram um pouco sobre o tempo, o teatro, a cólera, e seguiu-se um convite. Na primavera, num feriado — o dia da Ascensão[1] —, depois de atender os pacientes, Stártsev se dirigiu à cidade a fim de se distrair um pouco, além de fazer compras. Foi a pé, sem pressa (ainda não possuía coche nem cavalos), e cantarolava o tempo todo:

Quando eu ainda não tinha bebido as lágrimas do cálice da existência...[2]

Na cidade, almoçou, passeou pelo parque e depois, como se fosse do nada, lhe veio à lembrança o convite de Ivan Petróvitch, e resolveu ir à casa dos Túrkin, ver que tipo de gente era aquela.

— Boa tarde, tenha a bondade — disse Ivan Petróvitch, ao recebê-lo no alpendre. — Estou muito, muito contente de receber uma visita tão agradável. Entre, vou apresentar o senhor à minha mulher. Eu estava dizendo a ele, Vérotchka — prosseguiu, enquanto apresentava o médico à esposa —, eu estava dizendo a ele que não há nada no direito romano que o autorize

---

[1] Quarenta dias após a Páscoa. [2] Verso do poema "Elegia", do poeta russo Anton Delvig (1798-1831). Musicado posteriormente por M. L. Iákovlev.

a ficar o tempo todo no seu hospital e que ele deve dedicar o seu ócio à vida social. Não é verdade, meu anjo?

— Sente-se aqui — disse VeraIóssifovna para a visita, indicando um assento a seu lado. — O senhor pode me fazer a corte. Meu marido é ciumento, um verdadeiro Otelo, mas, afinal, vamos nos esforçar para agir de modo que ele não perceba nada.

— Ah, minha marota, malandrinha... — murmurou com ternura Ivan Petróvitch, e a beijou na testa. — A visita do senhor veio muito a calhar — dirigiu-se de novo ao médico. — Minha mulher escreveu um romance grandiosíssimo e hoje vai ler sua obra em voz alta.

— Jeantchik[3] — disse Vera Ióssifovna para o marido —, *dites que l'on nous donne du thé*.[4]

Startsev foi apresentado a Ekatierina Ivánovna, moça de dezoito anos, muito parecida com a mãe, também magrinha e graciosa. Ainda tinha fisionomia de criança e cintura fina, delicada; o peito virginal, belo, saudável, já desenvolvido, evocava a primavera, a verdadeira primavera. Em seguida, tomaram chá com geleia, mel, balas e biscoitos muito gostosos, que derretiam na boca. No início da noite, pouco a pouco, chegaram os convidados e, a cada um deles, Ivan Petróvitch dirigia seus olhos risonhos e dizia:

— Boa noite, tenha a bondade.

Depois, todos foram sentar-se na sala, com rostos muito sérios, e Vera Ióssifovna leu seu romance. Começava assim: "A friagem aumentava...". As janelas estavam totalmente abertas, ouvia-se o tilintar das facas na cozinha, de onde também vinha o cheiro de cebola assada... As poltronas macias, fundas, inspiravam tranquilidade, as luzes cintilavam muito brandas na penumbra da sala; e, naquele momento, na noite de verão,

---

3 Trata-se do nome francês *Jean* seguido do sufixo diminutivo russo. O nome Ivan corresponde ao francês Jean. **4** Francês: "Diga para servirem o chá".

enquanto vozes e risos vinham da rua e o aroma dos lilases bafejava do jardim, era difícil entender como aquela friagem estava aumentando, e como o sol nascente, com seus raios frios, iluminava uma planície coberta de neve e um caminhante, que seguia sozinho pela estrada; Vera Ióssifovna lia que uma jovem e bela condessa estava construindo escolas, hospitais e bibliotecas em suas terras e que havia se apaixonado por um pintor errante — lia coisas que nunca acontecem na vida e, mesmo assim, era agradável ouvir, era reconfortante, e vinham à cabeça pensamentos muito bonitos, serenos —, não dava nenhuma vontade de levantar.

— Muito meritório... — falou Ivan Petróvitch, em voz baixa.

E um dos convidados, que, enquanto ouvia, deixava os pensamentos fugirem para qualquer lugar muito, muito remoto, confirmou, em voz quase inaudível:

— Sim... de fato...

Passou uma hora, e outra. No parque municipal, perto dali, uma orquestra estava tocando e um coro cantava. Quando Vera Ióssifovna fechou o caderno, todos se mantiveram em silêncio durante uns cinco minutos, enquanto ouviam "Pequenina acha de lenha",[5] que o coro estava cantando, e a canção transmitia aquilo que não havia no romance e que existe na vida.

— A senhora publica suas obras em revistas? — perguntou Stártsev para Vera Ióssifovna.

— Não — respondeu. — Não publico em lugar nenhum. Escrevo e escondo no meu armário. Para que publicar? — explicou. — Afinal, nós temos recursos.

E, sem saber por quê, todos deram um suspiro.

— E agora, você, Kótik,[6] toque algo para nós — disse Ivan Petróvitch para a filha.

---

5 "Lutchínuchka", canção popular russa. 6 Gatinha.

Ergueram a tampa do piano e abriram partituras, já deixadas ali de propósito. Ekatierina Ivánovna sentou-se e, com as duas mãos, golpeou as teclas; logo depois, mais uma vez, golpeou com toda a força, e outra vez, e mais outra; o peito e os ombros se sacudiam, ela golpeava obstinadamente, sempre no mesmo lugar, e parecia que não ia parar enquanto não cravasse as teclas bem fundo no piano. A sala foi tomada por um trovão; tudo retumbava: o chão, o teto, os móveis... Ekatierina Ivánovna estava tocando uma passagem difícil, interessante, justamente por sua dificuldade, longa e monótona e, enquanto escutava, Stártsev evocava pedras que rolavam do alto da montanha, rolavam e rolavam sem cessar, e ele desejava que parassem de rolar o quanto antes, porém, naquele momento, Ekatierina Ivánovna, vigorosa, decidida, rosada por causa do esforço e com um cachinho caído sobre a testa, lhe pareceu muito bonita. Depois de passar o inverno em Diálij, entre pacientes e mujiques, poder sentar-se numa sala de visitas, ver aquela criatura jovem, elegante e provavelmente pura, ouvir aqueles sons barulhentos, enfadonhos, mas, ainda assim, cultos, era tão agradável, tão novo...

— Puxa, Kótik, hoje você tocou melhor do que nunca — disse Ivan Petróvitch com lágrimas nos olhos, quando a filha terminou e se pôs de pé. — Já pode morrer, Denis, você não vai escrever nada melhor.[7]

Todos rodearam a jovem, deram-lhe os parabéns, se mostraram admirados, garantiram que fazia muito tempo que não ouviam música igual, e ela escutava em silêncio, sorria bem de leve e o triunfo se estampava em toda a sua figura.

— Lindo! Maravilhoso!

---

[7] Dito famoso, atribuído ao príncipe Potiómkin (1739-91), após a primeira apresentação da peça *O menor de idade*, do escritor russo Denis Fonvinzin (1744-92).

— Lindo! — disse também Stártsev, rendendo-se à admiração geral. — Onde a senhora estudou música? — perguntou para Ekatierina Ivánovna. — No conservatório?

— Não, estou só me preparando para entrar no conservatório, enquanto isso estudo aqui mesmo, com a mme. Zavlóvskaia.

— A senhora terminou o ginásio local?

— Ah, não! — respondeu por ela Vera Ióssifovna. — Nós contratamos professores que dão aula aqui em casa, afinal, o senhor há de convir que, no ginásio ou no instituto, pode haver más influências; enquanto a menina está crescendo, deve permanecer apenas sob a influência da mãe.

— Mesmo assim, vou estudar no conservatório — disse Ekatierina Ivánovna.

— Não, Kótik ama sua mamãe. Kótik não vai causar desgosto ao papai e à mamãe.

— Não, eu vou! Eu vou, sim! — disse Ekatierina Ivánovna, fingindo birra, de brincadeira, e bateu com o pé no chão.

Durante o jantar, foi Ivan Petróvitch que mostrou seus talentos. Rindo apenas com os olhos, contou anedotas, lançou tiradas espirituosas, formulou enigmas engraçados que ele mesmo solucionou e, o tempo todo, se expressava num linguajar insólito, elaborado à custa de longos exercícios com ditos jocosos, algo que, pelo visto, já se tornara um hábito para ele: grandiosíssimo, muito meritório, agradeço ao senhor servilmente...

Porém isso foi tudo. Quando os convidados, satisfeitos e fartos, se aglomeraram no vestíbulo para pegar seus casacos e suas bengalas, em torno deles se movimentava afoito o lacaio Pavlucha, ou Pava,[8] como era chamado em casa, um menino de uns catorze anos, bochechudo e de cabeça raspada.

— Vamos lá, Pava, faça uma imitação! — disse Ivan Petróvitch.

---

8 Em russo, pavoa.

O menino fez uma pose, ergueu a mão bem alto, e declamou em tom trágico:
— Morra, mulher infeliz!⁹
E todos gargalharam.
"Interessante", pensou Stártsev, enquanto saía para a rua. Ainda passou num restaurante e tomou uma cerveja, depois seguiu a pé para sua casa, em Diálij. Ao longo de todo o caminho, cantarolava:

*Tua voz, para mim, carinhosa, meiga...*¹⁰

Quando se deitou para dormir, após percorrer nove verstas, ele não sentia o menor cansaço, ao contrário, tinha a impressão de que andaria com prazer mais vinte verstas.
"Muito meritório...", lembrou, enquanto pegava no sono, e deu uma risada.

II

Stártsev pensava sempre em ir à casa dos Túrkin, mas havia muito trabalho no hospital e ele não conseguia, de maneira nenhuma, encontrar tempo livre. Desse modo, passou-se mais de um ano em meio ao trabalho e à solidão; porém lhe trouxeram uma carta da cidade, num envelope azul...

Já fazia tempo que Vera Ióssifovna sofria de enxaqueca, mas, recentemente, todos os dias Kótik a deixava assustada dizendo que ia para o conservatório e, com isso, os ataques de dor de cabeça passaram a se repetir em intervalos cada vez menores. Todos os médicos da cidade haviam passado pela casa dos Túrkin: chegara, enfim, a vez do médico rural. Vera

---

9 Da tragédia *Otelo*, de Shakespeare. 10 Verso da canção "Noite", do compositor russo A. G. Rubinstein (1829-94), adaptado de um verso de Púchkin.

Ióssifovna tinha escrito uma carta comovente, na qual pedia que Stártsev fosse aliviar seu sofrimento. Stártsev foi até lá e, depois disso, passou a visitar a casa dos Túrkin com frequência, com muita frequência... De fato, ele ajudou um pouco Vera Ióssifovna, e ela já dizia a todos os seus convidados que Stártsev era um médico admirável, espantoso. Mas ele já não estava indo à casa dos Túrkin por causa da enxaqueca...

Era um feriado. Ekatierina Ivánovna havia terminado seus longos e enfadonhos exercícios ao piano. Depois, eles se reuniram na sala de jantar para tomar chá, e Ivan Petróvitch estava contando algo engraçado. De repente, soou a campainha; foi preciso ir ao vestíbulo para receber algum convidado; Stártsev, muito nervoso, aproveitou o minuto de confusão para falar, num sussurro, com Ekatierina Ivánovna:

— Pelo amor de Deus, eu suplico, não me torture, vamos para o jardim!

Ela encolheu os ombros, como se estivesse perplexa e sem entender o que queriam dela, mas levantou-se e foi.

— A senhora toca piano três, quatro horas — disse ele, enquanto andava a seu lado. — Depois fica junto de sua mãe e eu não tenho a menor chance de conversar com a senhora. Pelo menos me dê quinze minutos, eu imploro.

O outono se aproximava, o velho jardim estava silencioso, tristonho, folhas escuras jaziam nas alamedas. Já começara a anoitecer mais cedo.

— Fiquei uma semana inteira sem ver a senhora — prosseguiu Stártsev. — Se a senhora soubesse que sofrimento é para mim! Vamos nos sentar. Escute-me.

Os dois tinham um recanto favorito no jardim: um banco embaixo de um bordo. E, dessa vez, também se sentaram naquele banco.

— O que o senhor deseja? — perguntou Ekatierina Ivánovna com secura, como se tratasse de negócios.

— Fiquei uma semana inteira sem ver a senhora, fiquei tempo demais sem ouvir a senhora. Sinto uma vontade apaixonada, estou mesmo sedento de ouvir a sua voz. Fale.

Ela fascinava Stártsev com seu frescor, com a expressão inocente dos olhos e das faces. Até na maneira como o vestido assentava na jovem ele enxergava algo de extraordinário, meigo, comovente, por sua graça simples e ingênua. Ao mesmo tempo, apesar daquela inocência, ela lhe parecia muito inteligente e culta para a idade. Com ela podia conversar sobre literatura, arte, qualquer coisa, podia queixar-se da vida, das pessoas e, no entanto, às vezes, durante uma conversa séria, de repente, sem nenhum motivo, acontecia de ela começar a rir, ou ela fugia para dentro de casa. Como quase todas as moças de S., Ekatierina Ivánovna lia bastante (em S., em geral, lia-se muito pouco, e diziam até que, não fossem as moças e os judeus jovens, a biblioteca local poderia muito bem ser fechada); Stártsev gostava daquilo imensamente, sempre lhe perguntava com emoção o que a jovem tinha lido nos últimos dias e ouvia fascinado enquanto ela lhe contava.

— O que a senhora leu esta semana, enquanto não nos vimos? — perguntou, também dessa vez. — Conte, por favor.

— Eu li Píssemski.[11]

— O quê, exatamente?

— *Mil almas* — respondeu Kótik — Mas que nome mais engraçado o de Píssemski: Aleksei Feofiláktich!

— Aonde a senhora está indo? — assustou-se Stártsev quando ela se levantou de repente e caminhou na direção de casa. — Eu preciso muito conversar com a senhora, preciso explicar... Fique aqui comigo, pelo menos cinco minutos! Eu suplico!

---

[11] Aleksei Feofeláktovitch Píssemski (1821-81), escritor russo, autor do romance *Mil almas* (1858). A personagem, logo a seguir, abrevia e altera um pouco o patronímico do escritor.

Ela se deteve, como se quisesse dizer algo e, depois, embaraçada, enfiou um bilhetinho na mão dele, correu para casa e, lá, sentou-se de novo ao piano.

"Hoje, às onze da noite", leu Stártsev, "vá ao cemitério, junto ao mausoléu de Demetti."

"Ora, mas isso é uma enorme tolice", pensou, a caminho de sua casa. "Por que no cemitério? Para quê?"

Não havia dúvida: Kótik estava brincando. De fato, quem poderia pensar a sério em marcar um encontro tarde da noite, longe da cidade, num cemitério, quando seria tão fácil encontrar-se na rua ou no parque da cidade? E será que, para uma pessoa como ele, o médico local, homem inteligente, respeitável, ficaria bem andar suspirando, receber bilhetinhos, esgueirar-se por cemitérios, fazer tolices de que, hoje em dia, até adolescentes achariam graça? A que vai levar esse romance? O que dirão seus camaradas, quando souberem? Assim pensava Stártsev, enquanto vagava entre as mesas do clube, porém, de repente, às dez e meia, levantou-se e tomou o rumo do cemitério.

Naquela altura, ele já possuía uma parelha de cavalos e tinha a seu serviço o cocheiro Pantieleimón, que usava um colete de veludo. A lua brilhava. Era uma noite silenciosa, quente, mas de um calor de outono. Na periferia, perto do matadouro, cães uivavam. Stártsev deixou o coche nos limites da cidade, numa travessa, e seguiu a pé, sozinho, para o cemitério. "Cada um tem as suas esquisitices", pensou. "Kótik também tem as dela e, quem sabe, talvez não esteja brincando e venha de fato." Rendeu-se àquela esperança frágil, vazia, e ela o embriagou.

Percorreu meia versta pelo campo. O cemitério se destacava ao longe como uma faixa escura, como um bosque ou um vasto jardim. Via-se um muro de pedras brancas, um portão... À luz do luar, dava para ler no portão: "Vem a hora em que todos...".[12] Stártsev atravessou o portão e a primeira coisa que viu foram as cruzes brancas, os monumentos de ambos os lados da larga alameda e as sombras negras que desciam dos mausoléus e dos choupos; em redor, ao longe, via-se o branco e o preto, e árvores sonolentas que curvavam os ramos por cima da brancura. Parecia que ali, no cemitério, estava mais claro do que no campo; as folhas dos bordos, semelhantes a patas de animais, se destacavam bem marcadas sobre a areia amarela da alameda e sobre as lápides, e as inscrições nas sepulturas surgiam nítidas. De início, o que assombrou Stártsev foi aquilo que estava vendo agora pela primeira vez na vida e que, provavelmente, nunca mais teria a chance de ver: um mundo que não se parecia com nenhum outro, um mundo em que a luz do luar era tão suave e bonita, como se ali fosse o seu berço, ali onde não existia vida nenhuma, nada, entretanto, em cada choupo escuro, em cada túmulo, sentia-se a presença de um mistério, que prometia uma vida serena, bela, eterna. Das lápides e das flores murchas, junto com o perfume das folhas do outono, vinha um sopro de perdão, tristeza e serenidade.

Em redor, o silêncio; as estrelas miravam do céu, em profunda resignação, e os passos de Stártsev soavam bruscos e inoportunos. Só quando os sinos da igreja bateram e ele se imaginou morto, enterrado ali para sempre, lhe veio a impressão de que alguém estava olhando para ele e, por um instante, pensou que aquilo não era nem serenidade nem silêncio, mas a surda angústia do nada, um desespero desolador...

O mausoléu de Demetti tinha forma de capela, com um anjo no alto; em outros tempos, certa companhia de ópera itinerante italiana passou por S., uma das cantoras morreu, foi enterrada ali e, para ela, ergueram aquele mausoléu. Na cidade,

---

[12] João, 5,28: "Não vos admireis com isto: vem a hora em que todos os que repousam no sepulcro ouvirão sua voz".

ninguém mais se lembrava dela, porém, acima do pórtico, uma lamparina refletia o luar e parecia estar acesa.

Não havia ninguém. E quem haveria de ir ali à meia-noite? Mas Stártsev continuava esperando e, como se o luar inflamasse nele a paixão, esperava com ardor, enquanto, na imaginação, retratava beijos, abraços. Sentou-se junto ao mausoléu e ali ficou meia hora, depois percorreu as alamedas laterais com o chapéu na mão, enquanto aguardava, pensando que naqueles túmulos estavam enterradas muitas mulheres e moças que tinham sido bonitas, fascinantes, que tinham amado, que arderam de paixão nas madrugadas, enquanto se entregavam a carícias. Como a mãe natureza, no fundo, zomba horrivelmente do ser humano, e como era vergonhoso ter de reconhecer aquilo! Stártsev pensava assim e, ao mesmo tempo, tinha vontade de gritar que ele queria, que ele esperava o amor a qualquer preço; à sua frente, reluziam não mais a brancura dos pedaços de mármore, mas sim corpos lindos, ele via formas que se escondiam, encabuladas, entre as sombras das árvores, sentia calor, e aquela ansiedade tornou-se dolorosa...

Como se uma cortina baixasse, a lua se foi para trás de uma nuvem e, de repente, tudo em volta escureceu. A muito custo, Stártsev encontrou o portão — já estava escuro, como são as noites de outono — e depois vagou uma hora e meia à procura da travessa onde havia deixado seu coche.

— Estou cansado, mal consigo me aguentar em pé — disse para Pantieleimón.

E, ao sentar-se com prazer no coche, pensou:

"Ah, eu não devia ter engordado!"

III

No dia seguinte, à noitinha, foi à casa dos Túrkin fazer o pedido de casamento. Mas logo ficou claro que o momento não era conveniente, pois Ekatierina Ivánovna estava em seu quarto com o cabeleireiro, preparando o penteado. Ela precisava se arrumar para o baile, à noite, no clube.

Mais uma vez, Stártsev foi obrigado a permanecer muito tempo sentado na sala de jantar, tomando chá. Ivan Petróvitch, ao perceber que o convidado parecia pensativo e entediado, tirou um papelzinho do bolso do colete e leu uma carta ridícula de um administrador alemão que contava que, na fazenda, todas as "hordas" de repolho se perderam e os "murros" de tijolos desmoronaram.

"E aposto que o dote que eles vão me dar não será pequeno", pensou Stártsev, enquanto ouvia distraído.

Depois de uma noite sem dormir, ele se encontrava num estado de torpor, como se tivesse ingerido uma bebida doce e soporífera; no espírito pairava uma neblina, mas ele se sentia alegre, aquecido e, ao mesmo tempo, uma partezinha fria e pesada de sua cabeça raciocinava:

"Pare com essa história, antes que seja tarde demais! Acha que ela é para você? Ela é mimada, caprichosa, dorme até duas horas da tarde, e você é o filho de um sacristão, um médico rural..."

"Pois é, e agora?", pensou. "Tanto faz."

"Além do mais, se você se casasse", continuou aquela partezinha de sua cabeça, "os pais dela obrigariam você a largar o trabalho de médico rural e vir morar na cidade."

"E daí?", pensou. "Se tem de ser na cidade, que seja na cidade. Eles vão me dar um dote, nós vamos comprar os móveis..."

Então, Ekatierina Ivánovna apareceu num vestido de baile decotado, muito bonitinha, muito arrumada, e Stártsev ficou encantado, chegou a tamanho arrebatamento que foi incapaz de pronunciar uma palavra sequer, apenas olhava para ela e ria.

Ela começou a se despedir, e ele — já sem motivo nenhum para permanecer ali — levantou-se, dizendo que estava na hora de ir para casa: os pacientes o aguardavam.

— Não se pode fazer nada — disse Ivan Petróvitch. — Vá, e aproveite para levar Kótik ao clube.

Lá fora chuviscava, estava muito escuro, e graças apenas à tosse rouca de Pantieleimón foi possível adivinhar onde estavam os cavalos. Tinham baixado a capota do coche.

— Eu caminho pelo tapete, você capota no topete — disse Ivan Petróvitch, enquanto acomodava a filha no coche. — E por que caminhos ele se mete... Vamos, toca os cavalos! Adeus, até à vista!

Foram embora.

— Sabe, ontem eu estive no cemitério — disse Stártsev. — Não foi nada generoso nem delicado da sua parte...

— O senhor foi ao cemitério?

— Fui, fiquei lá e esperei a senhora por quase duas horas. Eu sofri...

— Pois sofra mesmo, se não é capaz de entender uma brincadeira.

Satisfeita por ter pregado uma peça com tamanha astúcia num homem apaixonado e que a amava tanto, Ekatierina Ivánovna deu uma gargalhada e, de repente, gritou de susto, pois naquele instante os cavalos fizeram uma curva fechada para entrar no portão do clube, e o coche pendeu bruscamente para o lado. Stártsev abraçou Ekatierina Ivánovna pela cintura; assustada, a jovem se apertou a ele, que não se conteve e a beijou com paixão nos lábios, no queixo, e a abraçou com mais força.

— Chega — disse ela, com secura.

Num piscar de olhos, ela já não estava mais no coche, e o guarda, junto à porta iluminada do clube, gritava para Pantieleimón, numa voz abominável:

— O que está esperando, seu imbecil? Vá em frente de uma vez!

Stártsev foi para casa, mas logo voltou. Vestido num fraque emprestado, de gravata branca e dura, que, mesmo assim, se enrugava toda e queria se desprender do colarinho, lá estava ele no salão do clube, à meia-noite, e dizia para Ekatierina Ivánovna com entusiasmo:

— Ah, como sabem pouco da vida aqueles que nunca amaram! Acho que até hoje ninguém descreveu o amor de maneira fiel e duvido que seja possível descrever esse sentimento carinhoso, alegre, torturante. E quem o experimentou pelo menos uma vez não é capaz de traduzi-lo em palavras. De que adiantam os preâmbulos, as descrições? Para que serve a eloquência inútil? Meu amor é infinito... Eu peço. Eu imploro — exclamou Stártsev, afinal. — Seja minha esposa!

— Dmítri Iónitch — disse Ekatierina Ivánovna, com expressão muito séria, após refletir um pouco. — Dmítri Iónitch, sou muito grata ao senhor por esta honra, eu respeito o senhor, mas... — Ela se levantou e continuou a falar de pé. — Mas, me perdoe, não posso ser sua esposa. Vamos falar a sério. Dmítri Iónitch, o senhor sabe que aquilo que eu mais prezo na vida é a arte, eu amo, eu adoro a música, loucamente, dediquei toda a minha vida à música. Eu quero ser artista, quero a glória, o sucesso, a liberdade, e o senhor quer que eu continue a viver nesta cidade, que eu continue nesta vida vazia, inútil, que para mim se tornou insuportável. Tornar-me esposa... ah, não, me desculpe! O ser humano deve aspirar a fins mais elevados, mais brilhantes, e a vida conjugal me manteria presa para sempre. Dmítri Iónitch — ela sorriu bem de leve, pois ao pronunciar "Dmítri Iónitch" lembrou-se do nome "Aleksei Feofiláktich" —, o senhor é um homem bom, generoso, inteligente, o senhor é o melhor de todos... — e lágrimas brotaram em seus olhos — eu simpatizo com o senhor com toda a minha alma, mas... mas o senhor vai compreender...

E, para não começar a chorar, ela deu as costas e saiu da sala.

O coração de Stártsev deixou de bater inquieto. Quando saiu do clube para a rua, antes de mais nada, arrancou do pescoço a gravata dura e suspirou até o fundo do peito. Estava sentindo um pouco de vergonha e o orgulho ferido — não contava com uma recusa —, e era difícil acreditar que todos os seus sonhos, angústias e esperanças o tivessem levado a um desfecho tão tolo, como uma pecinha qualquer num espetáculo de teatro amador. E ficou desgostoso do seu sentimento, daquele seu amor, tão desgostoso que parecia à beira de se deixar dominar por soluços, ou de bater o guarda-chuva com toda a força nas costas largas de Pantieleimón.

Durante uns três dias não teve vontade de fazer nada, não comia, não dormia, mas quando chegou a notícia de que Ekatierina Ivánovna tinha fugido para Moscou a fim de entrar no conservatório, ele se acalmou e passou a viver como antes.

Depois, às vezes, quando recordava como tinha vagado pelo cemitério ou como percorrera a cidade inteira à cata de um fraque, ele se espreguiçava com ar indolente e dizia:

— Nossa, quanta confusão!

IV

Passaram quatro anos. Na cidade, Stártsev já formara uma grande clientela. Toda manhã, bem depressa, atendia os pacientes em sua casa, em Diálij, depois partia para cuidar dos pacientes da cidade, já não viajava num coche de dois cavalos, mas sim de três, uma troica enfeitada com guizos, e só voltava para casa tarde da noite. Havia engordado, ganhara corpo e só andava a pé a contragosto, pois sofria de falta de ar. Pantieleimón também engordara e, quanto mais largo se tornava, mais tristes eram seus suspiros e lamentos por seu destino amargo: estava farto da vida de cocheiro!

Stártsev visitava diversas casas e encontrava muita gente, mas não fazia amizade com ninguém. Os habitantes o deixavam irritado com suas conversas, com sua maneira de ver a vida e até com sua aparência. Pouco a pouco, a experiência lhe havia ensinado que, enquanto estavam jogando baralho ou comendo com ele, os habitantes locais se mostravam pessoas calmas, benévolas e não de todo idiotas, porém bastava falar de um assunto menos digerível, por exemplo, política ou ciência, para logo ficarem emburrados ou adotarem uma filosofia tão tacanha e raivosa que não restava outra saída senão desistir e ir embora. Quando Startsev tentava dizer, mesmo para algum morador mais liberal, por exemplo, que felizmente a humanidade estava progredindo e que, com o tempo, seriam eliminados os passaportes e seria abolida a pena de morte, a pessoa logo olhava meio de lado para ele e perguntava, com ar incrédulo: "Quer dizer que qualquer um vai poder cortar o pescoço de quem quiser, no meio da rua?". E quando em sociedade, num jantar ou num chá, Startsev dizia que era preciso trabalhar, que não se pode viver sem trabalho, todos entendiam aquilo como uma acusação, fechavam a cara e se punham a discutir de modo desproposital. Enquanto isso, os habitantes não faziam nada, absolutamente nada, não se interessavam por coisa alguma, e era de todo impossível inventar algum assunto para conversar com eles. Assim, Startsev evitava conversas, se limitava a comer e jogar baralho, e quando calhava de se ver numa festa de família, na casa de alguém, e o convidavam para comer, sentava-se à mesa e comia calado, olhando para o prato; nessas ocasiões, tudo que as pessoas diziam era sem interesse, errado, estúpido, ele se sentia irritado, nervoso, mas se mantinha mudo, e como estava sempre calado e austero, olhando sempre para o prato, o chamavam na cidade de "polaco metido", embora nada tivesse de polonês.

Distrações como teatro e concertos, ele as evitava, mas toda noite jogava uíste durante três horas, mais ou menos, e com prazer. Tinha mais uma distração, à qual se habituara pouco a pouco, sem perceber: à noite, retirava dos bolsos o dinheiro recebido nas consultas, e, às vezes, aquelas cédulas amarelas e verdes, com cheiro de perfumes, de vinagre, de incenso, de óleo de baleia, abarrotavam seus bolsos com uns bons setenta rublos; e depois de juntar algumas centenas de rublos, ele ia à Sociedade de Crédito Mútuo e os depositava numa conta-corrente.

Após a partida de Ekatierina Ivánovna, durante quatro anos, ele só esteve na casa dos Túrkin duas vezes, a convite de Vera Ióssifovna, que continuava a se tratar da enxaqueca. Todo verão, Ekatierina Ivánovna visitava os pais, porém Startsev não a viu nenhuma vez; não calhou de se encontrarem.

Mas aqueles quatro anos chegaram ao fim. Certa manhã quente e tranquila, no hospital, lhe entregaram uma carta. Vera Ióssifovna escrevia que tinha muitas saudades dele e pedia que fosse à sua casa, sem falta, para aliviar seus sofrimentos, ainda mais por ser o dia de seu aniversário. Embaixo, vinha um adendo: "Ao pedido de mamãe, acrescento também o meu. K.".

Startsev pensou bem e, à noite, foi à casa dos Túrkin.

— Ah, boa noite, tenha a bondade! — Ivan Petróvitch recebeu-o, sorrindo só com os olhos. — *Bonjouremos!*[13]

Vera Ióssifovna, já bastante envelhecida, de cabelos brancos, apertou a mão de Startsev, suspirou com ar afetado e disse:

— O senhor não quer mais me cortejar, doutor, nunca vem aqui, eu já estou velha para o senhor. Mas agora chegou uma jovem, quem sabe ela não tem mais sorte?

E Kótik? Havia emagrecido, ficara pálida, estava mais bonita e mais esbelta; porém já não era mais Kótik, e sim Ekatierina Ivánovna; já não havia o frescor de antes nem a expressão de inocência infantil. Havia algo novo no olhar e nas maneiras — um toque de temor e de culpa, como se ali, na casa dos Túrkin, ela já não se sentisse em casa.

— Há quanto tempo! — disse ela, enquanto estendia a mão para Startsev, e era evidente que seu coração batia em sobressalto;

---

[13] No original, o personagem constrói uma palavra russa a partir da forma francesa *bonjour* (bom dia).

e, enquanto olhava para o rosto do médico com atenção e curiosidade, prosseguiu: — Como o senhor engordou! Está mais corado, mais maduro, porém, no conjunto, mudou pouco.

E naquele momento ela agradou a Stártsev, e agradou muito, porém já havia na jovem algo de menos, ou algo de mais — ele mesmo não conseguia dizer do que se tratava exatamente, mas algo o impedia de sentir o mesmo de antes. Não gostou de sua palidez, da nova fisionomia, do sorriso frouxo, da voz e, pouco depois, já não estava gostando do vestido, da poltrona em que ela estava sentada, e também não lhe agradava alguma coisa do passado, quando por muito pouco não se casou com ela. Recordou seu amor, os sonhos e as esperanças que, quatro anos antes, o deixavam em alvoroço, e sentiu-se constrangido.

Tomaram chá com bolinhos. Depois, VeraIóssifovna leu um romance em voz alta, leu coisas que jamais acontecem na vida, e Stártsev ouvia, olhava para a cabeça grisalha e bonita daquela mulher, e não via a hora de aquilo terminar.

"Medíocre", pensou, "não é a pessoa incapaz de escrever contos, mas a pessoa que escreve e é incapaz de esconder o que escreveu."

— Muito meritório — disse Ivan Petróvitch.

Em seguida, Ekatierina Ivánovna tocou piano em volume muito alto, por muito tempo e, quando terminou, agradeceram bastante e elogiaram demoradamente.

"Que bom que eu não me casei com ela", pensou Stártsev.

Ekatierina Ivánovna olhava para ele e, pelo visto, esperava que Stártsev a chamasse para ir ao jardim, mas ele se mantinha em silêncio.

— Vamos conversar um pouco — disse ela, aproximando-se. — Como anda sua vida? O que o senhor tem feito? Como vai? Passei todos esses dias pensando no senhor — prosseguiu, nervosa. — Eu queria mandar uma carta, queria ir eu mesma à sua casa em Diálij, e cheguei a tomar a decisão de ir, mas depois mudei de ideia... Só Deus sabe o que o senhor pensa de mim agora. Hoje fiquei esperando o senhor com muita ansiedade. Por favor, vamos para o jardim.

Foram para o jardim e se sentaram no mesmo banco, embaixo do velho bordo, como quatro anos antes. Estava escuro.

— Como o senhor tem vivido? — perguntou Ekatierina Ivánovna.

— Tudo bem, vou indo — respondeu Stártsev.

E não conseguiu inventar mais nada. Ficaram calados.

— Eu estou emocionada — disse Ekatierina Ivánovna, e cobriu o rosto com as mãos. — Mas o senhor não ligue para isso. Eu me sinto tão bem em casa, estou tão feliz de ver todo mundo, não consigo me acostumar. E quantas recordações! Eu achava que nós dois íamos ficar conversando sem parar, até amanhecer.

Agora, ele estava vendo seu rosto de perto, os olhos brilhantes, e ali no escuro ela parecia mais jovem do que dentro de casa, e sua antiga expressão infantil até pareceu voltar. De fato, ela olhava para ele com uma curiosidade infantil, como se quisesse observar mais de perto e compreender a pessoa que, em outro tempo, a amara com tanto fervor, com tanta ternura e tanta infelicidade; os olhos estavam lhe agradecendo aquele amor. E Stártsev recordou tudo que havia ocorrido, todos os mínimos detalhes, como ele tinha vagado pelo cemitério, como depois, pela manhã, voltara extenuado para casa e, de repente, sentiu-se triste e desgostoso com o passado. Uma centelha se acendeu em sua alma.

— E a senhora lembra como eu a levei até o clube, naquela festa? — disse ele. — Chovia, estava escuro...

A centelha continuava a arder em sua alma e, agora, lhe veio a vontade de falar, queixar-se da vida...

— Ah! — exclamou, com um suspiro. — Veja, a senhora me pergunta como anda a minha vida. Mas como vivemos aqui? Ora, isto não é vida. Envelhecemos, engordamos, vamos decaindo. Entra dia, sai dia, e a vida vai passando, insípida, sem impressões, sem pensamentos... De dia, ganhar dinheiro; à noite, o clube, a companhia dos jogadores de cartas, dos alcoólatras, dos grosseirões que eu não consigo suportar. O que há de bom nisso?

— Mas o senhor tem o seu trabalho, tem um propósito nobre na vida. O senhor gostava tanto de falar do seu hospital. Naquela época, eu era um pouco estranha, eu me imaginava uma grande pianista. Hoje em dia, qualquer mocinha toca piano, e eu também tocava, como todas, eu não tinha nada de especial. Sou tão pianista quanto mamãe é escritora. Claro, naquela época, eu não compreendia o senhor, mas depois, em Moscou, eu pensava no senhor muitas vezes. Que felicidade ser um médico rural, ajudar os que sofrem, servir o povo. Que felicidade! — repetiu Ekatierina Ivánovna, com entusiasmo. — Quando eu pensava no senhor, em Moscou, o senhor me surgia no pensamento como algo tão ideal, sublime...

Stártsev lembrou-se das notas que, à noite, ele tirava dos bolsos com tanto prazer, e a centelha se apagou em sua alma.

Levantou-se a fim de ir para casa. A moça o tomou pelo braço.

— O senhor é a melhor pessoa que conheci na vida — prosseguiu. — Nós vamos nos encontrar, conversar, não é verdade? Prometa. Eu não sou pianista, não me iludo mais comigo mesma e, na sua presença, não vou mais tocar nem falar de música.

Quando entraram na casa e, à luz noturna, Stártsev viu o rosto e os olhos tristes, agradecidos e assustados de Ekatierina Ivánovna voltados para ele, sentiu um desassossego e, de novo, pensou:

"Que bom que não me casei naquela ocasião."

Começou a se despedir.

— Não há nada no direito romano que dê ao senhor a prerrogativa de ir embora sem jantar — disse Ivan Petróvitch, enquanto o conduzia. — Da sua parte, isto é deveras perpendicular. Mas, vamos lá, faça uma imitação! — disse no vestíbulo, dirigindo-se a Pava.

Pava, que já não era um menino, mas sim um rapaz de bigode, fez uma pose, ergueu a mão bem alto e disse, com voz trágica:

— Morra, mulher infeliz!

Tudo aquilo deixou Stártsev irritado. Ao sentar-se no coche e olhar para a casa escura e para o jardim que, em outros tempos, tinham sido tão queridos e tão preciosos para ele, lembrou-se de tudo de uma vez só: os romances de VeraIóssifovna, o piano barulhento de Kótik, as tiradas jocosas de Ivan Petróvitch, a pose trágica de Pava, e ponderou que, se as pessoas mais talentosas de toda a cidade eram tão medíocres, o que se poderia esperar daquele lugar?

Três dias depois, Pava trouxe uma carta de Ekatierina Ivánovna. "O senhor não vem à nossa casa. Por quê?", escreveu ela. "Receio que o senhor tenha mudado em relação a nós; receio, e tenho medo só de pensar nisso. Tranquilize-me, venha e me diga que está tudo bem. Eu preciso conversar com o senhor. Sua I. T."

Leu a carta até o fim, pensou um pouco e disse a Pava:

— Meu caro, diga que hoje eu não posso ir, estou muito ocupado. Diga que irei mais ou menos daqui a uns três dias.

Entretanto, passaram os três dias, passou uma semana, e ele nunca ia. Às vezes, ao passar pela casa dos Túrkin, recordava que tinha de fazer uma visita, nem que fosse por um minuto, porém ficava pensando e… não ia.

E nunca mais foi à casa dos Túrkin.

V

Passaram alguns anos. Stártsev engordou mais ainda, tornou-se obeso, respira ofegante e caminha com a cabeça inclinada para trás. Quando ele, rotundo e vermelho, se desloca em sua troica enfeitada com guizos, e Pantieleimón, também rotundo e vermelho, com a nuca muito carnuda, sentado na boleia, com os braços esticados para a frente, muito retos, como se fossem de madeira, grita para os que vêm no sentido contrário: "Mantenha a direita!", ergue-se um quadro grandioso e parece que não é um ser humano que está passando, mas sim um deus pagão. Stártsev conta com uma clientela imensa na cidade, não tem tempo nem para respirar, já possui uma propriedade rural e duas casas na cidade, e tem em mira uma terceira, que vai lhe trazer mais lucro, e quando lhe dizem, na Sociedade de Crédito Mútuo, que a casa de alguém vai a leilão judicial, ele segue até lá e, sem a menor cerimônia, percorre todos os cômodos, sem dar atenção às mulheres e às crianças despidas, que ficam olhando para ele com espanto e temor, empurra todas as portas com a bengala e diz:

— Isto é o escritório? Aqui é o dormitório? E aqui, o que é?

Enquanto isso, respira com dificuldade e enxuga o suor da testa.

Tem muitos afazeres, mas não abandona seu cargo de médico rural; a cobiça não lhe dá sossego, ele quer estar em toda parte ao mesmo tempo. Em Diálij e na cidade, ele já é chamado apenas de Iónitch.[14] "Para onde vai esse Iónitch?" Ou: "Não é melhor chamar o Iónitch e fazer uma consulta?".

Na certa, por ter a garganta cheia de gordura, sua voz se modificou, ficou aguda e áspera. Seu temperamento também mudou: tornou-se severo, irritadiço. Quando recebe os pacientes, em geral se irrita, bate a bengala no chão com impaciência e grita, com voz desagradável:

— Faça o favor de responder só o que foi perguntado! Não jogue conversa fora!

Vive só. Acha a vida maçante, não se interessa por nada.

---

14 O uso apenas do patronímico denota informalidade, maior familiaridade.

Desde que foi morar em Diálij, o amor por Kótik foi sua única alegria e, provavelmente, a última. À noite, joga baralho no clube e depois se senta sozinho diante de uma grande mesa e janta. É servido por Ivan, o lacaio mais velho e respeitável, trazem para ele o vinho Lafite nº 17, e todo mundo — os diretores do clube, o cozinheiro e o lacaio — já sabe do que ele gosta e do que não gosta, se esforçam ao máximo para satisfazê-lo, do contrário é bem possível que se irrite, de repente, e comece a bater com a bengala no chão.

Enquanto janta, às vezes se vira e se intromete na conversa de qualquer um:

— Do que estão falando? Hein? De quem?

E quando, por acaso, em qualquer mesa perto da sua, alguém menciona os Túrkin, ele pergunta:

— De que Túrkin estão falando? Daqueles que têm uma filha que toca piano?

E isso é tudo que se pode dizer a respeito dele.

E quanto aos Túrkin? Ivan Petróvitch não envelheceu, não mudou nada, continua como antes, com suas tiradas jocosas e suas anedotas. Vera Ióssifovna, com prazer e com simplicidade afetuosa, lê, como antes, seus romances para as visitas. E Kótik toca piano mais ou menos quatro horas por dia. Envelheceu visivelmente, adoece com frequência e todo outono viaja com a mãe para a Crimeia. Ivan Petróvitch as acompanha até a estação e, quando o trem parte, enxuga as lágrimas e grita:

— Adeus, até a vista!

E abana o lenço.

1898

O homem no estojo

Uns caçadores que perderam a hora de regressar tiveram de se abrigar no celeiro do estaroste Prokófi, nos arredores do povoado de Mironóssitskoie, para ali pernoitar. Eram só dois: o médico veterinário Ivan Ivánitch e o professor de ginásio Búrkin. Ivan Ivánitch tinha um sobrenome de família duplo e muito estranho, Tchimcha-Guimaláiski, que não combinava nem um pouco com ele e, em toda a província, era chamado apenas pelo nome e pelo patronímico;[1] morava perto da cidade, num haras, e tinha saído para caçar a fim de respirar um pouco de ar puro. Já Búrkin, o professor de ginásio, todo verão se hospedava nas terras dos condes P. e, naquele local, havia muito tempo já era considerado uma pessoa de casa.

Não estavam dormindo. Ivan Ivánitch, velho, alto e magricelo, de bigodes compridos, estava do lado de fora, sentado junto à porta fumando cachimbo; a lua o iluminava. Búrkin estava do lado de dentro, deitado sobre o feno, e ali, no escuro, não dava para vê-lo.

Os dois estavam contando diversas histórias. Entre outros casos, comentaram que a esposa do estaroste, Mavra, mulher saudável e que não era nada boba, durante toda a vida, nunca tinha ido a lugar nenhum fora de seu povoado natal, nunca tinha

---

[1] O nome russo é composto de três partes: prenome, patronímico (formado a partir do prenome do pai) e sobrenome de família. No caso, o nome completo é: Ivan Ivánitch (ou Ivánovitch) Tchimcha-Guimaláiski.

visto uma cidade ou uma estrada de ferro e, nos últimos dez anos, ficara o tempo todo junto ao fogão e só saía de casa à noite.

— E o que há nisso de espantoso? — disse Búrkin. — Neste mundo, não são raras as pessoas solitárias por natureza, que, como o caranguejo-eremita ou o caracol, tentam se refugiar dentro de sua casca. Talvez se trate, aqui, do fenômeno do atavismo, o retorno para o tempo em que o antepassado do ser humano ainda não era um animal social e vivia sozinho em sua toca, mas, no caso, talvez seja apenas uma das variedades da personalidade humana... quem sabe? Eu não sou naturalista e meu ramo de trabalho não trata desse tipo de questão; só estou querendo dizer que pessoas como Mavra não constituem um fenômeno raro. Aliás, veja, nem é preciso ir muito longe: há cerca de dois meses, em nossa cidade, morreu um tal de Biélikov, professor de grego, meu colega. O senhor ouviu falar dele, é claro. Era famoso por sair de casa sempre de galochas e guarda-chuva, e também não podia faltar um grosso casaco de algodão, mesmo quando o tempo estava ótimo. O guarda-chuva ficava dentro de uma capinha, o relógio, em outra capinha, de camurça cinzenta, e, quando ele precisava da faquinha de apontar lápis, retirava aquele instrumento de outra capinha; seu rosto também parecia estar sempre metido dentro de uma capinha, pois se escondia o tempo todo por trás de um colarinho alto. Ele usava óculos escuros, blusão fechado, protetores de orelha de algodão e, quando se sentava num coche de praça, mandava fechar a capota. Em suma, percebia-se naquela pessoa um esforço constante e irresistível de cobrir-se com algum tipo de invólucro, criar para si algum estojo, por assim dizer, que o isolasse, protegesse das influências exteriores. A realidade o irritava, o assustava, mantinha-o em constante sobressalto e, quem sabe, a fim de justificar sua timidez, sua aversão ao tempo presente, ele sempre elogiava o passado e coisas que nunca existiram; a língua antiga que ele lecionava representava, para ele, no fundo, o mesmo que as galochas e o guarda-chuva, um lugar onde se escondia da vida real.

"'Ah, como a língua grega é linda e sonora!', dizia, com uma expressão doce no rosto; e, como se fosse para comprovar suas palavras, estreitava os olhos, erguia o dedo e pronunciava: '*Anthropos*!'.[2]

"E Biélikov tentava esconder até seu pensamento dentro de um estojo. Para ele, só eram claros os artigos de jornal e os comunicados oficiais em que se proibia alguma coisa. Quando, num comunicado oficial, se proibia os funcionários de saírem à rua depois das nove horas da noite, ou, em algum artigo de jornal, se proibia o amor carnal, aquilo, para ele, estava bem claro, bem definido; está proibido, e pronto. Já nas licenças e nas permissões, aos olhos dele, sempre se escondia um elemento de dúvida, havia algo implícito e vago. Quando permitiam, na cidade, a formação de um círculo de teatro ou de leitura ou de uma sala de chá, ele balançava a cabeça e dizia, em voz baixa:

"'Agora, tudo parece muito bonito, é claro, mas onde é que isso vai acabar?'.

"Qualquer tipo de infração, transgressão ou desobediência às regras o deixava num estado de grande abatimento, por mais que aquilo não tivesse nada a ver com ele. Se um colega se atrasasse para a missa ou se corressem rumores a respeito de alguma travessura de alunos do ginásio ou se vissem uma dama da sociedade, tarde da noite, na companhia de um oficial, ele ficava muito nervoso e dizia o tempo todo: 'Onde é que isso vai parar?'. Nos conselhos de classe do colégio, ele nos massacrava com seus escrúpulos minuciosos, suas manias e suas concepções puramente de estojo acerca do mau comportamento da juventude nos ginásios mistos de meninos e meninas, acerca do enorme barulho que os alunos faziam nas

[2] Em grego, homem.

aulas ('Ah, tomara que isso não chegue aos ouvidos das autoridades, ah, onde é que isso vai parar?'), e repetia que seria muito bom expulsar Pietrov da segunda série e Iégorov, da quarta série. E sabe o que acontecia? Com seus suspiros, suas lamúrias, seus óculos escuros por cima do rosto pálido e miúdo, sabe, aquela cara miúda de fuinha, ele nos subjugava a todos e, no final, cedíamos e abaixávamos as notas de Pietrov e de Iégorov por causa do comportamento, nós os deixávamos de castigo e, no final da história, eles acabavam mesmo sendo expulsos. Biélikov tinha um hábito esquisito: ir aos nossos apartamentos. Ele chegava à casa de um professor, sentava-se e ficava calado, parecia que estava observando alguma coisa. Ficava sentado assim, sem falar nada, uma ou duas horas, e ia embora. A isso ele chamava 'manter boas relações com os colegas', mas era óbvio que, para ele, ir à nossa casa e ficar ali era algo constrangedor e só nos visitava porque julgava que era uma obrigação entre colegas de trabalho. Nós, professores, tínhamos medo dele. Até o diretor tinha medo. Veja, tenha em mente que nossos professores eram todos muito ponderados, pessoas profundamente ordeiras, educadas, leitores de Turguêniev e Shchedrin,[3] no entanto, aquele homem que andava sempre de galochas e guarda-chuva manteve o ginásio inteiro sob seu domínio durante quinze anos seguidos! E não era só o ginásio: era a cidade inteira! As nossas damas não promoviam espetáculos domésticos aos sábados, com receio de que ele ficasse sabendo; e os membros do clero se intimidavam com ele e, em sua presença, não comiam carne nem jogavam cartas. Por influência de pessoas como Biélikov, durante os últimos dez ou quinze anos, passamos a ter medo de tudo em nossa cidade. As pessoas tinham medo de falar alto, mandar

---

3 Refere-se a dois grandes escritores russos: Ivan Turguêniev (1818-83) e Saltikov-Shchedrin (1826-89).

cartas, travar amizades, ler livros, ajudar os pobres, ensinar os outros a ler e escrever..."

Ivan Ivánitch queria dizer algo, mas primeiro tossiu, acendeu o cachimbo e começou a fumar, olhou para a lua e depois falou, pausadamente:

— Pois é. Eram pessoas ponderadas, ordeiras, leitoras de Shchedrin e Turguêniev, e também de Buckle[4] e vários outros, mas se submetiam a ele, aceitavam... Esse tipo de coisa também acontece.

— O Biélikov morava no mesmo edifício que eu — prosseguiu Búrkin —, no mesmo andar, porta com porta, nós dois nos víamos muitas vezes e eu conhecia sua vida doméstica. Dentro de casa, era a mesma história: roupão, gorro, persianas, ferrolhos, toda uma série das mais diversas proibições, barreiras e muitos "Ah, onde é que isso vai parar?". Deixar de comer carne fazia mal a ele, mas na Quaresma ele não podia comer carne, porque as pessoas iam dizer que Biélikov não obedecia às regras do jejum, e então ele comia percas assadas na manteiga. Não era comida apropriada para o jejum, de fato, mas também ninguém poderia dizer que ele comia carne. Na casa dele não trabalhavam mulheres, pois Biélikov tinha receio de que pensassem mal dele, seu cozinheiro era o Afanássi, de uns sessenta anos de idade, beberrão e meio maluco, que em outros tempos tinha sido ordenança no quartel e sabia cozinhar um pouco. Esse Afanássi costumava ficar junto à porta, de braços cruzados, e vivia resmungando sempre a mesma coisa, com um profundo suspiro: 'Hoje em dia, há muitos *desses* por aí!'.

"O quarto de Biélikov era pequeno, igual a um caixote, e tinha uma cama com cortinado. Quando se deitava para dormir, ele cobria a cabeça; ficava quente, abafado, o vento trepidava

---

4 Thomas Buckle (1821-62). Historiador inglês.

nas portas fechadas, zumbia na chaminé da estufa; vinham suspiros da cozinha, uns suspiros sinistros...

"Debaixo do cobertor, ele se sentia apavorado. Tinha medo de onde tudo aquilo iria parar, tinha medo de que Afanássi cortasse sua garganta, de que ladrões invadissem sua casa, e depois, a noite inteira, tinha sonhos ameaçadores, e de manhã, quando íamos juntos para o colégio, ele estava aborrecido, pálido, e era óbvio que o colégio cheio de gente para onde ele estava caminhando era apavorante, algo contrário a todo o seu ser, e também era evidente que, para ele, pessoa solitária por natureza, era constrangedor caminhar a meu lado.

"'Fazem barulho demais nas nossas aulas', dizia, como se tentasse encontrar uma explicação para seu sentimento aflitivo. 'Eu nunca vi nada parecido com isso.'

"Pois esse professor de grego, esse homem no estojo, imagine só, já esteve, uma vez, à beira de se casar."

Ivan Ivánitch virou os olhos rapidamente para dentro do celeiro e disse:

— Está brincando!

— É verdade, por mais estranho que pareça, ele esteve à beira de se casar. Um novo professor de história e geografia foi designado para o nosso colégio, um tal de Mikhail Sávvitch Kovalienko, da Ucrânia. Não veio sozinho, mas sim com a irmã Várienka. Era um jovem alto, bronzeado, de mãos enormes e, pelo rosto, logo se via que tinha voz de baixo e, de fato, sua voz parecia sair de um barril: bu-bu-bu... A irmã já não era jovem, uns trinta anos, também alta, esbelta, de sobrancelhas pretas, faces coradas... em suma, não era nenhuma mocinha em flor, mas era um doce de pessoa, tão desinibida, tão expansiva, ela vivia cantando baladas da Pequena Rússia[5] e dando gargalhadas. Por qualquer motivo, desatava sua risada muito

---

5 Denominação usual da Ucrânia, na época.

sonora: ha-ha-ha! O primeiro contato mais estreito que tivemos com os Kovalienko, eu me lembro, se deu no aniversário do diretor do colégio. No meio dos pedagogos austeros, de uma rigidez maçante, uma nova Afrodite nasceu das espumas: ela caminhava com as mãos na cintura, gargalhava, cantava, dançava... Cantou com emoção "Uivam os ventos",[6] depois uma balada, e mais outra, e todos nós ficamos fascinados com ela... todos, até Biélikov. Sentou-se perto dela e disse, com um sorriso doce: "A língua da Pequena Rússia, com sua ternura e sonoridade agradável, faz lembrar o grego antigo".

"Aquilo deixou Várienka lisonjeada e ela começou a contar, com sentimento e convicção, que, no distrito de Gádiatch, ela possuía um sítio onde morava sua mãe e lá nasciam peras, melões e 'tabernas' que nem dava para descrever! Na Ucrânia, chamam as abóboras de 'tabernas', e as tabernas eles chamam de 'cabanas', e Várienka contou que, lá, fazem um *borsch* com tomates e beringelas que fica 'tão gostoso, tão gostoso que a gente fica louca!'.

"Nós ouvíamos, ouvíamos e, de repente, a todos nós, veio a mesma ideia; 'Como seria bom se os dois se casassem', me disse o diretor em voz baixa.

"Por algum motivo, todos ao mesmo tempo nos demos conta de que o nosso Biélikov era solteiro e, naquele momento, nos pareceu estranho que, até então, não tivéssemos lembrado aquilo e houvéssemos deixado completamente de lado aquele detalhe tão importante em sua vida. Como ele se relacionava com as mulheres, como ele resolvia aquela questão essencial? Antes, o assunto não nos interessava nem um pouco; talvez nem sequer admitíssemos a simples ideia de que um homem que, mesmo com um tempo excelente, só anda de galochas

---

6 Canção popular ucraniana.

e guarda-chuva e que só dorme fechado por trás de um cortinado pudesse amar.

"'Ele já passou bastante dos quarenta, e ela já tem trinta anos...', a esposa do diretor me explicou seu ponto de vista. 'Eu acho que ela se casaria com ele.'

"O que nós, na província, não somos capazes de fazer por puro tédio? Quanta futilidade, quanto disparate! E isso acontece porque não se faz aquilo que é de fato necessário. Pois bem: de onde foi que, de uma hora para outra, nos veio toda aquela vontade de casar o Biélikov, que ninguém conseguia sequer imaginar como um homem casado? A esposa do diretor, a esposa do inspetor e todas as damas ligadas ao nosso ginásio se animaram muito, chegaram a ficar mais bonitas, como se, de repente, tivessem descoberto um propósito para suas vidas. A esposa do diretor comprou ingressos para um camarote do teatro e vimos que, no camarote, estava a Várienka, radiante, feliz, com seu leque enorme e, a seu lado, Biélikov, miúdo, curvado, parecia ter sido arrancado de casa à força, seguro por tenazes. Um dia, dei uma festa e as damas exigiram que eu convidasse Várienka e Biélikov. Em resumo, as engrenagens começaram a girar. Verificou-se que Várienka não era contra se casar. Ela não achava muita graça em morar com o irmão, os dois só sabiam brigar e discutir o dia inteiro. Imagine só a cena: Kovalienko vai andando pela rua, um homenzarrão alto, cheio de saúde, camisa bordada, uma grande mecha de cabelo escapa por baixo do quepe e escorre pela testa; na mão, uma pasta de livros, na outra mão, um bastão grosso e nodoso. Atrás, vai a irmã, também com livros.

"'Mas, afinal de contas, Mikháilik, você não leu nada disso!' Ela discute, em voz bem alta. 'Estou lhe dizendo, eu juro, você não leu nada disso!'

"'Pois eu estou dizendo que li, sim!', grita Kovalienko, e faz o bastão trovejar de encontro à calçada.

"'Ora essa, meu Deus, Míntchik! Por que está zangado? O que a gente está discutindo é só uma questão de princípios.'

"'Pois eu garanto a você que eu li!', grita Kovalienko, mais alto ainda.

"E em casa, em presença de algum estranho, era o mesmo bate-boca. Aquela vida, com certeza, não tinha graça nenhuma para ela, daí a vontade de ter o seu canto, e é preciso também levar em conta a idade de Várienka. Nessa altura da vida, não dá mais tempo de ficar escolhendo, é melhor se casar com quem aparecer, nem que seja um professor de grego. A bem da verdade, para a maioria das nossas jovens solteiras, não importa com quem se casar, contanto que elas se casem. De um jeito ou de outro, Várienka passou a demonstrar uma evidente boa vontade com o nosso Biélikov.

"E o Biélikov? Ele ia à casa de Kovalienko da mesma forma como ia à casa de todos nós. Chegava lá, sentava-se e ficava calado. Não falava nada, enquanto Várienka cantava para ele 'Uivam os ventos', ou ficava olhando para ele com ar pensativo, com seus olhos escuros, ou de repente derramava uma gargalhada: 'Ha-ha-ha!'.

"Nas questões de amor e, sobretudo, de casamento, a sugestão desempenha um papel importante. Todos, os colegas e as damas, tentavam agora persuadir Biélikov de que devia casar, de que não lhe restava mais nada na vida senão casar; todos nós o felicitávamos, dizíamos as maiores banalidades com a cara mais séria do mundo, coisas como: o matrimônio é um passo muito sério na vida; além do mais, a Várienka nada tinha de feia, era uma mulher interessante, filha de um conselheiro de Estado,[7] proprietária de um sítio e, o mais importante de tudo, era a primeira mulher que tratava Biélikov com atenção

---

[7] Título do funcionalismo público no Império Russo, correspondente à quinta classe, numa escala de catorze classes.

e carinho. A cabeça do Biélikov começou a rodar e ele acabou chegando à conclusão de que, realmente, precisava se casar."

— E então chegou a hora de ele largar as galochas e o guarda-chuva — exclamou Ivan Ivánitch.

— Pois sim. Logo se viu que isso era impossível. Ele colocou um retrato de Várienka sobre a mesa e vinha toda hora à minha casa para falar sobre Várienka, sobre a vida conjugal, dizia que o matrimônio era um passo muito sério, ia muitas vezes à casa de Kovalienko, mas seu modo de viver não mudou nem um pouco. Ao contrário, até: a decisão de se casar agiu sobre ele de forma um tanto doentia, ele emagreceu, ficou pálido e pareceu se refugiar ainda mais fundo no seu estojo.

"'Varvara Sávvichna me agrada', dizia-me, com um sorrisinho sutil e contraído. 'E eu sei que todo homem precisa se casar, mas... sabe, tudo isso aconteceu tão de repente... Eu preciso pensar.'

"'Mas o que há para pensar?', retrucava eu. 'É só se casar, e pronto.'

"'Não, o casamento é um passo muito sério, primeiro é necessário pesar bem as obrigações, as responsabilidades que ele acarreta... para depois ver no que vai dar. Isso me deixa tão preocupado, agora eu fico a noite toda sem dormir. E, confesso, eu tenho medo: ela e o irmão têm uma forma um tanto estranha de pensar, eles raciocinam assim, sabe, de um jeito esquisito, e a personalidade dela é muito expansiva. Você casa e depois, quem sabe, acaba ficando numa situação difícil.'

"E ele nunca fazia o pedido de casamento, sempre adiava, para grande desgosto da esposa do diretor e de todas as nossas damas; ele não parava de pesar bem as obrigações e as responsabilidades do casamento e, enquanto isso, passeava quase todo dia em companhia de Várienka, talvez achasse que aquilo era necessário, na sua situação, e vinha sempre à minha casa para conversar sobre a vida conjugal. O mais provável é que, no final, ele apresentaria de fato o pedido e, assim, se realizaria mais um desses casamentos tolos e supérfluos que existem entre nós aos milhares, nos quais as pessoas se casam por puro tédio, por não ter nada mais para fazer, e teria sido assim se, de repente, não tivesse estourado um *kolossalische Skandal*.[8] É preciso dizer que o irmão de Várienka, o Kovalienko, odiava Biélikov desde o primeiro dia em que o conheceu e não conseguia suportá-lo.

"'Eu não entendo', nos dizia ele, encolhendo os ombros. 'Eu não entendo como vocês conseguem engolir esse dedo-duro, esse tipinho execrável. Ah, meus caros, como conseguem viver aqui? A atmosfera é sufocante, intragável. Será que vocês são mesmo pedagogos, professores? Não passam de burocratas, vocês não têm aqui um templo da ciência, mas um tribunal de polícia, que ainda por cima exala um cheiro azedo, igual à guarita de uma sentinela. Não, meus caros, só vou morar aqui mais um pouco e depois vou embora para o meu sítio e lá vou pescar caranguejos e dar aulas para as crianças ucranianas. Eu vou embora e vocês vão ficar aqui, com o seu Judas, e que ele vá para o inferno.'

"Ou então gargalhava, gargalhava até as lágrimas, ora com voz de baixo, ora com voz aguda e estridente, e me perguntava, erguendo as mãos espalmadas:

"'Para que é que ele vem sempre à minha casa? O que ele quer? Fica lá sentado, olhando.'

"Kovalienko chegou a dar um apelido ao Biélikov: Aranha Chupa-Sangue.[9] E, é claro, nós evitávamos falar para ele que sua irmã, Várienka, tinha intenção de se casar justamente com a tal 'aranha'. E quando, certa vez, a esposa do diretor insinuou

---

8 Alemão [incorreto]: escândalo colossal.   9 Referência à peça *O explorador ou a aranha*, do dramaturgo ucraniano M. L. Kropivnítski (1840-1910), a que Tchékhov assistiu em 1893.

para Kovalienko que seria bom unir sua irmã a um homem tão sério e respeitado por todos como era Biélikov, ele fechou a cara e rosnou:

"'Isso não é da minha conta. Ela pode se casar até com uma víbora, eu não gosto de me meter na vida dos outros.'

"Pois bem, agora escute só o que foi que aconteceu. Não sei que gaiato cismou de desenhar uma caricatura: Biélikov, de galochas e de calça arregaçada, debaixo de um guarda-chuva, e Várienka andando de braço dado com ele; embaixo, a inscrição: 'O *anthropos* apaixonado'. A expressão era um verdadeiro achado, entende, surpreendente. O desenhista, com certeza, trabalhou várias noites na sua ideia, pois todos os professores dos ginásios de meninos e de meninas, os professores do seminário, os funcionários, todos receberam um exemplar. Biélikov também recebeu. A caricatura deixou nele a mais dolorosa impressão.

"Nós dois saímos juntos de casa, era exatamente o dia 1º de maio, um domingo, e todos nós, professores e alunos, combinamos de nos encontrar no ginásio e, depois, irmos a pé para um bosque, nos arredores da cidade. E fomos para lá, mas Biélikov estava verde, mais sombrio do que uma nuvem de chuva.

"'Como existe gente ruim e malvada!', exclamou, e os lábios começaram a tremer.

"Fiquei até com pena dele. Estávamos caminhando e, de repente, imagine só, apareceu o Kovalienko andando de bicicleta e, atrás dele, também de bicicleta, Várienka, vermelha, extenuada, mas contente, alegre.

"'Ah', gritou ela, 'nós vamos na frente! O tempo está tão bom, o dia está tão bonito que a gente fica louca!'

"E os dois desapareceram. O meu Biélikov, de verde passou a branco, e pareceu estupefato. Parou e ficou olhando para mim...

"'Por favor, o que foi isso?', perguntou. 'Será que os meus olhos me enganaram? Será que é decente que professores de ginásio e mulheres andem de bicicleta?'

"'Mas o que há nisso de indecente?', perguntei. 'Deixe que eles andem de bicicleta à vontade.'

"'Mas como pode ser?', gritou, espantado com a minha tranquilidade. 'O que o senhor está dizendo?'

"Biélikov estava tão perturbado que nem quis continuar o passeio e voltou para casa.

"No dia seguinte, ficou o tempo todo esfregando as mãos uma na outra, tremendo, e pelo rosto era evidente que não estava nada bem. Nem foi dar aula, o que lhe aconteceu pela primeira vez na vida. Também não almoçou. À noite, vestiu uma roupa mais aquecida, embora fizesse uma temperatura de verão, e caminhou a custo até a casa de Kovalienko. Várienka não estava, ele encontrou só o irmão.

"'Sente-se, por favor', disse Kovalienko, em tom frio, e franziu as sobrancelhas; tinha o rosto sonolento, havia acabado de repousar após o jantar e estava de muito mau humor.

"Biélikov ficou sentado, em silêncio, durante uns dez minutos, e então começou:

"'Eu vim à casa do senhor para aliviar minha alma. Estou muito, muito abatido. Um desses caluniadores de pasquim fez um desenho da minha pessoa em traços ridículos, e ainda por cima na companhia de outra pessoa, próxima a nós dois. Considero meu dever garantir ao senhor que eu, de maneira nenhuma... Eu não dei nenhum motivo para tal pilhéria, ao contrário, o tempo todo eu me comportei como o mais decente dos homens.'

"Kovalienko continuava quieto, emburrado, mudo. Biélikov esperou um pouco e continuou, em voz baixa, sofrida:

"'E tenho mais uma coisa a dizer ao senhor. Eu trabalho há muitos anos, o senhor apenas está começando, e considero meu dever, como seu colega veterano, prevenir o senhor. O senhor anda de bicicleta, e essa diversão é de todo indecente para a educação da juventude.'

"'Mas por quê?', perguntou Kovalienko, com voz de baixo.

"'Ora, será mesmo preciso, nesse caso, dar mais alguma explicação, Mikhail Sávvitch? Será que não está bem claro? Se um professor anda de bicicleta, o que será dos alunos? Para eles, só vai restar andar de pernas para o ar! E uma vez que nenhuma comunicação oficial autoriza andar de bicicleta, não se pode fazer isso. Ontem, eu fiquei apavorado! Quando vi a sua irmã, meus olhos chegaram a escurecer. Uma mulher, ou moça, numa bicicleta... é horroroso!'

"'O que o senhor deseja, exatamente?'

"'Eu só desejo uma coisa: prevenir o senhor, Mikhail Sávvitch. O senhor é jovem, tem o futuro pela frente, é preciso se comportar com muito, muito cuidado, o senhor comete tantos erros, ah, tantos erros! O senhor anda de camisa bordada, sai sempre na rua com não sei que livros nas mãos, e agora, ainda por cima, essa bicicleta. O diretor será informado de que o senhor e sua irmã andam de bicicleta, depois isso vai chegar ao curador... E o que pode haver de bom nisso?'

"'Se eu e a minha irmã andamos de bicicleta, não é da conta de ninguém!', disse Kovalienko, e ficou vermelho. 'E quem quiser se meter nos meus assuntos domésticos e familiares, eu mando para os cães do inferno.'

"Biélikov empalideceu e levantou-se.

"'Se o senhor fala comigo nesse tom de voz, não posso continuar', disse. 'E peço que nunca diga nada acerca das autoridades na minha presença. O senhor deve tratar o poder com respeito.'

"'E por acaso eu falei algo de ruim sobre as autoridades?', perguntou Kovalienko, olhando para ele com raiva. 'Por favor, me deixe em paz. Eu sou um homem honesto e não quero conversar com uma pessoa como o senhor. Eu não gosto de dedos-duros.'

"Biélikov se viu atrapalhado, nervoso e, com expressão de horror no rosto, começou rapidamente a vestir seus agasalhos. Pois foi a primeira vez na vida em que ouviu tamanha grosseria.

"'Pode falar o que o senhor bem entender', disse Biélikov, ao sair do vestíbulo para o patamar da escada. 'Eu devo apenas prevenir o senhor: talvez alguém esteja nos escutando e, para que não entendam mal a nossa conversa e não acabe acontecendo alguma coisa ruim, devo relatar ao senhor diretor o conteúdo da nossa conversa... em linhas gerais. Eu tenho a obrigação de fazer isso.'

"'Relatar? Pois vá de uma vez, relate tudo!'

"Kovalienko agarrou Biélikov por trás do colarinho e deu um safanão para a frente, o que fez Biélikov descer a escada aos trambolhões, com as galochas trovejando pelos degraus. Era uma escada alta, íngreme, mas ele conseguiu rolar até embaixo sem maiores estragos; levantou-se, apalpou o nariz: será que os óculos tinham quebrado? Porém, bem na hora em que ele terminou de rolar pela escada, Várienka estava chegando, com duas damas; elas pararam ali embaixo e ficaram olhando: para Biélikov, aquilo foi o mais terrível de tudo. Dava a impressão de que seria melhor ter quebrado o pescoço, as duas pernas, do que fazer aquele papel ridículo; agora, toda a cidade ia ficar sabendo, a notícia chegaria ao diretor, ao curador... Ah, onde aquilo iria parar?... Fariam mais caricaturas e, no final de tudo, viria a ordem para ser demitido...

"Quando Biélikov se levantou, Várienka o reconheceu e, ao ver seu rosto ridículo, o casaco amarrotado, as galochas, sem entender o que havia ocorrido e supondo que ele tivesse caído por acidente, ela não se conteve e deu uma gargalhada que engoliu o prédio inteiro.

"'Ha-ha-ha!'

"E aquele 'ha-ha-ha' estrondoso, avassalador, foi o fim de tudo: do matrimônio e da existência terrena de Biélikov. Ele não ouvia mais o que Várienka falava, não enxergava mais nada. Voltou para casa e, antes de qualquer coisa, tirou o retrato da mesa, depois se deitou na cama e não levantou mais.

"Uns três dias depois, o Afanássi veio à minha casa e perguntou se não era melhor chamar o médico, pois era preciso fazer alguma coisa para o patrão. Fui visitar Biélikov. Estava deitado por trás do cortinado, embaixo do cobertor, calado; a qualquer pergunta só respondia sim ou não, e mais nada. Não saía da cama, enquanto Afanássi andava para lá e para cá, de rosto contraído, de ar sombrio, suspirando fundo; e ele exalava um cheiro de vodca, como em uma taberna.

"Um mês depois, Biélikov morreu. Fomos todos ao enterro, quer dizer, os dois ginásios e o seminário. Naquele momento, deitado no caixão, seu rosto tinha uma expressão mansa, agradável, até alegre, como se estivesse contente por ter sido, afinal, colocado dentro de um estojo, do qual nunca mais sairia. Pois é, ele alcançou o seu ideal! E como se fosse uma homenagem para ele, na hora do enterro o tempo estava encoberto, chuvoso, e todos nós calçávamos galochas e segurávamos guarda-chuvas. Várienka também foi ao enterro e, quando baixaram o caixão na sepultura, chorou um pouco. Eu notei que as ucranianas só choram ou riem, desconhecem os estados de espírito intermediários.

"Admito que enterrar pessoas como Biélikov é uma grande satisfação. Quando voltamos do cemitério tínhamos fisionomias melancólicas, austeras, ninguém estava disposto a revelar aquele sentimento de satisfação, um sentimento parecido com o que experimentávamos muito tempo antes, ainda na infância, quando os adultos saíam de casa e nós podíamos correr à vontade pelo jardim durante umas duas horas e desfrutar uma liberdade completa. Ah, a liberdade, a liberdade! A mera sugestão, a mais tênue esperança dessa possibilidade, já basta para dar asas à alma, não é verdade?

"Pois bem. Retornamos do cemitério num bom estado de espírito. No entanto, não passou nem uma semana e a vida voltou a se arrastar como antes, a mesma vida austera, fatigante, sem sentido, sem as proibições inscritas nas circulares, mas tampouco inteiramente livre; a vida não ficou melhor. De fato, enterramos o Biélikov, mas quantos homens no estojo restaram, e quantos ainda vão nascer!"

— É isso mesmo, essa é a questão — disse Ivan Ivánitch, e fumou o cachimbo.

— Quantos ainda vão nascer! — repetiu Búrkin.

O professor do ginásio saiu do celeiro. Era baixo, gordo, totalmente careca, de barba preta que batia quase na cintura; junto com ele, saíram os dois cães.

— Olhe só a lua. Que lua! — disse, olhando para o alto.

Já era meia-noite. À direita, via-se todo o povoado, a rua comprida se estendia até longe, por umas cinco verstas. Tudo estava imerso num sono sereno e profundo; nenhum movimento, nenhum som, nem dava para acreditar que a natureza pudesse ser tão silenciosa. Quando vemos, de madrugada, ao luar, a rua comprida de um povoado rural, com suas isbás, suas medas de feno, seus salgueiros adormecidos, nossa alma também fica serena; nessa calma, nas sombras da madrugada, ela procura abrigo dos trabalhos, das preocupações e do desgosto, ela se torna dócil, tristonha, bonita, e parece que as estrelas olham para ela com carinho e ternura, parece que já não existe maldade no mundo e que tudo vai bem. À esquerda, na ponta do povoado, começa o campo; visível até bem longe, até o horizonte, e em toda a esfera desse campo, banhado pelo luar, também não há nenhum movimento, nenhum som.

— Isso mesmo, essa é a questão — repetiu Ivan Ivánitch. — E, por acaso, viver na cidade, no abafamento, na aglomeração, escrever textos supérfluos, jogar baralho, por acaso isso também não é um estojo? Passar a vida toda, como nós fazemos, no meio de homens ociosos e briguentos, entre mulheres tolas e desocupadas, dizer e ouvir toda sorte de absurdo, por acaso isso não é um estojo? Sabe, se quiser, eu posso contar para o senhor uma história muito instrutiva.

— Não, já é hora de dormir — respondeu Búrkin. — Até amanhã!

Os dois entraram no celeiro e deitaram sobre o feno. Ambos já estavam cobertos e começavam a pegar no sono, quando, de repente, ouviram passos leves: tup, tup... Alguém caminhava perto do celeiro; andou mais um pouco e se deteve, mas, depois de um minuto, recomeçou: tup, tup... Os cães latiram.

— É a Mavra que está caminhando — disse Búrkin.

Os passos cessaram.

— Ter de ver e ouvir como as pessoas mentem — falou Ivan Ivánitch, virando-se para o outro lado. — E ainda chamam você de imbecil, porque tolera essas mentiras; você suporta ofensas, humilhações, não ousa manifestar abertamente que está do lado das pessoas honestas, livres, e você mesmo mente, sorri, e tudo por causa de um pedaço de pão, por causa de um cantinho aquecido, de um empreguinho qualquer, que não vale um tostão... não, é impossível continuar a viver desse jeito!

— Ora, Ivan Ivánitch, isso aí já é de outra ópera — disse o professor. — Vamos dormir.

Uns dez minutos depois, Búrkin já estava dormindo. Mas Ivan Ivánitch continuava a se virar de um lado para o outro, suspirava, e depois se levantou, foi para fora de novo, sentou-se junto à porta e se pôs a fumar um cachimbo.

1898

A groselheira

Desde manhã cedo, nuvens de chuva encobriam o céu de ponta a ponta; o tempo estava ameno, não fazia muito calor nem havia a sensação de melancolia, comum em dias chuvosos e nublados, quando nuvens pairam longo tempo acima do campo e as pessoas ficam esperando a chuva, mas ela não vem. O veterinário Ivan Ivánitch e o professor de ginásio Búrkin já estavam exaustos de caminhar, o campo lhes parecia interminável. À frente, ao longe, se avistavam a muito custo os moinhos de vento do povoado de Mironóssitskoie, uma série de colinas se estendia à direita e, depois, desaparecia na distância, e os dois sabiam que lá ficava a margem do rio, havia campinas, salgueiros verdejantes e sítios, e sabiam que, do alto de uma daquelas colinas, poderiam avistar outro campo igualmente vasto, postes telegráficos e o trem, que, de longe, parecia uma lagarta se arrastando, e sabiam também que de lá, num dia limpo, dava para avistar até a cidade. Agora, com o tempo ameno, quando toda a natureza parecia mansa e pensativa, Ivan Ivánitch e Búrkin sentiam-se impregnados de amor por aquele campo e pensavam em como este país é grande e belo.

— Da outra vez, quando ficamos no celeiro do estaroste Prokófi — disse Búrkin —, o senhor queria me contar uma história.

— Foi sim, eu queria contar a história do meu irmão.

Ivan Ivánitch deu um longo suspiro e se pôs a fumar o cachimbo para começar sua história, porém, exatamente naquele instante, veio a chuva. Uns cinco minutos depois a chuva já caía forte, caudalosa, e era difícil prever quando ia terminar. Ivan Ivánitch e Búrkin se detiveram, pensando no que fazer; os cães, também quietos, já ensopados e com o rabo entre as pernas, olhavam para eles com ternura.

— Precisamos nos abrigar em algum canto — disse Búrkin.
— Vamos à casa do Aliókhin. Fica perto.
— Vamos lá.

Viraram para outra direção e caminharam, sem parar, pelo campo ceifado, ora em linha reta, ora numa diagonal à direita, até chegarem à estrada. Logo surgiram choupos, pomares e, depois, os telhados vermelhos dos celeiros; o rio começou a rebrilhar ao fundo e se abriu a visão de um braço de rio, com um moinho e um poço branco para banhos. O lugar se chamava Sófino, a morada de Aliókhin.

O moinho estava em funcionamento, o ruído abafava o barulho da chuva; a barragem tremia. Perto de uma carroça, havia cavalos encharcados, de cabeça baixa, enquanto pessoas caminhavam com sacos sobre a cabeça. O vento uivava úmido, sujo, incômodo, a água do braço de rio parecia gelada e hostil. Ivan Ivánitch e Búrkin já experimentavam, em todo o corpo, a sensação de molhado, de sujeira, de incômodo, pés e pernas pesavam muito por causa da lama e, enquanto os dois subiam rumo ao celeiro senhorial, passando pela barragem, mantinham-se calados, como se estivessem irritados um com o outro.

Num dos celeiros, ouvia-se o barulho da máquina de peneirar; a porta estava aberta e, através dela, saía uma poeira. No limiar estava o próprio Aliókhin, alto, corpulento, de uns quarenta anos, cabelos compridos, mais parecia um professor universitário ou pintor do que um agricultor. Vestia uma camisa branca, que fazia muito tempo não era lavada, usava uma corda em lugar de cinto e ceroulas em lugar de calças, e tinha lama e palha grudadas nas botas. O nariz e os olhos estavam pretos de poeira. Conhecia Ivan Ivánitch e Búrkin e, pelo visto, ficou alegre com a visita.

— Por favor, senhores, vão indo para a minha casa — disse, sorrindo. — Eu já vou, num minuto.

A casa era grande, tinha dois andares. Aliókhin morava no térreo, em dois cômodos de teto abobadado e janelas pequenas, onde, em outros tempos, moravam os encarregados da administração da propriedade; a mobília era simples, o ar cheirava a pão de centeio, vodca barata e arreios de cavalo. Ao andar de cima, os cômodos dos nobres, Aliókhin raramente subia, só quando chegavam visitas. Ivan Ivánitch e Búrkin foram recebidos pela criada, uma jovem tão bonita que os dois se detiveram ao mesmo tempo e olharam um para o outro.

— Nem podem imaginar como estou contente de vê-los aqui, senhores — disse Aliókhin no vestíbulo, logo depois que eles entraram. — Eu não estava esperando! Pelagueia! — Voltou-se para a criada. — Traga roupas para as visitas se trocarem. E também vou aproveitar para eu mesmo me trocar. Só que, primeiro, preciso me lavar, senão vão achar que eu não me lavo desde a primavera. Mas os senhores não gostariam de ir se banhar no poço, enquanto eles arrumam tudo por aqui?

A bela Pelagueia, tão delicada e de feições tão dóceis, trouxe toalhas e sabão e Aliókhin foi banhar-se no poço, com as visitas.

— Pois é, já faz muito tempo que eu não tomo banho — disse, enquanto se despia. — Como estão vendo, tenho aqui um poço de banhos muito bom, foi meu pai que construiu, só que eu nunca tenho tempo para me lavar.

Sentou-se num degrau da escadinha e lavou os cabelos compridos e o pescoço, enquanto a água à sua volta se tingia de marrom.

— É, eu estou vendo... — disse Ivan Ivánitch, em tom expressivo, enquanto olhava para a cabeça dele.

— Já faz muito tempo que eu não me lavo... — repetiu Aliókhin, encabulado, lavou-se de novo e, agora, a água à sua volta ficou azul-escura, como tinta de escrever.

Ivan Ivánitch foi até a beira do poço, atirou-se na água com estrondo e nadou debaixo da chuva, com largas braçadas, enquanto ondas se abriam à sua passagem e, sobre elas, balançavam lírios brancos; nadou até o meio do braço de rio, afundou e, após um minuto, surgiu mais adiante, nadou mais um pouco e afundou muitas vezes, tentando tocar o fundo. "Ah, meu Deus...", repetia, extasiado. "Ah, meu Deus..." Nadou até o moinho, trocou algumas palavras com os mujiques, voltou até o meio do braço do rio e, ali, se deixou boiar, deitado, o rosto debaixo da chuva. Búrkin e Aliókhin já tinham se vestido e se preparavam para ir embora, mas ele não parava de nadar e mergulhar.

— Ah, meu Deus... — dizia. — Ah, Senhor, misericórdia...
— Ei, vamos lá, já chega! — gritou Búrkin.

Voltaram para casa. E só quando acenderam o grande lampião na sala do primeiro andar e Búrkin e Ivan Ivánitch, vestidos em roupões de seda e calçados em chinelas aquecidas, sentaram nas poltronas, e o próprio Aliókhin, lavado, penteado, de casaco novo, caminhava pela sala sentindo, com evidente satisfação, o calor, a limpeza, as roupas secas, os calçados leves, enquanto a bela Pelagueia, pisando no tapete sem fazer barulho, sorrindo de leve, servia chá e geleia numa bandeja, só então Ivan Ivánitch deu início à sua história, e parecia que não eram só Búrkin e Aliókhin que estavam ouvindo, mas também as damas, velhas e jovens, e os militares que, nas molduras douradas nas paredes, olhavam para eles com ar sereno e austero.

— Somos dois irmãos — começou. — Eu, Ivan Ivánitch, e o outro, Nikolai Ivánitch, uns dois anos mais jovem. Eu estudei na universidade e me tornei veterinário, mas o Nikolai, desde os dezenove anos, é funcionário da câmara fiscal. Nosso pai,

Tchimcha-Guimaláiski, foi soldado raso desde muito novo, porém, como acabou a carreira no posto de oficial, nos deixou de legado um título de nobreza hereditária[1] e uma pequena propriedade rural. Depois da sua morte, a nossa propriedade foi confiscada a fim de saldar dívidas, mas, apesar de tudo, vivemos nossa infância no campo com bastante liberdade. Assim como as crianças camponesas, nós passávamos os dias e as noites nos campos, na mata, pastoreávamos os cavalos, arrancávamos a casca das árvores para fazer sandálias, pescávamos, fazíamos várias coisas desse tipo... E, vocês sabem, quem, uma vez na vida, já pescou percas ou viu os tordos migratórios passarem em bando por cima das aldeias nos dias cristalinos do outono, essa pessoa jamais será um habitante da cidade e, até morrer, vai aspirar à vida em liberdade. Meu irmão achava seu trabalho maçante. Os anos foram passando e ele, sempre no mesmo emprego, sempre escrevendo os mesmos documentos, sempre pensava a mesma coisa: Quem dera eu estivesse no campo! E, pouco a pouco, aquele tédio acabou se consolidando num desejo bem definido, o sonho de comprar uma pequena propriedade rural, em qualquer canto, na beira de um rio ou lago.

"Ele era um homem bom, doce, eu adorava o meu irmão, porém aquele desejo de se isolar a vida toda numa propriedade rural nunca despertou a minha simpatia. É costume dizer que um homem só precisa de três *archin*[2] de terra. Mas quem precisa de três *archin* de terra é um cadáver, e não um uma pessoa. E agora também é costume dizer que a nossa *intelliguéntsia*[3] tem atração pela terra e aspira à vida rural, aos sítios, e, portanto, isso é bom. Só que esses sítios acabam sendo aqueles

---

[1] Após atingir o topo da carreira, o funcionário civil ou militar ganhava um título da chamada nobreza hereditária, distinta da nobreza antiga, histórica, que não era titulada.   [2] Um *archin* equivale a 71 centímetros.
[3] Intelectualidade, a camada instruída da sociedade. Por vezes, denota sua vanguarda política.

mesmos três *archin* de terra. Deixar para trás a cidade, a luta, o tumulto cotidiano, ir embora e se esconder numa propriedade rural, isso não é vida, é egoísmo, preguiça, é um tipo de vida monástica, mas uma vida monástica sem nenhuma obra importante. O homem não precisa de três *archin* de terra, de um sítio, mas de toda a esfera terrestre, de toda a natureza, onde ele possa manifestar todas as faculdades e capacidades de sua alma livre.

"Meu irmão Nikolai, enquanto trabalhava metido na sua repartição, sonhava que ia tomar a sua *schi*[4] feita com os legumes plantados por ele mesmo, cujo aroma saboroso iria se espalhar por todo o pátio, sonhava que ia comer sentado na relva verdejante, dormir sob o sol amigo, passar horas e horas num banquinho, junto ao portão, olhando para o campo e para o bosque. Os livros de agronomia e todos esses manuais e calendários agrícolas eram a sua grande alegria, o seu alimento espiritual predileto; ele adorava ler jornais, mas só lia os anúncios da venda de não sei quantas deciatinas[5] de terra arável e pastos, com uma casa de fazenda, um rio, um pomar, um moinho e açudes de água corrente. E, na sua cabeça, vinha a imagem de trilhas no meio do pomar, flores, frutas, casinhas suspensas para os passarinhos fazerem ninhos, carpas nos açudes, enfim, vocês sabem, toda essa conversa. Aqueles quadros imaginários variavam conforme os anúncios que apareciam diante de seus olhos, mas, sei lá por que razão, em todos os anúncios, sem exceção, havia sempre uma groselheira. Ele não conseguia conceber nenhum sítio, nenhum recanto poético, sem que lá houvesse uma groselheira.

"'A vida rural tem seus prazeres', dizia muitas vezes. 'Ficar sentado na varanda, tomando chá, os patinhos nadando no lago, um cheiro delicioso no ar e... e uma groselheira bem viçosa.'

---

4 Sopa de legumes, à base de repolho.   5 Uma deciatina equivale a 1,45 hectare.

"Ele sempre traçava um plano para a sua propriedade, só que, toda vez, o plano acabava ficando igual: a) a casa senhorial; b) a casa dos empregados; c) a horta; d) a groselheira. Levava uma vida de muita parcimônia: não comia muito, não bebia muito, vestia-se Deus sabe como, parecia um mendigo, e sempre poupava dinheiro e depositava no banco. Era tremendamente sovina. Só de olhar para ele me dava pena, eu lhe mandava algum dinheiro, o presenteava nos dias de festa, mas até isso ele poupava. Quando uma pessoa dessas enfia uma ideia na cabeça, não há nada que dê jeito.

"Os anos foram passando, ele foi transferido para outra província, já contava mais de quarenta anos, vivia lendo os mesmos anúncios nos jornais e sempre poupando dinheiro. Depois, eu soube que ele casou. Sempre com o mesmo objetivo de comprar um sítio com uma groselheira, ele casou, sem nenhum sentimento, com uma viúva velha e feia, só porque tinha algum dinheirinho. Casado, continuou a viver com parcimônia, mantinha a esposa numa dieta de fome e depositava o dinheiro dela no banco, em seu próprio nome. Antes, ela fora esposa de um diretor dos correios e estava acostumada a ter na mesa empadões e licores de frutas, mas, com o segundo marido, o pão preto nem dava para matar a fome; com aquela vida, a mulher começou a definhar e, após três anos, desistiu e entregou a alma a Deus. Claro que, nem por um minuto, passou pela cabeça do meu irmão que ele era o culpado da morte da esposa. O dinheiro, como a vodca, transforma o homem numa criatura muito estranha. Em nossa cidade, morreu um comerciante. Antes de morrer, ele ordenou que trouxessem um prato de mel e comeu todo seu dinheiro e seus títulos bancários misturados com o mel, para que ninguém tirasse proveito daquilo. Um dia, na estação de trem, eu estava fazendo a inspeção de um rebanho e, naquele momento, um negociante caiu embaixo de uma locomotiva e teve a perna amputada. Levamos o homem para o hospital, o sangue jorrava, uma situação terrível, e ele não parava de suplicar que encontrássemos sua perna, pois só aí tudo ficaria resolvido; dentro da bota da perna amputada, havia vinte rublos, e ele não podia perder aquele dinheiro."

— Isso aí já é de outra ópera — retrucou Búrkin.

— Quando morreu a esposa — prosseguiu Ivan Ivánitch, após refletir um minuto —, meu irmão começou a procurar uma propriedade rural. Claro, mesmo que você procure por cinco anos, no final, não vai conseguir comprar aquilo que tanto sonhou e vai acabar cometendo um engano. Por meio de um corretor, e mediante um contrato de cessão de dívida, meu irmão Nikolai adquiriu cento e doze deciatinas de terra, com casa senhorial, habitação para os empregados, parque, mas sem pomar nem groselheira nem açudes com patinhos; havia um rio, mas a água tinha cor de café, porque, de um lado da fazenda, havia uma fábrica de tijolos e, do outro, uma fábrica de cinzas de ossos. No entanto, o meu Nikolai pouco se abateu com aquilo; encomendou vinte mudas de groselheira, plantou-as e começou a viver como um senhor de terras.

"Ano passado, fiz uma visita a ele. Eu pensei assim: vou até lá e dou uma olhada, para ver como andam as coisas. Nas cartas, meu irmão chamava suas terras de 'Descampado de Tchumbaroklov' e também de 'Guimaláiskoie'. Cheguei a 'Guimaláiskoie' depois do meio-dia. Fazia muito calor. Por todo lado havia valas, cercas, sebes, pinheiros plantados em fileiras, e não dava para saber como entrar no pátio nem onde deixar o cavalo. Caminhei até a casa, um cachorro ruivo correu a meu encontro, gordo, parecia um porco. Queria latir, mas a preguiça não deixou. Da cozinha, veio a cozinheira descalça, gorda, também parecia um porco, e disse que o patrão tinha acabado de almoçar e estava descansando. Entrei no quarto do meu irmão, ele estava sentado na cama, os joelhos debaixo de um cobertor;

tinha envelhecido, engordado, estava obeso; bochechas, nariz e beiços repuxados para a frente, faltava pouco para começar a grunhir embaixo do cobertor.

"Abraçamos um ao outro e vertemos algumas lágrimas de alegria, mas também porque a mocidade tinha ficado para trás, bem longe, e ambos já estávamos grisalhos e a caminho da morte. Ele trocou de roupa e me levou para mostrar sua propriedade.

"'E então, como tem passado por aqui?', perguntei.

"'Tudo certo, graças a Deus, eu vivo bem.'

"Já não era o tímido funcionário pobretão de antigamente, mas um autêntico senhor de terras, um *bárin*.[6] Já havia se adaptado, criara o hábito e tomara gosto por aquela vida; comia muito, lavava-se na *bánia*,[7] ganhara corpo. Já havia entrado na justiça contra a administração local e contra as duas fábricas e se mostrava muito ofendido quando os mujiques não o tratavam de 'vossa excelentíssima'. Preocupava-se seriamente com a própria alma, à maneira dos *bárin*, fazia boas ações, não com humildade, mas com soberba. Que boas ações eram essas? Tratava qualquer doença dos mujiques com soda e óleo de rícino e, no dia do seu santo onomástico, mandava rezar uma missa de ação de graças no meio da aldeia dos camponeses e depois servia meio balde de vodca, pois achava que era indispensável. Ah, esses horríveis meios baldes de vodca! Num dia, o gordo senhor de terra arrasta os mujiques para a polícia local porque deixaram seus animais pisotearem a lavoura dele e, no dia seguinte, como é feriado, manda servir para os mesmos mujiques meio balde de vodca, e eles bebem, gritam 'Hurra!' e, embriagados, se curvam aos pés do senhor de terras. A melhoria das condições de vida, a fartura, o ócio

---

[6] Denominação histórica dos grandes senhores de terras.   [7] Espécie de sauna tradicional russa, associada a diversos costumes.

fomentam nos russos a presunção, até a insolência. Nikolai Ivánitch, que, em outros tempos, na câmara fiscal, chegava a sentir pavor de ter opiniões próprias, ainda que só em pensamento, agora só dizia grandes verdades, e tudo no tom de voz de um ministro: 'A educação é necessária, mas, para o povo, isso é prematuro' e 'os castigos corporais são de todo perniciosos, mas em certos casos são úteis e insubstituíveis'.

"'Eu conheço o povo e sei como lidar com ele', dizia. 'O povo me ama. Basta acenar com o dedo, que o povo faz tudo que eu quiser.'

"E, note bem, o Nikolai falava tudo isso com um sorriso inteligente e bondoso no rosto. Ele repetiu umas vinte vezes: 'nós, os nobres', 'eu, como nobre'; era evidente que já havia esquecido que nosso avô era um mujique e nosso pai, um soldado. Até o nome de nossa família, Tchimcha-Guimaláiski, um completo disparate, agora lhe parecia sonoro, cheio de distinção e muito agradável.

"Mas a questão não é o meu irmão, e sim eu mesmo. Quero contar a vocês que mudança se deu em mim, naquelas poucas horas em que estive na fazenda do meu irmão. À tardinha, enquanto tomávamos chá, a cozinheira trouxe para a mesa um prato cheio de groselhas. Não eram groselhas compradas, mas próprias do meu irmão, colhidas ali, pela primeira vez desde que as mudas foram plantadas. Nikolai Ivánitch deu uma risada, olhou para as groselhas por um minuto e emudeceu, surgiram lágrimas em seus olhos, a emoção o impediu de falar, em seguida colocou uma das frutas na boca, olhou bem para mim, com o ar de uma criança em triunfo que, afinal, ganhou seu brinquedo predileto, e disse:

"'Que delícia!'

"Devorou-as com voracidade e repetia, sem parar:

"'Ah, que delícia! Experimente!'

"Eram duras e azedas, porém, como disse Púchkin, 'para nós, uma ilusão sublime vale mais do que todas as verdades'.[8] Eu estava diante de um homem feliz, cujo sonho mais querido havia se tornado realidade palpável, um homem que alcançara o objetivo de sua vida, obtivera o que tanto desejava, um homem satisfeito consigo mesmo e com seu destino. Não sei por que razão, mas, aos meus pensamentos acerca da felicidade humana sempre se misturava algo de triste e, naquele momento, diante da imagem de um homem feliz, fui dominado por um sentimento aflitivo, próximo ao desespero. E a madrugada foi particularmente sofrida. Arrumaram uma cama no quarto contíguo ao do meu irmão para eu dormir e, ali, pude ouvir que ele não dormia, levantava da cama, andava até o prato de groselhas e pegava uma frutinha de cada vez. E pensei: No fundo, quanta gente satisfeita existe no mundo, quanta gente feliz! Que força tão avassaladora é essa! Olhem para esta vida: a arrogância e a ociosidade dos fortes, a ignorância e a rudeza dos fracos, por todo lado, uma pobreza inconcebível, moradias apertadas, degradação, embriaguez, hipocrisia, mentiras... Enquanto isso, em todas as casas e nas ruas, o silêncio, o sossego; dos cinquenta mil habitantes de uma cidade, não há um só que grite, que manifeste em voz alta sua indignação. Nós vemos as pessoas que vão ao mercado comprar mantimentos, comem de dia, dormem à noite, falam suas bobagens, casam, envelhecem, levam mansamente seus mortos para o cemitério; mas não vemos nem ouvimos as pessoas que sofrem nem as coisas terríveis que se passam nos bastidores da vida. Tudo é silêncio, sossego, e o único protesto vem da estatística muda: tantos casos de loucura, tantos litros de vodca consumidos, tantas crianças mortas de subnutrição... E essa ordem das coisas, sem dúvida, é

---

8 Citação inexata do poema "O herói" (1830), de Púchkin.

necessária; sem dúvida, a pessoa feliz se sente bem só porque os infelizes carregam seu fardo em silêncio e, sem tal silêncio, sua felicidade seria impossível. É uma hipnose generalizada. Atrás da porta de cada pessoa feliz e satisfeita, teria de haver alguém que, com as batidas de um martelinho, obrigasse essa pessoa, o tempo todo, a lembrar que os infelizes existem, que, cedo ou tarde, por mais feliz que ela seja, a vida vai lhe mostrar suas garras, vai sobrevir a desgraça, a doença, a pobreza, as privações, e ninguém vai querer vê-la nem ouvi-la, assim como ela, hoje, não vê nem ouve os outros. Só que esse homem com um martelinho na mão não existe e, então, a pessoa feliz vai levando sua vida, as pequenas agruras do dia a dia apenas resvalam nela, como um vento de outono e, assim, tudo continua correndo às mil maravilhas.

"Naquela madrugada, me dei conta de que eu também era uma pessoa satisfeita e feliz", prosseguiu Ivan Ivánitch, e se pôs de pé. "Na hora do almoço e durante a caçada, eu também dava lições de como viver, como ter fé, como governar o povo. Eu também dizia que o ensino é a luz, que a educação é indispensável, mas que, para as pessoas simples, por ora, basta apenas a alfabetização. A liberdade é um bem, eu dizia, sem ela, é impossível viver, a liberdade é como o ar que se respira, só que é preciso esperar mais um pouco. Pois bem, eu dizia isso, mas agora pergunto: esperar em nome de quê?", indagou Ivan Ivánitch, olhando zangado para Búrkin. "Esperar em nome de quê, eu lhe pergunto. Em nome de quais considerações? Dizem para mim que nada acontece de uma vez, toda ideia se realiza na vida aos poucos, na hora certa. Mas quem foi que disse isso? Onde está a prova de que isso é justo? Os senhores argumentam mencionando a ordem natural das coisas, a lei dos fenômenos, mas por acaso existe ordem ou lei que me obrigue, eu, uma pessoa viva e pensante, a ficar parado à beira de um abismo, esperando que ele se feche sozinho ou que se encha até a borda com os sedimentos de solo que vão se acumulando, se durante todo esse tempo eu poderia perfeitamente atravessar o abismo ou construir uma ponte de um lado a outro? E, mais uma vez: esperar em nome de quê? Esperar até que eu não tenha mais forças para viver, se, enquanto isso, é preciso viver e eu tenho vontade de viver?

"De manhã cedo, fui embora da casa do meu irmão e, desde então, para mim, viver na cidade se tornou insuportável. O silêncio e o sossego me oprimem, tenho medo até de olhar para a janela, pois para mim, agora, não há espetáculo mais aflitivo do que uma família feliz, sentada em torno da mesa, tomando chá. Eu já estou velho, não sirvo para lutar, não sou capaz nem de odiar. Apenas me angustio por dentro, me irrito, me aborreço, à noite minha cabeça ferve com uma enxurrada de pensamentos e não consigo dormir... Ah, quem dera eu fosse jovem!"

Em sua comoção, Ivan Ivánitch ficou andando de um lado para outro e repetia:

— Quem dera eu fosse jovem!

De repente, chegou perto de Aliókhin e começou a apertar suas mãos, ora a esquerda, ora a direita.

— Pável Konstantínitch — exclamou em voz de súplica. — Não se entregue à apatia, não caia no estupor! Enquanto for jovem, forte, bom, não deixe de fazer o bem! A felicidade não existe, não deve existir, mas se há algum sentido ou propósito na vida, tal sentido e tal propósito não se encontram, de jeito nenhum, na nossa felicidade, mas sim em algo mais racional e importante. Faça o bem!

E Ivan Ivánitch falou tudo isso com um sorriso suplicante, digno de pena, como se estivesse pedindo para si mesmo.

Em seguida, os três continuaram sentados em suas poltronas, em extremidades opostas da sala, e se mantiveram em silêncio. A história de Ivan Ivánitch não satisfez nem Búrkin nem Aliókhin. Sob o olhar dos generais e das damas, que, em suas molduras douradas, na penumbra, pareciam estar vivos, era enfadonho escutar a história de um funcionário pobretão que comia groselhas. Por alguma razão, os três sentiam vontade de ouvir histórias de pessoas elegantes, de mulheres. E a circunstância de estarem numa sala onde tudo — o lustre encapado, as poltronas, os tapetes sob os pés —, tudo dizia que ali, em outros tempos, tinham caminhado, sentado, tomado chá aquelas mesmas pessoas que agora estavam olhando de suas molduras e, de outro lado, o fato de que ali, também agora, sem fazer o menor ruído, caminhava a bela Pelagueia, tudo aquilo era melhor do que qualquer história.

Aliókhin estava morrendo de vontade de dormir; acordava cedo, antes das três da madrugada, para cuidar da propriedade, e, agora, seus olhos queriam fechar, porém ele temia que as visitas contassem algo interessante em sua ausência e, por isso, não saiu. Se era sensato, se era justo o que Ivan Ivánitch acabara de dizer, Aliókhin nem parou para pensar no assunto; as visitas não estavam falando de cereais, de feno, de alcatrão, mas de algo sem relação direta com sua vida, e ele se sentia contente e queria que continuassem...

— Mas já está na hora de dormir — disse Búrkin e levantou-se. — Permitam que eu lhes deseje boa noite.

Aliókhin se despediu e foi para seu quarto, no térreo, enquanto os hóspedes ficaram no primeiro andar. Os dois foram conduzidos para pernoitar num quarto amplo, com duas camas grandes, velhas, de madeira, com enfeites lavrados e, no canto, um crucifixo de marfim; dos leitos largos, frescos, arrumados pela bela Pelagueia, vinha o cheiro agradável de roupa de cama limpa.

Ivan Ivánitch despiu-se em silêncio e se deitou.

— Deus, perdoai a nós, pecadores! — disse, e cobriu-se todo, até a cabeça.

De seu cachimbo, colocado sobre a mesa, vinha um forte cheiro de tabaco queimado e Búrkin passou muito tempo desperto, sem entender de onde vinha aquele cheiro forte.

A chuva bateu na janela a noite inteira.

1898

Sobre o amor

No desjejum do dia seguinte, serviram *pirojki*[1] muito saborosos, caranguejos e bolinhos de carne de carneiro; enquanto comiam, o cozinheiro Nikanor subiu ao primeiro andar para perguntar o que as visitas desejavam para o almoço. De estatura mediana, rosto balofo, olhos miúdos, barba rala, seu bigode dava a impressão de que não tinha sido raspado, mas sim depilado.

Aliókhin contou que a bela Pelagueia estava apaixonada pelo cozinheiro. Como era beberrão e de índole violenta, Pelagueia não queria casar com ele, no entanto, aceitava viver com o cozinheiro, mesmo sem casar. Só que o cozinheiro era muito devoto e as convicções religiosas não lhe permitiam viver assim; exigia que ela se casasse com ele, de outro modo não aceitaria, e insultava Pelagueia, quando bêbado chegava a bater na jovem. Quando o cozinheiro bebia, Pelagueia se escondia no primeiro andar, ficava soluçando e, naquelas ocasiões, Aliókhin e a outra criada não saíam de casa, para poder protegê-la, caso necessário.

Passaram a falar de amor.

— Como nasce o amor? — disse Aliókhin. — Por que Pelagueia não se apaixonou por outra pessoa qualquer, alguém que combine melhor com ela, com suas características morais

---

[1] No singular, *pirojok*. Pastéis típicos, doces ou salgados. É o diminutivo de *pirog*, empadão tradicional.

e físicas, por que foi se apaixonar logo pelo Nikanor, aquele focinho de porco, é assim que todo mundo chama o Nikanor, já que a questão mais importante, no amor, é a felicidade pessoal? Tudo isso é desconhecido e podem interpretar o assunto como bem entenderem. Até hoje, só uma verdade indiscutível foi dita sobre o amor: justamente que ele é "um grande mistério". Todo o resto que escreveram e disseram sobre o amor não trouxe nenhuma solução, mas apenas novas perguntas, que também ficaram sem resposta. A explicação que parece servir para um caso não serve para dezenas de outros, e a melhor solução, a meu ver, é explicar cada caso em particular, sem tentar generalizar. Como dizem os médicos, é preciso individualizar cada caso específico.

— Exatamente isso — concordou Búrkin.

— Nós, russos, pessoas respeitáveis, sentimos forte paixão por perguntas sem resposta. Em geral, poetizam o amor, o enfeitam com rosas, rouxinóis, mas nós, russos, enfeitamos nosso amor com essas questões fatídicas e, de quebra, escolhemos, entre elas, as menos interessantes. Em Moscou, quando ainda era estudante na faculdade, eu tinha uma amante, uma dama muito doce e, toda vez que eu a tomava em meus braços, pensava em quanto eu daria para ela por mês e a quantas andaria, naquele momento, o preço do quilo da carne bovina. Porque nós, quando amamos, não paramos de nos indagar se aquilo é honesto ou desonesto, sensato ou tolo, aonde será que vai dar aquele amor etc. etc. Se isso é bom ou ruim, eu não sei, mas que atrapalha, não dá satisfação nenhuma e irrita... isso eu sei.

Ele parecia querer contar uma história. Pessoas que vivem sozinhas sempre trazem no espírito algo que gostariam muito de contar. Na cidade, os solteirões vão às *bánias* e aos restaurantes com a expressa intenção de conversar e, às vezes, contar aos atendentes da *bánia* e aos garçons do restaurante histórias muito interessantes; porém, no campo, eles costumam dar vazão à sua alma na presença de visitas. Agora, pela janela, se via o céu cinzento e as árvores molhadas de chuva; num tempo daqueles, nem se podia pensar em ir a lugar nenhum e nada mais havia para fazer, senão contar e ouvir.

— Já faz muito tempo que eu moro em Sófino e trabalho no campo desde que terminei a universidade — começou Aliókhin. — Por formação, não sou um homem de trabalho braçal; por inclinação, sou um homem de gabinete, mas, quando vim para cá, a fazenda estava com muitas dívidas, e, como meu pai se endividou, em parte, porque gastou muito dinheiro com a minha educação, decidi não ir embora e trabalhar até pagar aquela dívida. Tomei a decisão e comecei a trabalhar aqui, confesso, não sem alguma repugnância. Aqui o solo rende pouco e, para que a atividade agrícola não desse prejuízo, era preciso usar o trabalho de servos ou de diaristas, o que quase dá na mesma, ou então explorar a terra à maneira dos camponeses, quer dizer, trabalhar no campo você mesmo, junto com a sua família. Aqui, não há meio-termo. Mas, naquele tempo, eu não entrava nesses detalhes. Não deixei em paz nem um só torrão de terra, tirei de casa todos os mujiques e camponesas das aldeias vizinhas, o meu trabalho fervia num frenesi; eu mesmo também arava, semeava, ceifava e, com isso, me aborrecia e, com nojo, andava de cara amarrada, como um gato rural que, forçado pela fome, vai comer legumes na horta; meu corpo doía e eu chegava a dormir de pé, trabalhando. No início, achei que eu poderia facilmente conciliar aquela vida de trabalhador braçal com meus hábitos de homem instruído; para isso, achei que bastaria conservar certa ordem exterior, na vida. Eu me instalei aqui, no primeiro andar, nos cômodos da nobreza, ordenei que me servissem café e licor depois do desjejum e depois do almoço e, quando me deitava para dormir, ficava lendo até tarde a revista

O mensageiro da Europa.² Mas um dia apareceu o nosso padre Ivan e, de uma única tacada, sorveu todos os meus licores; e a revista *O mensageiro da Europa* também foi parar na casa do padre, pois no verão, sobretudo na época da ceifa, eu não tinha tempo nem de chegar à minha cama e pegava no sono num celeiro, num trenó ou em qualquer canto, abrigado na casinha de algum guarda-florestal... Também, o que dá para ler assim? Pouco a pouco, eu me mudei para o térreo, passei a almoçar na cozinha dos empregados e, do antigo luxo, só restaram esses criados, que já trabalhavam para o meu pai e que, para mim, seria triste mandar embora.

"Em meus primeiros anos de vida aqui, fui escolhido para ser juiz de paz honorário. De vez em quando, eu tinha de ir à cidade e tomar parte nas sessões da assembleia e do tribunal do distrito, e isso me distraía. Depois de passar dois ou três meses sem sair da fazenda, ainda mais no inverno, no final, começa a dar saudades daquela sobrecasaca preta que se usa na cidade. No tribunal do distrito também usavam sobrecasaca, uniformes, fraques, todos são juristas, pessoas de alto nível de instrução; eu tinha com quem conversar. Depois de ter dormido num trenó, depois de ter comido na cozinha dos empregados, poder sentar-se, afinal, numa poltrona estofada, calçar botinas leves, vestir camisa de linho limpa, com uma correntinha atravessada no peito... era muito luxo!

"Na cidade, me recebiam cordialmente e eu, de bom grado, estreitava relações de amizade. Entre todas as amizades que fiz, a mais consistente e, para dizer a verdade, a mais agradável, para mim, foi a de Luganóvitch, um juiz, meu colega no tribunal do distrito. Vocês dois o conhecem: uma personalidade gentilíssima. Aconteceu logo depois do famoso caso dos

---

2 Importante periódico progressista.

incendiários; o julgamento havia se prolongado por dois dias, nós estávamos exaustos. Luganóvitch olhou para mim e disse: "'Sabe de uma coisa? Venha jantar na minha casa.'

"Aquilo foi bastante inesperado, pois eu pouco me dava com Luganóvitch, só para questões de trabalho, e nunca tinha ido à sua casa. Passei no meu quarto de hotel por um minuto, apenas para trocar de roupa, e parti rumo ao jantar. Lá, eu tive ocasião de conhecer Anna Alekséievna, esposa de Luganóvitch. Na época, ela ainda era muito jovem, não mais de vinte e dois anos e, seis meses antes, tivera o primeiro filho. Isso ocorreu há muito tempo e, hoje, sinto dificuldade para definir exatamente o que havia nela de tão incomum e que me agradou tanto, mas, naquele momento, durante o jantar, tudo me parecia de uma clareza irrefutável; eu via uma mulher jovem, linda, bondosa, inteligente, fascinante, como eu nunca tinha encontrado; na mesma hora, pressenti nela uma criatura próxima a mim, já familiar, como se eu já tivesse visto aquele rosto, aqueles olhos afáveis, algum dia, na infância, num álbum de fotografias sobre a cômoda de minha mãe.

"No caso dos incendiários, foram condenados quatro judeus; consideraram que havia uma quadrilha, a meu ver, sem base nenhuma. Durante o jantar eu me emocionei muito, trazia um peso dentro de mim e já não lembro o que foi que eu disse, só lembro que Anna Alekséievna, o tempo todo, balançava a cabeça e dizia para o marido:

"'Dmítri, mas como isso é possível?'

"Luganóvitch era uma boa alma, uma dessas pessoas ingênuas que se aferram, com unhas e dentes, à ideia de que, se uma pessoa vai a julgamento, quer dizer que é culpada, e também à ideia de que só se pode expressar dúvida sobre a sentença conforme o protocolo legal e por escrito, mas de maneira nenhuma durante um jantar, numa conversa particular.

"'Eu e o senhor não provocamos incêndios', disse, com voz doce. 'E não somos julgados, não somos presos.'

"E ambos, marido e esposa, se esforçaram para que eu comesse e bebesse um pouco mais; com base em alguns detalhes de pouca importância, por exemplo, a maneira como os dois faziam café juntos, como se entendiam mutuamente com meias palavras, eu pude concluir que viviam em paz e harmonia e que estavam contentes com minha visita. Após o jantar, tocamos piano a quatro mãos, depois escureceu e fui para o meu hotel. Era o início da primavera. Passei todo o verão sem sair de Sófino e nem sequer tinha tempo de pensar na cidade, mas a lembrança da mulher esbelta e loura persistia em mim, todos os dias; eu não pensava nela, propriamente, mas era como se sua sombra tênue se estendesse sobre a minha alma.

"No fim do outono, apresentaram na cidade um espetáculo beneficente. Fui ao camarote do governador (recebi um convite para passar ali no intervalo) e, quando eu olho, ao lado do governador, lá está Anna Alekséievna e, de novo, com um choque, a mesma impressão irresistível de beleza, os mesmos olhos doces e afetuosos e, de novo, o mesmo sentimento de uma pessoa próxima.

"Ficamos sentados lado a lado, depois fomos ao saguão.

"'O senhor emagreceu', disse ela. 'Esteve doente?'

"'Sim. Tive um problema no ombro e, quando o tempo está chuvoso, durmo mal.'

"'O senhor parece um pouco abatido. Na primavera, quando almoçou conosco, o senhor pareceu mais jovem, mais animado. Na ocasião, o senhor se entusiasmou e falou muito, foi muito interessante e, confesso, até fiquei um pouco atraída pelo senhor. Por algum motivo, durante o verão, o senhor me veio à memória muitas vezes e hoje, quando estava me arrumando para vir ao teatro, achei que iria encontrá-lo aqui.'

"E ela riu.

"'Mas hoje o senhor está com um ar abatido', repetiu. 'Isso deixa o senhor mais velho.'

"No dia seguinte, fiz o desjejum na casa de Luganóvitch. Depois da refeição, eles partiram para sua casa de campo, a fim de tomar providências relativas ao inverno, e eu fui com eles. Também voltei com eles para a cidade e, à meia-noite, tomamos chá juntos, naquele calmo ambiente familiar, diante da lareira acesa, enquanto, volta e meia, a jovem mãe saía para verificar se a filha pequena estava dormindo. Depois disso, toda vez que ia à cidade, visitava os Luganóvitch. Eles se habituaram comigo, e eu com eles. Em geral, eu chegava sem aviso, como alguém de casa.

"'Quem é?', soava, de um cômodo distante, uma voz arrastada, que me parecia tão linda.

"'É o Pável Konstantínitch', respondia a criada ou a babá.

"Anna Alekséievna vinha a meu encontro, com rosto preocupado, e sempre perguntava:

"'Por que ficou tanto tempo sem vir aqui? Aconteceu alguma coisa?'

"Seu olhar, a mão elegante, nobre, que ela estendia para mim, seu vestido de casa, o penteado, a voz e os passos produziam em mim sempre a mesma impressão de algo novo, extraordinário e importante em minha vida. Conversávamos por muito tempo, ficávamos muito tempo em silêncio, cada um com seus próprios pensamentos, ou ela tocava piano para mim. Se não havia ninguém em casa, eu ficava esperando, conversava com a babá, brincava com a criança ou mesmo me deitava no gabinete, sobre um divã turco, e lia o jornal, e quando Anna Alekséievna voltava, eu a recebia no vestíbulo, tomava de suas mãos todas as compras e, não sei por que motivo, sempre carregava aquelas compras com amor e com o ar triunfante de um menino.

"Como diz aquele provérbio: Minha esposa vivia despreocupada, até que comprou um leitão. Os Luganóvitch também viviam despreocupados, até que travaram amizade comigo. Se passava muito tempo sem que eu fosse à cidade, isso queria dizer que eu estava doente ou que algo tinha acontecido comigo, e os dois ficavam muito preocupados. Inquietavam-se porque eu, homem culto, que falava outras línguas, em lugar de me ocupar com a ciência ou a literatura, vivia no campo, sempre em movimento, como um esquilo que corre dentro de uma roda, eu trabalhava demais, porém nunca tinha dinheiro no bolso. Tinham a impressão de que eu sofria muito e que, se eu conversava, ria, comia, era só para esconder meus desgostos, e até nos momentos de alegria, quando eu me sentia bem, eu percebia seus olhares indagadores pousados em mim. Eram especialmente tocantes quando eu me via, de fato, em apuros, quando algum credor me assediava ou eu não tinha dinheiro bastante para algum pagamento urgente; ambos, marido e esposa, trocavam sussurros junto à janela, depois ele vinha até mim e, com rosto sério, dizia:

"'Se o senhor, Pável Konstantínitch, está precisando de dinheiro no momento, eu e minha esposa pedimos que não se acanhe de nos pedir emprestado.'

"E suas orelhas ficavam vermelhas de emoção. Então acontecia que, logo depois de trocar mais alguns sussurros com a esposa junto à janela, ele se aproximava de mim, com as orelhas vermelhas, e dizia:

"'Eu e minha esposa pedimos com insistência que aceite este nosso presente.'

"E me dava um par de abotoaduras, uma cigarreira ou um abajur e, em troca, eu mandava da fazenda, para eles, uma ave abatida, manteiga ou flores. Por falar nisso, os dois eram pessoas abastadas. No início, eu tomava dinheiro emprestado com frequência, e não era muito criterioso, eu pegava emprestado onde pudesse, porém não havia no mundo força capaz de me obrigar a pedir um empréstimo aos Luganóvitch. Eu nem queria ouvir falar do assunto!

"Eu era infeliz. Em casa, no campo, no celeiro, eu pensava nela, tentava entender o mistério daquela mulher jovem, bonita, inteligente, que casou com um homem banal, quase um velho (o marido tinha mais de quarenta anos), e teve filhos com ele, eu queria entender o mistério daquele homem banal, de boa índole, simplório, que raciocinava com um bom senso maçante e, nos bailes e nas festas, sempre procurava a companhia de pessoas graves, um homem apático, supérfluo, de expressão submissa, indiferente, como se fosse um objeto posto à venda, um homem que, no entanto, acreditava no seu direito de ser feliz e ter filhos com a esposa; e eu tentava entender, o tempo todo, por que ela havia encontrado logo aquele homem e não a mim, e qual a necessidade de um erro tão terrível como aquele em nossa vida?

"Toda vez que eu ia à cidade, percebia, pelos seus olhos, que ela estava à minha espera; ela mesma me confessava que, desde manhã cedo, tinha uma sensação diferente, ela adivinhava que eu ia chegar. Conversávamos por muito tempo, ficávamos em silêncio, mas não confessávamos nosso amor um para o outro, escondíamos aquilo com timidez, com ciúmes. Temíamos tudo que pudesse revelar nosso segredo para nós mesmos. Eu a amava com ternura, a fundo, mas ponderava, perguntava a mim mesmo a que poderia levar aquele nosso amor, se nos faltassem forças para lutar contra ele; eu achava inacreditável que o meu amor sereno, melancólico, de repente pudesse romper brutalmente o curso feliz da vida de seu marido, dos filhos, de toda aquela casa, onde gostavam tanto de mim e onde acreditavam em mim. Aquilo era honesto? Ela iria embora comigo, sim, mas para onde? Para onde eu poderia levá-la? Seria muito diferente, se eu tivesse uma vida bonita, interessante, se eu, por exemplo, lutasse pela libertação da pátria ou fosse um cientista, um artista, um pintor famoso, pois tudo que eu podia fazer era afastá-la de uma vida rotineira e banal e levá-la para outra vida igual àquela, ou ainda mais sem graça. E quanto tempo a nossa felicidade iria durar? O que seria dela, caso eu adoecesse, ou morresse, ou simplesmente se deixássemos de amar um ao outro?

"Ela também parecia raciocinar de modo semelhante. Pensava no marido, nos filhos, em sua mãe, que amava o genro como um filho. Se Anna Alekséievna se rendesse ao seu sentimento, teria de mentir ou contar a verdade, mas, na sua situação, as duas opções eram igualmente terríveis e constrangedoras. E uma questão a atormentava: Por acaso seu amor traria felicidade para mim, não iria complicar minha vida, em si mesma já tão difícil e cheia de desgostos? Anna Alekséievna tinha a impressão de já não ser tão jovem para mim, de não ser tão ativa e tão disposta a trabalhar, para poder dar início a uma vida nova, e muitas vezes dizia ao marido que eu precisava casar com uma jovem inteligente, digna, que fosse boa dona de casa, uma boa ajudante, e logo acrescentava que, na cidade inteira, seria difícil encontrar alguém assim.

"Entretanto, os anos passaram. Anna Alekséievna tinha já dois filhos. Quando eu chegava à casa dos Luganóvitch, a criada sorria de modo acolhedor, as crianças gritavam que o tio Pável Konstantínitch tinha chegado, se penduravam no meu pescoço e achavam que eu também estava contente. Todos viam em mim uma criatura nobre. Tanto adultos quanto crianças sentiam que uma criatura nobre caminhava pela casa, e aquilo incutia em sua relação comigo uma espécie de encanto singular, como se, em minha presença, sua vida também fosse mais pura e mais bela. Eu e Anna Alekséievna íamos juntos ao teatro, sempre a pé; sentávamos lado a lado, nossos ombros se tocavam, em silêncio, eu tomava o binóculo de suas mãos e, naquele instante, sentia que ela era uma pessoa próxima a mim, que ela era minha, que um não podia viver sem o outro, mas, por força de algum estranho mal-entendido, quando saíamos do teatro, sempre nos despedíamos e nos separávamos, como dois desconhecidos. Na cidade, já andavam falando sobre nós, sabe-se lá o quê, porém, de tudo que diziam, não havia nenhuma palavra de verdade.

"Nos últimos anos, Anna Alekséievna passara a viajar com mais frequência, ora ia à casa da mãe, ora, da irmã; às vezes, já se manifestava o mau humor, aflorava a consciência de uma vida frustrante, desperdiçada, ocasiões em que ela não tinha vontade de ver nem o marido nem os filhos. Nessa altura, ela já estava se tratando de uma perturbação nervosa.

"Nós dois não dizíamos nada, ninguém dizia nada, mas, em presença de estranhos, ela sentia uma inusitada irritação contra mim; não importava o que eu dizia, ela sempre discordava e, se eu estivesse discutindo com alguém, ela sempre tomava o lado de meu oponente. Quando eu deixava cair alguma coisa, ela me dizia, em tom frio:

"'Meus parabéns.'

"Quando eu ia ao teatro com ela e calhava de eu esquecer o binóculo, depois ela me dizia:

"'Eu já sabia que você ia esquecer.'

"Por sorte ou azar, em nossa vida nada ocorre sem que, cedo ou tarde, chegue ao fim. E veio a hora da separação, pois Luganóvitch foi nomeado juiz numa província da parte ocidental do país. Foi preciso vender a mobília, os cavalos, a casa de campo. Quando fomos à casa de campo e depois retornamos, olhamos para trás a fim de ver, pela última vez, o jardim e o telhado verde; estávamos tristes, todos nós, e me dei conta de que havia chegado a hora de me despedir não apenas daquela casa de campo. Ficou resolvido que, no fim de agosto, Anna Alekséievna iria para a Crimeia, local recomendado pelos médicos, e que Luganóvitch partiria pouco depois, com os filhos, rumo a sua província ocidental.

"Muita gente foi à estação para dar adeus a Anna Alekséievna. Depois de se despedir do marido e dos filhos, quando só faltava um minuto para o terceiro apito do trem, entrei correndo em sua cabine, no vagão, a fim de colocar na prateleira um de seus cestos de viagem, que ela quase ia deixando para trás; e foi preciso me despedir. Quando nossos olhares se encontraram, ali, na cabine, nossa força interior nos abandonou, eu a abracei, ela apertou o rosto de encontro ao meu peito e lágrimas desceram de seus olhos; enquanto beijava seu rosto, seus ombros, suas mãos molhadas de lágrimas — oh, como éramos infelizes, eu e ela —, confessei meu amor e, com uma dor abrasadora no coração, compreendi como era supérfluo, mesquinho e ilusório tudo aquilo que tolhia o nosso amor. Compreendi que, quando amamos, se quisermos raciocinar sobre nosso amor, é preciso partir de algo mais elevado, mais importante, do que a felicidade ou a infelicidade, o pecado ou a virtude, no sentido corrente dessas palavras, ou, até mesmo, nem é preciso raciocinar de modo algum.

"Beijei-a pela última vez, apertei sua mão e nos separamos... para sempre. O trem já estava em movimento. Tomei um assento numa cabine vizinha, que estava vazia, e ali fiquei, chorando, até a estação seguinte. Em seguida, fui para minha casa em Sófino, a pé..."

Durante o relato de Aliókhin, a chuva tinha parado e o sol havia surgido. Búrkin e Ivan Ivánitch saíram para a varanda; de lá, tinham uma linda vista do pomar e do rio, que agora, sob o sol, rebrilhava como um espelho. Ficaram encantados com a paisagem e, ao mesmo tempo, sentiram pena daquele homem, de olhos bondosos e inteligentes, que contava sua história com um coração tão puro; de fato, naquela enorme propriedade rural, ele não parava um minuto, como um esquilo que corre dentro de uma roda, e não se dedicava à ciência nem a qualquer coisa que tornasse sua vida mais agradável; os dois amigos também ficaram pensando em como estaria o rosto amargo da jovem senhora no momento em que Aliókhin se despediu, na cabine de trem, e beijou suas faces e seus ombros. Os dois a tinham conhecido na cidade, Búrkin era até um pouco seu amigo e achava que ela era bonita.

Um caso médico

O professor recebeu um telegrama da fábrica dos Liálikov: estava sendo chamado com urgência. A filha de certa sra. Liálikova, a dona da fábrica, pelo visto, estava doente e mais nada além disso era possível entender daquele telegrama comprido e incoerente. O professor não atendeu o chamado, mas, em seu lugar, mandou o médico residente Korolióv.

Era preciso pegar o trem, desembarcar duas estações depois de Moscou e, em seguida, viajar quatro verstas de coche. Mandaram uma troica buscar Korolióv na estação; o cocheiro usava chapéu enfeitado com pena de pavão e, a todas as perguntas, respondia bem alto, como um soldado: "Não, senhor!", "Sim, senhor!". Era o anoitecer de um sábado, o sol estava se pondo. Da fábrica para a estação, os operários vinham a pé, em bandos, e se curvavam à passagem do coche no qual viajava Korolióv. Ele estava encantado com o anoitecer, com os jardins, com as casas de campo à beira da estrada, com as bétulas e com a atmosfera serena à sua volta, em que, agora, na véspera de um domingo, junto com os operários, também o campo, o bosque e o sol se preparavam para o repouso — para o repouso e, quem sabe, para as preces...

Korolióv nascera e crescera em Moscou, não conhecia o campo, nunca se interessara por fábricas, nunca tinha posto os pés em nenhuma fábrica, qualquer que fosse. Porém já acontecera de ler a respeito delas, bem como visitar a residência de donos de indústrias e conversar com eles; e, quando via uma fábrica, de longe ou de perto, sempre pensava que, por fora, tudo era paz e tranquilidade, mas, por dentro, com certeza, reinava a ignorância impenetrável e o obtuso egoísmo dos proprietários, o trabalho maçante e insalubre dos operários, brigas, vodca, insetos. E, naquele momento, quando os operários, com respeito e temor, davam passagem para o coche, em seus rostos, seus bonés, seu modo de andar, Korolióv adivinhava a sujeira física, a embriaguez, o nervosismo, a desorientação.

O coche atravessou os portões da fábrica. De ambos os lados se entreviam os casebres dos operários, rostos de mulheres, roupas de cama e cobertores pendurados nas varandas. "Cuidado!", gritou o cocheiro, mas nem por isso freou os cavalos. Surgiu um pátio amplo, sem grama, cinco prédios enormes com chaminés, à curta distância uns dos outros, armazéns para os produtos, barracões e, por cima de tudo, uma camada cinzenta de algo semelhante a poeira. Aqui e ali, como um oásis no deserto, havia uns jardinzinhos de dar pena e os telhados verdes ou vermelhos das casas onde morava o pessoal da administração. De repente, o cocheiro freou os cavalos e o coche se deteve em frente a uma casa que haviam pintado de cinza por cima da cor original; ali, havia um canteiro de lilases coberto de pó e, do telhado amarelo, vinha um forte cheiro de tinta.

— Por favor, senhor doutor — disseram vozes femininas no vestíbulo e na antessala; ao mesmo tempo ouviam-se suspiros e sussurros. — Por favor, estão esperando há muito tempo... é uma grande desgraça. Por aqui, por favor.

A sra. Liálikova, gorda, idosa, usava um vestido preto de seda com mangas ao estilo da moda, porém, a julgar pelo rosto, era uma pessoa simples, de pouca instrução, estava olhando aflita para o médico e não se atreveu a lhe dar a mão. A seu lado, havia uma pessoa de cabelo curto, pincenê, blusa estampada e colorida, muito magra e que já não era jovem. A criada a chamou de Khristina Dmítrievna, e Korolióv deduziu que se tratava da governanta. Na certa, por ser a pessoa mais educada da casa, ela foi incumbida de receber e falar com o médico, pois, sem demora, tratou logo de listar as causas da doença, com pormenores minúsculos e impertinentes, só que não disse quem estava doente nem qual era o problema.

O médico e a governanta sentaram-se e ficaram conversando, enquanto a dona da casa se mantinha de pé, junto à porta, imóvel, à espera. Daquela conversa, Korolióv deduziu que a paciente era Liza, jovem de vinte anos, filha única da sra. Liálikova e sua herdeira; fazia muito tempo que estava doente e tinha se tratado com vários médicos, mas, na noite anterior, desde o anoitecer até a manhã, sentiu tantas palpitações no coração que ninguém dormiu na casa; temiam que fosse morrer.

— Pode-se dizer que, desde muito pequena, ela sempre viveu adoentada — explicou Khristina Dmítrievna com voz cantada, enquanto, a todo instante, enxugava os lábios com a mão. — Os médicos, hoje, dizem que são os nervos, mas, quando era pequena, eles injetaram nela umas escrófulas, como vacina, e agora acho que todo o mal pode ter vindo daí.

Foram ao encontro da paciente. Já completamente adulta, de boa estatura, grande, mas sem beleza, parecida com a mãe, os mesmos olhos miúdos, a parte inferior do rosto larga, formada de maneira desproporcional, cabelo despenteado, com o cobertor puxado até o queixo, ela produziu em Korolióv, no primeiro minuto, a impressão de uma criatura infeliz e desamparada que, de tanta pena, haviam recolhido, agasalhado e abrigado, e nem dava para acreditar que se tratava da herdeira dos cinco enormes prédios que compunham a fábrica.

— Nós viemos à casa da senhora para curá-la — disse Korolióv. — Boa tarde.

Apresentou-se e apertou sua mão — grande, fria e feia, aquela mão. A jovem se pôs sentada na cama e, visivelmente habituada com médicos desde muito tempo, indiferente ao fato de despirem seus ombros e seu peito, ela se ofereceu para ser auscultada.

— Tenho palpitações no coração — disse. — A noite inteira foi um horror tremendo... Por pouco eu não morri de pavor! Dê alguma coisa para eu tomar.

— Vou dar, vou dar! Acalme-se.

Korolióv a examinou e encolheu os ombros.

— O coração está normal — disse. — Tudo se comporta bem, tudo está em ordem. Houve uma perturbação nervosa, talvez, mas isso é muito comum. É preciso considerar que o ataque já passou, trate de descansar e dormir.

Naquele momento, trouxeram um lampião para o quarto. Diante da luz, a paciente fechou os olhos e, de súbito, segurou a cabeça entre as mãos e desatou a soluçar. De repente, a impressão de uma criatura feia e desalentada desapareceu, e Korolióv já não reparou nos olhos miúdos e na parte inferior do rosto malformada; ele viu uma expressão sofrida e meiga, que se mostrou muito razoável e comovente, e toda ela lhe pareceu esbelta, feminina, simples, e o médico sentiu vontade de tranquilizá-la, não com remédios nem com recomendações, mas com simples palavras de carinho. A mãe abraçou a cabeça da filha e a apertou contra o peito. Quanto desespero, quanta aflição no rosto daquela senhora! A mãe havia alimentado e criado a filha, não medira despesas, devotara toda sua vida para que a filha aprendesse francês, dança, música, havia contratado dezenas de professores para ela, os melhores médicos, pagava uma governanta e, agora, não entendia de onde vinham aquelas lágrimas, por que tantos tormentos, não entendia e sentia-se perdida, tinha a fisionomia culpada, inquieta, desesperada, como se tivesse se omitido em algo muito grave, como se tivesse deixado de fazer alguma coisa, ou não tivesse chamado alguém para cuidar da filha, mas quem ... ela não sabia.

— Lízanka, de novo... ora, não, de novo, não — dizia a mãe, apertando a filha contra si. — Minha adorada, meu anjinho, minha filha, diga, o que há com você? Tenha pena de mim, diga.

As duas choravam amargamente. Korolióv sentou-se na beira da cama e segurou a mão de Liza.

— Chega, será que vale a pena chorar? — disse ele, com carinho. — Afinal, não existe no mundo nada que mereça essas lágrimas. Pronto, não vamos chorar mais, não há necessidade...

E ele mesmo pensou: "Está na hora de casar essa moça...".

— O médico da nossa fábrica deu brometo de potássio para ela — disse a governanta. — Mas notei que isso só piorou a situação. Para mim, se é do coração, tem de tomar gotas... esqueci como se chamam... de láudano, eu acho.

E, mais uma vez, despejou uma porção de detalhes. A governanta interrompia o médico, não o deixava falar e, no rosto, via-se estampado seu grande empenho, como se ela acreditasse que, na condição de mulher mais instruída da casa, tivesse o dever de entabular uma conversa ininterrupta com o médico e, necessariamente, sobre questões médicas.

Para Korolióv, aquilo era maçante.

— Eu não vejo nada de especial — disse ele, ao sair do quarto, dirigindo-se à mãe. — Se o médico da fábrica já tratou da sua filha, deixe que ele continue o tratamento. Até agora, o tratamento foi correto e não vejo necessidade de mudar de médico. Para que mudar? É uma doença muito corriqueira, nada de sério...

Falava sem pressa, enquanto vestia as luvas, mas a sra. Liálikova se mantinha imóvel e olhava para ele com olhos chorosos.

— Falta meia hora para o trem das dez — disse ele. — Espero que eu não me atrase.

— Mas o senhor não poderia ficar aqui conosco? — perguntou ela e, de novo, lágrimas desceram pelo rosto. — Eu me sinto encabulada de incomodar, mas o senhor nos daria uma grande alegria... Por favor — prosseguiu, à meia-voz, olhando para a porta —, passe a noite aqui conosco. Ela é minha única... minha única filha... Na noite passada, levei um susto, nem quero lembrar... Não vá embora, pelo amor de Deus...

O médico queria lhe explicar que tinha muito trabalho em Moscou, que a família o esperava em casa; era difícil, para ele, passar uma noite inteira na casa dos outros, sem necessidade, mas olhou para o rosto da senhora, suspirou e, em silêncio, começou a despir as luvas.

No salão e na sala de visitas, em sua homenagem, acenderam todos os lampiões e velas. O médico sentou-se ao piano e folheou as partituras, depois observou os quadros nas paredes, os retratos. Os quadros eram pinturas a óleo, em molduras douradas, paisagens da Crimeia, o mar tempestuoso com um barquinho, um monge católico com um cálice, e tudo seco, rebuscado, sem talento... Nos retratos, nenhuma face bonita, interessante, apenas maçãs do rosto largas, olhos espantados; Liálikov, pai de Liza, tinha testa pequena e o rosto cheio de si, o uniforme parecia um saco por cima do corpo grande e vulgar, uma medalha no peito e um emblema da Cruz Vermelha. Cultura pobre, luxo ao acaso, sem consciência, despropositado, como aquele uniforme do retrato; o brilho do assoalho incomodava, o lustre incomodava e, por alguma razão, vinha à lembrança a história do comerciante que ia à *bánia* com sua condecoração pendurada ao pescoço...

Do vestíbulo veio um rumor, alguém falava baixo, com voz rouca. De súbito, lá de fora, chegaram ruídos estridentes, metálicos, entrecortados, como Korolióv jamais tinha ouvido e que, naquele momento, ele não compreendeu; os sons repercutiram em sua alma de modo estranho e incômodo.

"Acho que por nada neste mundo eu moraria aqui...", pensou e, de novo, pegou umas partituras.

— Doutor, por favor, vamos comer! — chamou a governanta, à meia-voz.

Ele foi jantar. A mesa era grande, com muita comida e bebida, mas só duas pessoas jantaram: ele e Khristina Dmítrievna. Ela bebeu vinho madeira, comia e falava depressa, enquanto lançava olhares para ele, através do pincenê:

— Os operários estão muito satisfeitos conosco. Na fábrica, todo inverno, apresentamos espetáculos, os próprios operários são os atores, e temos palestras, projeções de lanterna mágica, um magnífico salão de chá e tudo o que se pode imaginar, eu acho. Eles são muito dedicados a nós e, quando souberam que Lízanka tinha piorado, encomendaram missas. São ignorantes, mas também têm sentimentos.

— Parece que as senhoras não têm nenhum homem em casa — disse Korolióv.

— Nenhum. Piotr Nikanóritch morreu faz um ano e meio e nós ficamos sozinhas. Passamos o inverno aqui e o verão em Moscou, na Polianka.[1] Eu já moro com elas há onze anos. Sou como uma pessoa da família.

No jantar, serviram esturjão, bolinhos de carne de galinha e compota de frutas; o vinho era caro, francês.

— Por favor, doutor, o senhor não faça cerimônia — disse Khristina Dmítrievna enquanto comia, esfregava a boca com o punho e era evidente que, na casa, ela vivia inteiramente a seu gosto. — Por favor, coma.

Depois do jantar, levaram o médico para seu quarto, onde a cama tinha sido preparada para ele. Mas Korolióv não quis dormir, sentia um abafamento, o quarto tinha cheiro de tinta; vestiu o casaco e saiu.

Lá fora estava fresco; já se via a luz da alvorada e, no ar úmido, se distinguiam com clareza os cinco prédios da fábrica e suas chaminés compridas, os barracões e os armazéns. Por acaso, era feriado e ninguém trabalhava, as janelas estavam

---

[1] Trata-se da rua Bolchaia Polianka.

escuras, só em um dos prédios um forno ainda se mantinha aceso, duas janelas brilhavam rubras e, das chaminés, junto com a fumaça, de vez em quando subia uma labareda. Longe, além do pátio, as rãs coaxavam, os rouxinóis cantavam.

Enquanto olhava para os prédios da fábrica e para os barracões onde os operários dormiam, de novo ele pensou aquilo que sempre pensava quando via qualquer fábrica. Apesar dos espetáculos para os operários, apesar da lanterna mágica, dos médicos de fábrica e de diversas melhorias, mesmo assim, os operários que ele havia encontrado naquele dia, a caminho da estação, não diferiam em nada dos operários que ele vira muito tempo antes, ainda na infância, quando não existiam espetáculos nem melhoria alguma. Na condição de médico, que analisava doenças crônicas cuja causa original era desconhecida e, por isso, não tinham cura, ele também encarava as fábricas como uma irracionalidade, cujo motivo era igualmente obscuro e insondável, e todas as melhorias na vida dos operários fabris, Korolióv, mesmo sem considerá-las supérfluas, as comparava ao tratamento de doenças incuráveis.

"Aqui existe um mal-entendido, é claro...", pensava ele, olhando para as janelas muito vermelhas. "Mil e quinhentos ou dois mil operários trabalham sem descanso, em condições insalubres, para produzir uma chita ruim, vivem subnutridos e só de vez em quando, numa taberna, eles conseguem se desintoxicar desse pesadelo; uma centena de pessoas vigia o trabalho e toda a vida dessa centena de pessoas se consome na imposição de multas, repreensões, injustiças, e só dois ou três assim chamados proprietários tiram proveito dos lucros, embora não trabalhem nada e desprezem a chita ruim. Porém o que é feito desses lucros, como são aproveitados? Liálikova e sua filha infeliz são pessoas que dão até pena de ver, a única que leva uma vida prazerosa é Khristina Dmítrievna, solteirona tola e de certa idade, com seu pincenê. Em resumo, todos trabalham naqueles cinco prédios e uma chita ruim é vendida nos mercados do Oriente só para que Khristina Dmítrievna possa comer esturjão e beber vinho madeira."

De repente, irromperam sons estranhos, os mesmos que Korolióv ouvira antes do jantar. Perto de um dos prédios da fábrica, alguém batia numa placa de metal, batia e, no mesmo instante, abafava o barulho das pancadas, de modo que os sons saíam secos, bruscos, impuros, como "derr... derr... derr...". Após meio minuto de silêncio, em outro prédio, irromperam sons igualmente entrecortados e desagradáveis, já mais baixos, mais graves: "dran... dran... dran...". Onze vezes. Claro, era o vigia noturno, que batia onze horas.

Perto do terceiro prédio, ouviu-se: "jak... jak... jak...". E assim se repetiu, perto de cada prédio e, depois, atrás dos barracões e além dos portões. Parecia que, no meio do silêncio da noite, um monstro de olhos rubros propagava aqueles ruídos, o diabo em pessoa, que ali dominava os proprietários e os operários e ludibriava tanto uns quanto os outros.

Korolióv saiu do pátio e foi para o campo.

— Quem vem lá? — gritou para ele uma voz rude, no portão.

"É igual a uma prisão...", pensou, e nada respondeu.

Ouviam-se as rãs e os rouxinóis, sentia-se que era uma noite de maio. Da estação, chegou a seus ouvidos o barulho do trem; em algum lugar, cantavam os galos da manhã, mas a noite, apesar disso, estava silenciosa, o mundo dormia serenamente. No campo, não distante da fábrica, havia uma pilha de troncos cortados, o material de construção tinha sido amontoado ali. Korolióv sentou-se numa tábua e continuou a pensar:

"A única pessoa que se sente bem aqui é a governanta, e a fábrica trabalha para a satisfação dela. Mas isso é só uma impressão: ela não passa de um preposto. O chefe mesmo, para quem tudo aqui se produz, é o diabo."

E pensou no diabo, no qual nem acreditava, e virou-se para as duas janelas onde o fogo ardia. Teve a impressão de que, com aqueles olhos rubros, quem estava olhando para ele era o diabo em pessoa, aquela força insondável que fabricava a relação entre fortes e fracos, aquele erro grosseiro que, agora, não havia meios de ser corrigido. É preciso que o forte impeça o fraco de viver, é a lei da natureza, mas isso só parece compreensível e fácil de assimilar nos artigos de jornal ou nos manuais escolares, ao passo que, na barafunda em que se conforma a vida cotidiana, no emaranhado de todas as ninharias com as quais se tramam as relações humanas, isso já não é uma lei, mas uma incongruência lógica, uma vez que tanto o forte como o fraco, igualmente, caem vítimas de suas relações recíprocas, sujeitando-se a alguma força diretriz desconhecida, situada fora da vida, alheia ao ser humano. Assim pensava Korolióv, sentado sobre as tábuas e, pouco a pouco, foi dominado pela impressão de que aquela força desconhecida e misteriosa, na verdade, estava perto e olhava para ele. Enquanto isso, no oriente, o céu se tornava cada vez mais pálido, o tempo passava depressa. Naquela hora em que não havia ninguém nos arredores e parecia que tudo estava morto, os cinco prédios e as chaminés, contra o fundo cinzento da alvorada, ganharam uma feição singular, diferente de sua imagem à luz do dia; desapareceu da memória por completo o fato de que, lá dentro, havia motores a vapor, eletricidade, telefones, porém, não se sabe como, vinham ao pensamento, o tempo todo, casebres de palafita, a idade da pedra, sentia-se a presença de uma força inconsciente e brutal...

E, de novo, se ouviu:

— Der... der... der... der...

Doze vezes. Depois, silêncio, meio minuto de silêncio e... irrompeu na outra ponta do pátio:

— Dran... dran... dran...

"Que desagradável, que horror!", pensou Korolióv.

— Jak... jak... — ressoou num terceiro local, entrecortado, seco, com uma espécie de irritação. — Jak... jak...

Desse modo, para assinalar a meia-noite, foram necessários quatro minutos. Depois, o silêncio; e, de novo, a impressão de que tudo em volta estava morto.

Korolióv ficou ali sentado mais um pouco e voltou para a casa, mas ainda demorou muito para se deitar. Nos cômodos vizinhos, sussurravam, ouvia-se o rumor de chinelos e de pés descalços.

"Será que ela teve outro ataque?", pensou Korolióv.

Saiu a fim de ver como estava a paciente. Os cômodos já estavam bem claros e, no salão, na parede e no assoalho, tremulava a fraca luz do sol que penetrava através da neblina da manhã. A porta do quarto de Liza estava aberta e ela mesma sentara na poltrona perto da cama, de roupão, envolta num xale e despenteada. Os estores das janelas estavam baixados.

— Como a senhora está se sentindo? — perguntou Korolióv.

— Agradeço ao senhor.

O médico tomou seu pulso, depois arrumou os cabelos de Liza, caídos sobre a testa.

— A senhora não dorme — disse ele. — Lá fora o tempo está ótimo, é primavera, os rouxinóis estão cantando, e a senhora fica aqui no escuro, pensando sabe-se lá o quê.

Ela escutava e olhava para o rosto de Korolióv; os olhos de Liza eram tristes, inteligentes, e estava bem claro que ela desejava dizer alguma coisa.

— Isso acontece muitas vezes com a senhora? — perguntou Korolióv.

Ela moveu um pouco os lábios e respondeu:

— Muitas vezes. Quase toda noite é difícil para mim.

Naquele momento, lá fora, os vigias noturnos começaram a bater duas horas. Ouviu-se: "der... der... der...", e ela estremeceu.

— Essas batidas perturbam a senhora? — perguntou.

— Não sei. Tudo aqui me perturba — respondeu, e se pôs pensativa. — Tudo perturba. Na voz do senhor sinto solidariedade, desde o primeiro olhar, por alguma razão, me pareceu que eu podia contar tudo para o senhor.
— Então conte, eu lhe peço.
— Eu quero contar ao senhor qual é a minha opinião. Acho que eu não estou doente, mas fico inquieta e sinto medo, porque tem de ser assim e não pode ser diferente. Até uma pessoa saudável não pode deixar de se perturbar, se, por exemplo, um bandido passa na frente da sua janela. Muitas vezes, os médicos vêm me tratar — continuou, olhando para os joelhos e sorrindo encabulada —, e eu sou muito grata, é claro, e não nego a utilidade do tratamento, só que eu gostaria de conversar não com um médico, mas com uma pessoa próxima, um amigo, que me compreendesse, me convencesse de que estou certa ou errada.
— Então a senhora não tem amigos? — perguntou Korolióv.
— Sou solitária. Tenho minha mãe, adoro a minha mãe, mas, mesmo assim, sou solitária. Foi o rumo que a vida tomou... Os solitários leem muito, mas falam pouco e escutam pouco, a vida é misteriosa para eles; são místicos e, muitas vezes, veem o diabo onde ele não existe. A Tamara de Liérmontov era solitária e via o diabo.[2]
— E a senhora lê muito?
— Muito. Afinal, tenho todo o tempo livre, da manhã à noite. De dia, eu leio, à noite, a cabeça fica vazia e, no lugar dos pensamentos, vêm umas sombras.
— A senhora vê coisas à noite? — perguntou.
— Não, mas eu sinto...

---

[2] Refere-se ao poema "O demônio", do poeta romântico russo Liérmontov (1814-41).

De novo, sorriu e ergueu os olhos para o médico, e olhou para ele com ar tão triste, tão inteligente; pareceu a Korolióv que Liza acreditava nele, queria conversar de coração aberto, e também lhe parecia que ela pensava as mesmas coisas que ele. Mas Liza ficou em silêncio, talvez à espera de que o médico dissesse algo.

E Korolióv sabia o que dizer; estava claro, para ele, que Liza precisava, o quanto antes, deixar os cinco prédios e o seu milhão, se ela o possuía, deixar para trás aquele diabo que, de noite, ficava olhando; também estava claro, para ele, que a própria Liza pensava da mesma forma e apenas esperava que alguém, de sua confiança, confirmasse aquilo.

Mas ele não sabia como dizer. De que modo? É constrangedor perguntar para pessoas condenadas por que foram condenadas; assim também, para pessoas muito ricas é embaraçoso perguntar para que possuem tanto dinheiro, por que administram tão mal sua riqueza, por que não a abandonam, mesmo quando veem que nela reside a sua infelicidade; e, quando começam a falar sobre esse assunto, em geral, a conversa se torna longa, constrangida, acanhada.

"Como vou dizer?", ponderou Korolióv. "Mas será que é preciso dizer?"

Acabou dizendo o que queria, não de forma direta, mas por um caminho enviesado:

— A senhora, na condição de proprietária da fábrica e rica herdeira insatisfeita, não acredita nesse seu direito e agora, veja, não dorme bem, e isso, claro, é melhor do que se a senhora estivesse satisfeita, dormisse profundamente e achasse que tudo está indo às mil maravilhas. A sua insônia merece respeito; de todo modo, é um bom sinal. Na verdade, entre nossos pais, esta nossa conversa seria impensável; eles não conversavam e, à noite, dormiam profundamente, mas nós, a nossa geração, dormimos mal, nos afligimos, conversamos muito e sempre queremos saber se temos razão ou não. E para nossos filhos ou netos, esta questão, se eles têm razão ou não, já estará resolvida. Para eles, será mais claro do que é para nós. A vida vai ser bela daqui a cinquenta anos, só dá pena porque nós não vamos chegar até lá. Seria interessante poder dar uma olhada.

— E o que vão fazer os filhos e os netos? — perguntou Liza.

— Não sei... Na certa, vão abandonar tudo e partir.

— Partir para onde?

— Para onde?... Ora, para onde quiserem — respondeu Korolióv, e deu uma risada. — Uma pessoa boa e inteligente pode partir para qualquer lugar, não importa para onde.

Deu uma olhada no relógio.

— Mas o sol já nasceu — disse. — Está na hora de a senhora dormir. Troque de roupa e trate de dormir muito bem. Eu gostei de conhecer a senhora — prosseguiu, e apertou sua mão. — A senhora é uma pessoa interessante, maravilhosa. Boa noite!

Foi para seu quarto e dormiu.

Na manhã seguinte, quando preparavam o coche, todos saíram para a varanda a fim de despedir-se dele. Liza usava um vestido branco, de festa, com flor no cabelo, pálida, langorosa; olhou para ele com ar triste e inteligente, como na noite anterior, sorria, falava, sempre com aquela expressão de quem queria lhe dizer algo especial, importante, só para ele e mais ninguém. Ouvia-se o canto das cotovias, os sinos da igreja. As janelas dos prédios da fábrica reluziam alegres e, ao passar pelo pátio e, depois, pela estrada rumo à estação, Korolióv já não se lembrava dos operários nem dos casebres de palafita nem do diabo, e pensava em como era agradável, numa manhã de primavera como aquela, viajar numa troica, num coche confortável, e sentir o calor daquele solzinho.

1898

Coisas de trabalho

Um juiz de instrução interino e um médico distrital seguiam viagem rumo ao povoado de Sírnia, para uma autópsia. No caminho, foram surpreendidos por uma tempestade de neve, andaram em círculos por muito tempo e acabaram chegando ao destino não ao meio-dia, como esperavam, mas só à noite, já escuro. Para pernoitar, hospedaram-se na pousada do *ziémstvo*.[1] Por acaso, ali mesmo, na pousada do *ziémstvo*, se encontrava o cadáver: tratava-se do corpo do corretor de seguros Lesnítski, que chegara a Sírnia três dias antes e, depois de se instalar na pousada do *ziémstvo* e pedir um samovar, num gesto completamente inesperado para todos, matou-se com um tiro; e a circunstância de ter dado cabo da própria vida de modo tão estranho, diante de um samovar e de petiscos servidos à mesa, dava muitos motivos para desconfiar de um homicídio; fazia-se necessária uma autópsia.

No vestíbulo, o médico e o juiz de instrução sacudiram a neve, batendo os pés no chão, enquanto o velho ajudante de polícia Iliá Lochadin observava, de pé, a seu lado, e iluminava o cômodo com um lampião de folha de flandres nas mãos. Sentia-se um forte cheiro de querosene.

— Quem é você? — perguntou o médico.
— Sou o "puliça"... — respondeu o ajudante de polícia.

---

[1] Conselho rural com funções administrativas, formado por senhores de terra, que vigorou entre 1864 e 1919.

Até na correspondência ele assinava assim: "Puliça".

— E onde estão as testemunhas?

— Devem ter ido tomar chá, vossa excelência.

À direita, havia um cômodo limpo, "das visitas", ou "dos senhores"; à esquerda, a área de serviço, com uma grande estufa e bancos de tábua, junto à parede. O médico e o juiz de instrução entraram no cômodo limpo, com o policial logo atrás, segurando o lampião bem alto, acima da cabeça. No chão, junto aos pés da mesa, jazia um corpo comprido, imóvel, coberto por um pano branco. À luz fraca do lampião, além do pano branco, viam-se em destaque as galochas de borracha novas, e tudo ali era muito feio, tétrico: as paredes escuras, o silêncio, as galochas, o corpo imóvel, morto. Sobre a mesa, um samovar, já frio havia muito tempo e, em volta, alguns embrulhos, na certa, de comida.

— Matar-se numa pousada de *ziémstvo*, que coisa mais inconveniente! — exclamou o médico. — Se tinha mesmo tanta vontade de meter uma bala na cabeça, que ele se matasse em casa, num barracão, em qualquer lugar.

Do jeito como estava, de chapéu, casaco de pele e botas de feltro, o médico deixou-se cair sobre um banco e o juiz de instrução sentou-se de frente para ele.

— Esses histéricos e neurastênicos são os maiores egoístas — prosseguiu o médico, em tom amargo. — Quando um neurastênico dorme no mesmo quarto que a gente, faz barulho com o jornal o tempo todo. Quando almoça com a gente, arruma briga com a própria esposa, nem se acanha com a nossa presença; e, quando lhe dá vontade de se matar, lá vai ele se matar bem longe, no campo, numa pousada de *ziémstvo*, só para dar mais trabalho para todo mundo. Esses senhores, em todas as circunstâncias da vida, só pensam em si. Só em si! É por isso que os velhos não gostam deste nosso "século nervoso".

— Os velhos não gostam de nada — disse o juiz de instrução, enquanto bocejava. — Olhe, mostre para esses velhos qual a diferença entre os suicídios antigos e os de hoje em dia. Antes, o que chamavam de uma pessoa digna se matava por ter dado um desfalque no Tesouro do Estado, mas hoje em dia o sujeito se mata porque está farto da vida, por causa de uma angústia... O que é melhor?

— Estar farto da vida, sentir angústia. Mas, convenhamos, ele podia muito bem não se matar aqui, numa pousada de *ziémstvo*.

— Ah, uma desgraça feito essa — disse o ajudante de polícia —, uma desgraça feito essa é um verdadeiro castigo. O povo daqui está muito abalado, vossa excelência, já faz três noites que não dorme. A criançada vive chorando. É preciso alimentar as vacas, mas as camponesas não vão ao estábulo porque têm medo... Acham que o morto vai aparecer no escuro. Claro, são mulheres bobas, mas alguns mujiques também têm medo. É só anoitecer que eles nem passam mais sozinhos na frente da pousada, eles são assim, igual a um rebanho. E as testemunhas também, é a mesma coisa...

O dr. Stártchenko, de meia-idade, barba escura e óculos, e o juiz de instrução Líjin, louro, ainda jovem, que acabara de se formar apenas dois anos antes, e que mais parecia um estudante do que um funcionário, ficaram em silêncio, sentados, pensativos. Estavam aborrecidos com o atraso. Agora, teriam de pernoitar ali, esperar amanhecer, e não eram sequer seis horas, eles já previam uma noite comprida e, depois, uma longa madrugada, escura e maçante, previam o desconforto das camas, as baratas, o frio da manhã; e, enquanto ouviam a tempestade de neve, que uivava na chaminé da estufa e no sótão, os dois pensavam em como tudo aquilo era diferente da vida que gostariam de ter e que haviam sonhado em outros tempos, e também pensavam em como ambos estavam longe de seus colegas, que agora, na cidade, passeavam por ruas iluminadas sem ao menos se preocupar com o mau tempo, ou se arrumavam para ir ao teatro ou liam um livro, sentados em seu escritório. Ah, os dois dariam qualquer coisa para estar, agora, passeando pela avenida Niévski[2] ou pela rua Petrovka, em Moscou, para escutar uma canção decente, ficar uma ou duas horas num restaurante...

— U-u-u-u! — cantava a tempestade de neve no sótão e, lá fora, no vento, algo estalava com raiva, na certa, a tabuleta do letreiro da pousada. — U-u-u-u!

— O senhor faça como preferir, mas eu não quero ficar aqui — disse Stártchenko, e se levantou. — Ainda não são nem seis horas, é cedo para dormir, vou para algum lugar. O Von Taunitz mora aqui perto, a apenas três verstas de Sírnia. Vou passar a noite na casa dele. Ei, ajudante de polícia, vá lá fora e diga ao cocheiro para não desatrelar os cavalos. E o senhor, o que vai fazer? — perguntou para Líjin.

— Não sei. Acho que vou deitar e dormir.

O médico agasalhou-se bem no seu casaco de pele e saiu. Ouviu-se a ordem que deu ao cocheiro e os guizos sacudidos pelos cavalos, mortos de frio. Partiram.

— Este lugar não serve para o senhor passar a noite — disse o policial. — Vá para aquela outra parte ali, nos fundos. Não está limpo, mas uma noite só não tem importância. Agora eu vou pedir emprestado um samovar para um mujique, ponho para esquentar e depois junto um punhado de feno, assim vossa excelência vai poder dormir com a graça de Deus.

Após um breve intervalo, o juiz de instrução sentou-se na parte dos fundos, junto à mesa, e tomou chá, enquanto o ajudante de polícia Lochadin se mantinha de pé, na porta, e conversava. Era um velho que passara dos sessenta anos, de baixa estatura, muito magro, recurvado, branco, sorriso ingênuo no

---

[2] Principal via pública de São Petersburgo, a capital russa, na época.

rosto, olhos lacrimosos e, o tempo todo, contraía e estalava os lábios, como se estivesse chupando um pedaço de gelo. Vestia um casaco de pele curto, botas de feltro, e não largava a bengala. A juventude do juiz de instrução lhe dava pena e, provavelmente por isso, o tratava por "você".

— O suboficial Fiódor Makáritch mandou que eu fosse avisar a ele assim que chegasse o juiz de instrução ou o comissário de polícia — disse. — Então, nesse caso, eu tenho de ir lá agora... Até o distrito, são quatro verstas, a tempestade de neve, toda essa neve acumulada no caminho... Nem sei se consigo chegar lá antes de meia-noite. Olha só como está uivando.

— Eu não preciso do suboficial — disse Líjin. — Não há nada para ele fazer aqui.

Observou o velho com curiosidade e perguntou:

— Diga, vovô: há quanto anos você é ajudante de polícia?

— Quantos anos? Já faz uns trinta. Eu comecei cinco anos depois da emancipação dos servos,[3] é só fazer a conta. Desde aquele tempo, todo dia, sou ajudante de polícia. Os outros podem ter feriados, mas eu fico sempre de serviço. É Semana Santa, os sinos tocam na igreja, vem a Páscoa, Cristo Ressuscitou,[4] e lá estou eu, o tempo todo, com a minha bolsa. Vou à tesouraria, ao correio, à casa do comissário, do presidente do *ziémstvo*, do cobrador de impostos, do juiz, dos senhores, dos mujiques, de tudo quanto é cristão ortodoxo. Eu levo embrulhos, avisos, cobranças, cartas, diversos formulários, boletins e, sabe, meu bom senhor, vossa excelência, hoje em dia inventaram uns formulários para anotar uns números, amarelos, brancos, vermelhos, e todo senhor de terra ou patrão ou mujique rico é obrigado a preencher dez vezes por ano, dizer quanto plantou e colheu,

---

[3] A emancipação dos servos data de 1861. [4] Expressão repetida pelos fiéis, na Páscoa da Igreja ortodoxa.

quantos quartos ou *pud*[5] de centeio ele tem, quanta aveia, feno, e como andou o tempo e também que tipos de insetos apareceram. Claro, cada um escreve o que bem entende, a minha função é pegar os formulários, distribuir os papéis todos e depois voltar lá e trazer tudo de novo. Olhe, vou dar um exemplo: você sabe que não adianta arrancar as tripas desse senhor aí dentro, só vai emporcalhar suas mãos, mas você fez o maior esforço para chegar aqui, vossa excelência, e tudo só para cumprir as formalidades; não tem jeito. Há trinta anos que eu cumpro todas as formalidades. No verão, tudo bem, é quente, é seco, mas no inverno ou no outono, aí não tem nenhuma graça. Já aconteceu de eu me afogar, me congelar, já aconteceu de tudo. E, na floresta, gente ruim levou minha bolsa, bateram no meu pescoço, e já fui até processado...

— Por que foi processado?
— Por fraude.
— Como assim, por fraude?
— Ah, sabe, o escrivão Khrissanf Grigóriev vendeu, para um construtor, tábuas que não eram dele, quer dizer, enganou. Eu acabei envolvido no negócio, me mandaram pegar vodca na taberna; pois é, o escrivão nem me deu um pouco da vodca, nem um copinho sequer, mas como eu, com minha pobreza toda, sou uma pessoa despreparada, sem importância nenhuma, acabou que nós dois fomos a julgamento. Ele foi para a prisão e eu, graças a Deus, fui absolvido, com todos os meus direitos. No tribunal, leram um papel. Todo mundo de uniforme, lá no tribunal. É o que estou dizendo para você, vossa excelência, o meu serviço não é para quem não tem o costume, senão é morte certa, Deus me livre, mas para mim não é nada. Quando não estou de serviço, até as pernas doem. Para mim, o pior é ficar em casa. Lá no distrito eu não paro,

---

[5] Um *pud* equivale a 16,38 quilos.

acendo a estufa para o escrivão, levo água para o escrivão, engraxo as botas do escrivão.

— E quanto você recebe de salário? — perguntou Líjin.

— Oitenta e quatro rublos por ano.

— Mas com certeza tem outra rendazinha, não é?

— Que rendazinha eu vou ter? Os patrões por aqui, hoje em dia, quase nunca dão gorjeta. Hoje em dia, os senhores são muito rigorosos, se ofendem por qualquer coisinha. Você leva um papel para ele: fica ofendido; tira o chapéu para ele: fica ofendido. Ele diz, você não entrou pela porta certa, você está bêbado, você está cheirando à cebola, ele diz, você é um tagarela, seu filho da mãe. Claro, existem alguns bons, mas também não dão nada para a gente, só fazem rir da gente e inventar apelidos. Por exemplo, o sr. Altúkhin; ele é boa pessoa, não bebe, entende, tem a cabeça no lugar, mas, de repente, quando você menos espera, ele sai berrando, nem ele entende por quê. Ele me deu um apelido. Ele disse, você...

E o policial falou uma palavra, mas tão baixinho que era impossível entender.

— Como? — perguntou Líjin. — Repita.

— Administração! — repetiu em voz alta. — Já faz muito tempo que me chama desse jeito, uns seis anos. Bom dia, Administração! Mas eu não ligo, deixo para lá, que Deus o ajude. Acontece de uma patroa mandar um copinho de vodca e um pedacinho de empadão, e aí eu bebo à saúde dela. Mas são os mujiques que dão mais; os mujiques são mais religiosos, temem a Deus; um me dá pão, outro, sopa, um ou outro até me dá um dinheirinho. Os starostes me pagam um chá na taberna. Olhe, agora mesmo, as testemunhas foram tomar chá. Disseram: "Lochadin, fique aqui até nós voltarmos, tome conta de tudo". E me deram uns copeques. Eles têm medo, por falta de costume. Ontem mesmo me deram quinze copeques e ainda me serviram um copinho.

— E por acaso você não tem medo?

— Medo eu tenho, patrão, mas este é o meu trabalho, e não há como eu me livrar disso. Verão passado, lá fui eu levar um preso para a cidade, e aí ele começou a bater no meu pescoço! E toma! E toma! E toma! No pescoço! Em volta, o campo, a mata: como eu ia fugir? Pois é, e aqui é a mesma coisa. O sr. Lesnítski, eu ainda me lembro dele deste tamaninho aqui, eu conheci o pai dele, e a mãe também. Sou do povoado de Nedoschótovo e eles, os srs. Lesnítski, moravam a menos de uma versta, bem menos, era assim, logo ali. E o sr. Lesnítski tinha uma irmã, bem mocinha, temente a Deus e de bom coração. Senhor, lembrai-vos da alma de sua serva Iúlia, de eterna memória. Não casou, e quando morreu repartiu todos os seus bens; para o convento destinou cem deciatinas de terra e, para nós, a comunidade dos camponeses do povoado de Nedoschótovo, doou duzentas deciatinas para rezar pela sua alma, mas o irmão dela, um nobre, escondeu o tal papel, dizem que jogou no fogo da estufa, e pegou toda a terra para si. Sabe, ele achou que ia tirar vantagem, mas não, nada disso, gente assim não perde por esperar; neste mundo, a mentira tem vida curta, irmão. Depois, esse nobre ficou vinte anos sem se confessar, fugia da igreja, e então morreu sem se confessar, sem se arrepender, ele estourou todo. Estava muito gordão. E rebentou assim, de alto a baixo. Depois veio um patrão jovem, um tal de Serioja, e tomaram tudo dele para pagar dívidas, tomaram tudo o que ele tinha; pois é, ele não foi muito longe nos estudos, não conseguia fazer nada na vida, e o presidente do *ziémstvo*, tio dele, pensou assim: "Vou pegar esse Serioja para trabalhar comigo, como corretor de seguros, não é um trabalho complicado". Mas o patrão era jovem, orgulhoso, também tinha vontade de alcançar uma coisa maior, mais vistosa, mais folgada, pois é, achava uma vergonha sacolejar numa charretezinha, para lá e para cá pelo distrito, e conversar com mujiques; lá ia ele, sempre olhando para o chão, e calado; gritavam bem na sua orelha: "Serguei Sergueitch!". E ele virava, assim, de repente: "Ahn?". E, de novo, olhava para o chão. E agora, veja só, o homem acabou se matando. Não tem sentido, vossa excelência, está errado isso aí, não dá para entender que exista isso no mundo, Senhor de Misericórdia. Dizem que, se o pai foi rico e você é pobre, isso é uma vergonha, está certo, é claro que é, mas o que se vai fazer? Tem de se acostumar. Eu também levava uma vida boa, vossa excelência, eu tinha dois cavalos, três vacas, cuidava de vinte ovelhas, mas o tempo passou e eu fiquei só com uma mochilinha, sim, senhor, e nem é minha, mas do governo, e agora dá até para dizer que, na nossa Nedoschótovo, não tem casa pior do que a minha. O Caio tinha quatro lacaios e agora o Caio é lacaio. Dona Ada tinha quatro criadas e agora dona Ada é criada.

— E por que você empobreceu? — perguntou o juiz de instrução.

— Os meus filhos bebem vodca demais. Bebem tanto, mas bebem tanto, que nem dá para dizer, ninguém acredita.

Líjin escutava e pensava que ele mesmo, Líjin, cedo ou tarde, iria para Moscou, ao passo que aquele velho ia ficar ali para sempre e continuaria andando para lá e para cá, na mesma função, a vida inteira; e quantas vezes mais, ao longo da vida, Líjin teria de encontrar aqueles velhos há muito tempo acabados, desgrenhados, imprestáveis, em cuja alma, de algum modo, tinham se fundido para sempre a moedinha de cinco copeques, o copinho de vodca e a profunda crença de que, neste mundo, a mentira tem vida curta. Depois, Líjin cansou de ouvir o velho e mandou que trouxesse logo o feno para fazer sua cama. No outro cômodo havia uma cama de ferro, com travesseiro e cobertor, e eles poderiam perfeitamente trazer aquele móvel, só que já fazia três dias que o falecido estava estirado ao lado da cama (Quem sabe ele havia sentado na cama, antes de se matar?), e agora não parecia nada agradável dormir ali...

"Ainda são só sete e meia", pensou Líjin, depois de olhar ligeiro para o relógio. "Que horror!"

Não sentia vontade de dormir, mas, por não ter o que fazer e para acelerar a passagem do tempo, de alguma forma, deitou-se e cobriu-se com a manta. Lochadin, enquanto lavava a louça, entrava e saía várias vezes, estalando os lábios e suspirando, andava o tempo todo em volta da mesa, até que, enfim, pegou seu lampião e saiu. Ao ver, por trás, o cabelo comprido e grisalho do velho e seu corpo recurvado, Líjin pensou:

"Parece um bruxo de ópera."

Escureceu. Na certa, a lua já subira por trás das nuvens, pois se viam com nitidez as janelas e a neve nas esquadrias.

— U-u-u-u! — cantava a tempestade. — U-u-u-u!

— Meu De-e-e-eus! — gemia uma camponesa no sótão, ou assim parecia aos seus ouvidos. — Meu De-e-e-eus!

— Buh! — algo bateu com força na parede lá fora. — Trah!

O juiz de instrução apurou os ouvidos: não havia nenhuma camponesa, era só o vento. Estava muito frio e ele se cobriu também com o casaco de pele por cima da manta. Enquanto se agasalhava, pensava que tudo aquilo — a tempestade de neve, a pousada, o velho, o defunto deitado no cômodo vizinho —, tudo aquilo estava muito distante da vida que ele desejava para si, tudo aquilo era alheio a ele, mesquinho, desinteressante, sem graça. Se aquele homem tivesse se matado em Moscou, ou em algum canto perto de Moscou, e fosse necessário fazer uma investigação, aí sim seria importante, digno de interesse e, quem sabe, daria até medo de dormir ao lado de um cadáver; mas ali, a mil verstas de Moscou, tudo aquilo se apresentava sob uma luz diferente, tudo aquilo não era vida, não era gente, mas algo que existia só "para cumprir as formalidades", como dizia o Lochadin, tudo aquilo não deixava o menor vestígio na memória, acabaria esquecido tão logo Líjin partisse de Sírnia. A pátria, a Rússia autêntica, era Moscou, Petersburgo, aquele lugar não passava de uma província, uma colônia; quando alguém sonha em representar um papel de relevo, ser conhecido, ser, por exemplo, juiz de instrução de casos importantes ou promotor da corte distrital, ser uma pessoa de destaque na sociedade, pensa sempre em Moscou. Só existe vida em Moscou; naquele lugar, ninguém tem vontade de nada, é fácil se conformar com seu papel irrelevante e só se pode esperar uma coisa da vida: ir embora, ir embora o mais depressa possível. E Líjin, em pensamento, vagava pelas ruas de Moscou, visitava conhecidos, encontrava-se com parentes, colegas, e seu coração se contraía de encanto ao pensar que, agora, tinha vinte e seis anos e que, caso conseguisse se desvencilhar daquela província e fosse parar em Moscou dali a cinco ou dez anos, ainda não seria tarde e ele ainda teria uma vida inteira pela frente. E, enquanto caía no torpor do sono, quando os pensamentos já começavam a se embaralhar, ele imaginava os corredores compridos do tribunal em Moscou, imaginava a si mesmo proferindo um discurso eloquente, suas irmãs, uma orquestra que, por algum motivo, zumbia:

— U-u-u! U-u-u!

— Buh! Trah! — E estalava de novo: — Buh!

E, de repente, lembrou que, certa vez, no conselho do *ziémstvo*, quando estava conversando com o contador, entrou no escritório um senhor de olhos escuros, cabelo preto, magro, pálido; os olhos tinham a expressão desagradável que se vê em pessoas que dormiram demais depois do almoço, e aquilo prejudicava seu perfil inteligente, de linhas delicadas; as botas de cano alto também não combinavam com ele, pareciam brutas. O contador o apresentou: "Este é o nosso corretor de seguros do *ziémstvo*".

"Então, aquele era o Lesnítski... o próprio...", só então Líjin se deu conta.

Lembrou-se da voz baixa de Lesnítski, recordou seu modo de andar e teve a impressão de que, ali perto, naquele instante, alguém estava caminhando, e caminhando do mesmo jeito que Lesnítski.

De repente, sentiu medo, sua cabeça gelou.

— Quem está aí? — perguntou, agitado.

— O *Puliça*.

— O que você quer?

— Vim perguntar uma coisa, vossa excelência. Agora há pouco o senhor disse que não precisa do suboficial, só que eu tenho medo de que ele fique zangado. Ele me mandou ir lá. Não é melhor eu ir?

— Ora, me deixe! Você me enche a paciência... — exclamou Líjin, irritado, e cobriu-se de novo.

— Ele vai se zangar comigo... Eu vou lá, vossa excelência, durma bem.

E Lochadin saiu. No vestíbulo, sussurravam e conversavam em voz baixa. Na certa, as testemunhas estavam de volta.

"Amanhã, vou liberar esses coitados mais cedo...", pensou o juiz de instrução. "Assim que o dia raiar, vou começar a autópsia."

Estava começando a adormecer, quando, de repente, ouviu passos, não tímidos, mas afoitos, barulhentos. Uma porta bateu, vozes, o riscar de um fósforo...

— O senhor está dormindo? O senhor está dormindo? — perguntou o médico Stártchenko, esbaforido e irritado, enquanto riscava um fósforo atrás do outro; estava todo coberto de neve, e, dele exalava um ar frio. — Está dormindo? Levante, vamos para a casa de Von Taunitz. Ele mandou até cavalos para levar o senhor. Vamos. Lá pelo menos o senhor pode jantar e dormir como gente. Veja, eu vim pessoalmente buscá-lo. Os cavalos dele são maravilhosos, chegaremos lá em vinte minutos.

— Mas que horas são?

— Dez e quinze.

Com sono, de má vontade, Líjin calçou as botas de feltro, vestiu o casaco de pele, o capuz, e saiu junto com o médico.

A friagem não era tão grande, porém o vento batia com força, um vento cortante, que arrastava nuvens de neve ao longo da rua, como se estivessem fugindo de pavor; ao pé das cercas e junto às varandas, já se haviam acumulado grandes montes de neve. O médico e o juiz de instrução tomaram assento no trenó, e o cocheiro, todo branco, virou e se abaixou na direção deles a fim de fechar o trinco da portinhola. Ambos sentiam calor.

— Em frente!

Atravessaram o povoado. "Abrindo sulcos aveludados...",[6] pensou o juiz de instrução, num torpor, enquanto observava como o cavalo da direita da troica movimentava as patas. Em todas as isbás luzes brilhavam, como se fosse véspera de um grande dia de festa: mas era porque os camponeses não queriam dormir, com temor do defunto. O cocheiro se mantinha calado e triste; na certa, havia se aborrecido por ter sido obrigado a esperar muito, diante da pousada do *ziémstvo*, e agora também pensava no falecido.

— Pois lá na casa do Taunitz — disse Stártchenko —, quando souberam que o senhor tinha ficado na pousada para pernoitar, todos pularam em cima de mim, revoltados por eu não ter levado o senhor comigo.

Na saída do povoado, numa curva, o cocheiro gritou de repente, a plenos pulmões:

— Sai da frente!

Um homem surgiu de relance; caminhava com a neve pelos joelhos, enquanto saía da estrada, e olhou para a troica; o juiz de instrução viu uma bengala com um arco na ponta, uma barba e uma bolsa a tiracolo, teve a impressão de que era Lochadin e lhe pareceu, até, que estava sorrindo. O homem surgiu de relance e desapareceu.

---

6 Verso de Púchkin. *Evguiéni Oniéguin*, capítulo V, estrofe 2.

De início, a estrada corria pela orla do bosque, depois seguiu por um largo corte aberto na mata; também de relance, surgiram pinheiros antigos, um jovem bosque de bétulas, carvalhos altos, jovens e retorcidos, que se erguiam solitários, em clareiras desmatadas pouco antes por lenhadores, porém tudo logo se confundiu no ar, nas nuvens de neve; o cocheiro disse que estava vendo a floresta, mas o juiz de instrução não enxergava nada, a não ser aquele cavalo. O vento soprava pelas costas.

De repente, os cavalos pararam.

— Puxa, o que foi? — perguntou Stártchenko, irritado.

O cocheiro desceu da boleia, em silêncio, e se pôs a correr em volta do trenó, pisando forte nos calcanhares; correu em círculos, sem parar, se afastando pouco a pouco do trenó, parecia até uma dança; por fim, voltou e virou o trenó para a direita.

— O que foi, perdeu o caminho? — perguntou Stártchenko.

— Não foi na-a-a-ada...

Apareceu um vilarejo, ao longe, sem uma luzinha sequer. De novo, o bosque, o campo, de novo perderam o caminho, o cocheiro desceu da boleia e executou sua dança. A troica penetrou numa alameda escura, avançou depressa e as patas traseiras do cavalo fogoso resvalavam na parte frontal do trenó. Ali, as árvores farfalhavam com estrondo, era aterrador, não se enxergava um palmo à frente do nariz, parecia que estavam se precipitando por dentro de um abismo e, de repente, uma luz clara bateu em seus olhos, vinha da entrada de uma casa, das janelas ressoaram entrecortados latidos de boas-vindas, vozes... Tinham chegado.

Enquanto, no térreo, no vestíbulo, eles despiam seus casacos de pele e suas botas de feltro, no primeiro andar tocavam no piano "Un petit verre de Clicquot"[7] e se ouvia como as crianças batiam os pés no chão ritmadamente. As visitas logo

---

7 Francês: "Um copinho de Clicquot" (tipo de champanhe).

sentiram o aroma e o calor dos antigos aposentos da nobreza, onde, a despeito do tempo que fizesse do lado de fora, estava sempre bem aquecido, limpo e confortável.

— Vejam, mas que ótimo — disse Von Taunitz, obeso, de costeletas grandes e com o pescoço de uma largura inacreditável, enquanto apertava a mão do juiz de instrução. — Mas que ótimo. Seja bem-vindo, é um grande prazer conhecê-lo. Eu e o senhor fomos mais ou menos colegas. Um tempo atrás, eu fui colega de trabalho do procurador, mas por pouco tempo, só dois anos; vim para cá cuidar da minha propriedade rural e aqui envelheci. Em resumo, sou um velho diabo. Seja muito bem-vindo — prosseguiu, visivelmente contendo a voz para não falar alto; ele e as visitas subiram ao primeiro andar. — Não tenho esposa, ela morreu, mas aqui estão as minhas filhas, permitam que eu lhes apresente. — Voltou-se e gritou para baixo, com voz de trovão. — Avisem ao Ignat que deixe o trenó pronto amanhã às oito horas!

No salão, estavam suas quatro filhas, mocinhas bonitas, todas de vestido cinzento e penteados iguais, além de uma prima, também jovem e interessante, com seus filhos. Stártchenko, já conhecido na casa, logo pediu que cantassem e duas senhoritas alegaram, demoradamente, que não sabiam cantar e que não tinham partituras, mas depois a prima sentou-se ao piano e elas, com vozes trêmulas, cantaram um dueto de *Dama de espadas*.[8] E, mais uma vez, começaram a tocar "Un petit verre de Clicquot", e as crianças se puseram a pular, batendo os pés no chão no ritmo da música. Também Stártchenko se pôs a pular. Todos riram.

Depois, as crianças se despediram e foram dormir. O juiz de instrução riu, dançou a quadrilha, cortejou as moças e pensou: "Não será tudo isto um sonho?". A parte dos fundos da pousada do *ziémstvo*, o monte de feno no canto do chão, o

---

8 Ópera de P. I. Tchaikóvski, baseada na obra homônima de A. S. Púchkin.

rumor das baratas, os móveis horrendos e indigentes, as vozes das testemunhas, o vento, a tempestade de neve, o perigo de perder o caminho e, de repente, aqueles aposentos claros e suntuosos, o som do piano, moças bonitas, crianças de cabelos cacheados, risos alegres, felizes — tamanha transformação parecia um conto de fadas; e era inacreditável que tal transformação fosse possível a uma distância de apenas três verstas, ou uma hora de viagem. Mas pensamentos tristes vieram atrapalhar sua alegria, e ele pensava o tempo todo que aquilo à sua volta não era a vida, mas apenas lascas de vida, migalhas, que tudo ali era fortuito, não se podia tirar nenhuma conclusão; chegou a sentir pena daquelas moças, que viviam ali e terminariam suas vidas naquele fim de mundo, na província, longe dos ambientes cultos, onde nada é fortuito, onde tudo é ponderado, tudo tem suas normas e, por exemplo, qualquer suicídio tem sua razão de ser, é possível explicar por que aconteceu e qual o seu significado, no turbilhão geral da vida. Já que a vida que o rodeava ali, naquele fim de mundo, lhe era incompreensível e como ele nem sequer enxergava aquela vida, Líjin supunha que, ali, não existia vida nenhuma.

Durante o jantar, conversaram sobre Lesnítski.

— Ele deixou esposa e um filho pequeno — disse Stártchenko. — Eu acho que seria melhor proibir o casamento para os neurastênicos e para as pessoas com problemas no sistema nervoso, em geral; eu retiraria delas o direito e a possibilidade de multiplicar pessoas semelhantes a elas. Pôr no mundo filhos com doenças nervosas é um crime.

— Ele era um jovem infeliz — disse Von Taunitz, suspirou baixinho e balançou a cabeça. — Quanto tempo ele teve de ficar pensando, repensando e sofrendo, antes de, afinal, tomar a decisão de tirar a própria vida... uma vida jovem. Em todas as famílias pode ocorrer uma desgraça como essa, e isso é horrível. É difícil suportar, é intolerável...

E todas as moças ouviam caladas, com o rosto sério, olhando para o pai. Líjin tinha a sensação de que também ele precisava dizer algo, mas não conseguia pensar em nada e só foi capaz de dizer:

— Sim, o suicídio é um fenômeno indesejável.

Ele dormiu num quarto aquecido, num colchão macio, agasalhado por um cobertor, sob o qual havia um lençol fresco e fino, todavia, por alguma razão, não se sentia confortável; talvez porque, no quarto vizinho, o médico e Von Taunitz conversaram demoradamente e, no alto, acima do teto e por dentro da chaminé da estufa, a tempestade de neve roncava da mesma forma que na pousada do *ziémstvo*, e também uivava em tom queixoso:

— U-u-u-u!

Fazia dois anos que a esposa de Taunitz tinha morrido e, até então, ele não havia se conformado e, qualquer que fosse o assunto da conversa, sempre mencionava a esposa; já não restava, naquele homem, nada do procurador que ele tinha sido.

"Será possível que, algum dia, eu também chegue a uma situação como essa?", pensou Líjin, ao adormecer, enquanto ouvia, através da parede, a voz acanhada de Von Taunitz, como a voz de um órfão.

O juiz de instrução teve um sono intranquilo. Fazia calor, sentia-se incomodado e, no sonho, ele parecia estar, não na casa de Taunitz nem numa cama limpa e macia, mas ainda na pousada do *ziémstvo*, deitado sobre o feno e ouvindo o que as testemunhas conversavam à meia-voz; tinha a impressão de que Lesnítski estava próximo, a quinze passos. No sonho, lembrou de novo como o corretor de seguros, pálido, de cabelo escuro e botas de cano alto empoeiradas, entrou no escritório do contador. "Este é o nosso corretor de seguros do *ziémstvo*..." Depois, teve a impressão de que Lesnítski e o ajudante de polícia Lochadin estavam caminhando no campo, sobre a neve, lado a lado, e amparavam-se um no outro; a tempestade de neve rodopiava acima deles, o vento soprava em suas costas, enquanto os dois caminhavam e cantarolavam:

— Nós andamos, nós andamos, nós andamos.

O velho parecia um bruxo de ópera e os dois, de fato, cantavam como num teatro:

— Nós andamos, nós andamos, nós andamos... Você está no quentinho, na luz, no macio, mas nós andamos no frio gelado, na nevasca, na neve funda... Não sabemos o que é sossego, não sabemos o que é alegria... Suportamos nas costas todo o peso desta vida, a nossa, a sua... U-u-u! Nós andamos, nós andamos, nós andamos...

Líjin acordou e sentou na cama. Que sonho tumultuado e ruim! E por que o corretor de seguros e o ajudante de polícia apareceram juntos, no sonho? Que absurdo! E agora, quando o coração de Líjin batia com força e ele estava sentado na cama com a cabeça apertada entre as mãos, teve a impressão de que havia, de fato, algo de comum na vida do corretor de seguros e do ajudante de polícia. Por acaso não caminham na vida, os dois, lado a lado, amparando-se um ao outro? Que elo invisível, mas significativo e necessário, existe entre ambos, e mesmo entre eles e Taunitz, e entre todos, todo mundo? Nesta vida, mesmo no vilarejo mais remoto e despovoado, nada acontece por acaso, tudo está impregnado de uma ideia comum, tudo tem uma alma, um propósito e, para compreender isso, não basta pensar, não basta raciocinar, é preciso também, com certeza, ter o dom de enxergar a vida por dentro, dom que nem todo mundo possui, ao que parece. O infeliz que não suportou a pressão, o "neurastênico" (nas palavras do médico) que se matou, e o velho mujique, que passou a vida inteira na mesma função, andando para lá e para cá, são acasos, fragmentos da vida, para quem considera sua própria existência também um acaso; porém são partes de um só organismo, prodigioso e racional, para quem considera sua própria vida também uma parte de um todo comum, e compreende isso. Assim pensava Líjin, essa era sua antiga ideia secreta, e só agora ela desabrochou, clara e larga, em sua consciência.

Líjin deitou-se e começou a adormecer; de repente, lá vão eles andando, de novo, e cantam:

— Nós andamos, nós andamos, nós andamos... Nós carregamos o que há de mais pesado e amargo na vida e deixamos para os senhores o que é leve e alegre, e assim os senhores podem refletir, de modo frio e razoável, em torno da mesa de jantar, sobre as razões por que sofremos e perecemos e por que não somos saudáveis e satisfeitos como os senhores.

Aquilo que estavam cantando já viera, antes, à mente de Líjin, mas tal pensamento se apresentava como que por trás de outros pensamentos e apenas se entrevia, timidamente, como uma centelha distante, no ar nebuloso. E ele sentiu que o suicídio e o desgosto do mujique pesavam, também, na sua consciência; admitir que aquelas pessoas, submissas à sua sorte, carregavam nas costas a parte mais pesada e mais sombria da vida — como era horrível! Admitir aquilo e, ao mesmo tempo, desejar para si uma vida radiante e cheia de movimento, entre pessoas felizes, satisfeitas, e sonhar constantemente com essa vida, isso significava sonhar com novos suicídios de pessoas esmagadas pelo trabalho e pelas preocupações, ou de pessoas fracas, desamparadas, sobre as quais os outros apenas conversam, às vezes, durante o jantar, com enfado ou entre zombarias, sem que ninguém se mexa para ajudá-las... E de novo:

— Nós andamos, nós andamos, nós andamos...

Como um martelo que bate nas têmporas.

Líjin acordou cedo, com dor de cabeça, por causa de um barulho; no cômodo vizinho, Von Taunitz conversava com o médico, em voz bem alta:

— Os senhores não podem partir agora. Veja como está lá fora! Nem tente discutir, é só perguntar ao cocheiro: num tempo desses, ele não vai levar os senhores nem por um milhão.

— Mas são só três verstas, afinal — retrucou o médico, em voz de súplica.

— Mesmo que fosse meia versta. Se não pode, não pode, e acabou-se. É só atravessarem o portão que vai ser um verdadeiro inferno, num minuto vão se desviar da estrada. Eu não vou deixar que saiam daqui por nada, por mais que isso desagrade os senhores.

— Pode ser que à noite o tempo melhore — disse um mujique, enquanto acendia a estufa.

E, no cômodo vizinho, o médico passou a explicar como os rigores da natureza influenciam o caráter do homem russo, os invernos longos, que, ao tolherem a liberdade de movimento, freiam o crescimento intelectual das pessoas, e Líjin ouvia com enfado aqueles raciocínios, enquanto observava, pela janela, os montes de neve acumulados ao pé da cerca e olhava para a poeira branca que recobria todo o espaço visível, as árvores que se curvavam, em desespero, ora à direita, ora à esquerda, ouvia o uivo e os estalos, e pensava, sombrio:

"Ora, que moral se pode extrair disto? É uma nevasca e mais nada..."

Ao meio-dia, almoçaram, depois vagaram pela casa, sem propósito nenhum, caminhavam até as janelas.

"E o Lesnítski está lá deitado no chão", pensou Líjin, olhando para os turbilhões que rodavam frenéticos em cima dos montes de neve. "O Lesnítski está lá deitado, e as testemunhas esperando..."

Conversavam sobre o tempo, sobre o fato de que as nevascas, em geral, duravam dois dias, às vezes mais. Jantaram às seis horas, depois jogaram baralho, cantaram, dançaram e, enfim, cearam. O dia terminou, foram dormir.

De madrugada, o tempo melhorou. Quando se levantaram e olharam pela janela, os salgueiros nus, com os galhos um pouco abaixados, erguiam-se completamente imóveis, o dia estava nublado, silencioso, como se agora a natureza se mostrasse envergonhada de sua orgia, das loucas madrugadas e da liberdade que havia concedido a suas paixões. Os cavalos, atrelados em fila, aguardavam diante da varanda, desde as cinco da manhã. Quando amanheceu de todo, o médico e o juiz vestiram seus casacos de pele, suas botas de feltro, despediram-se do anfitrião e saíram.

Na varanda, junto ao cocheiro, estava o já conhecido *puliça*, Iliá Lochadin, sem gorro, com a velha bolsa a tiracolo, todo cheio de neve; tinha o rosto vermelho, molhado de suor. O lacaio, que saíra para acompanhar as visitas até o trenó e cobrir suas pernas, olhou para ele com ar severo e disse:

— O que você quer aqui, velho diabo? Trate de cair fora!

— Vossa excelência, o povo está nervoso... — disse Lochadin, e todo seu rosto sorriu com ar ingênuo, visivelmente satisfeito por estar, afinal, diante das pessoas que tanto desejava ver. — O povo está muito nervoso, as crianças choram... Acharam que vossa excelência tinha ido embora da cidade, outra vez. Tenha misericórdia, nosso benfeitor...

O médico e o juiz não falaram nada, tomaram seus assentos no trenó e partiram rumo a Sírnia.

1899

A queridinha

Ólienka[1], filha do assessor colegiado[2] aposentado Plemiánikov, estava no alpendre de sua casa, sentada, refletindo. Fazia calor, as moscas importunavam sem dar trégua e era muito agradável pensar que, dali a pouco, chegaria a noite. Do leste, aproximavam-se nuvens escuras de chuva e, de lá também, de vez em quando, bafejava um ar úmido.

De pé, no meio do pátio, olhando para o céu, estava Kúkin, empresário e dono do parque de diversões Tívoli, que residia ali mesmo, no pavilhão anexo à casa principal.

— De novo! — disse, em desespero. — Vai chover de novo! Chove todo dia, todo santo dia chove, parece até de propósito! Ah, é o fim! É a ruína! Todo dia eu sofro prejuízos horríveis!

Ergueu as mãos e continuou, voltando-se para Ólienka:

— Esta é a nossa vida, Olga Semiónovna. Dá vontade de chorar! A gente trabalha, sofre, se mata, passa noites sem dormir, sempre pensando que vai melhorar... e para quê? De um lado, o público ignorante, selvagem. Eu ofereço a melhor opereta, a melhor magia, cançonetistas primorosos, mas será que eles precisam disso? Será que o público entende alguma coisa? Eles precisam é de palhaçadas! Só querem saber de vulgaridades! De outro lado, olhe só para o tempo. Quase todo dia, chove. Começou no dia 10 de maio e depois, de lá para cá, o resto de

---

[1] Hipocorístico de Olga. [2] Posto de oitava classe na tabela de patentes do serviço público do Império Russo.

maio e junho inteiro foram um verdadeiro horror! O público não aparece, mas e eu? Por acaso não tenho de pagar o aluguel do mesmo jeito? Não tenho de pagar os artistas?

No dia seguinte, ao entardecer, as nuvens vieram mais uma vez e Kúkin disse, com um riso histérico:

— Como é que pode? Pois então, que chova! Que inunde o parque inteiro, que eu mesmo fique debaixo da água! Que eu não saiba o que é felicidade nem neste mundo nem no outro! E que os artistas entrem na justiça contra mim! Aliás, para que fazer um julgamento? Que me mandem logo para os trabalhos forçados, para a Sibéria! Que eu vá para a forca, de uma vez! Ha-ha-ha!

E, no terceiro dia, a mesma coisa...

Ólienka ouvia Kúkin sem dizer nada, com ar sério e, de vez em quando, vinham lágrimas aos seus olhos. Os infortúnios de Kúkin acabaram comovendo Ólienka, que se apaixonou por ele. Era um homem baixo, muito magro, de rosto amarelo, cabelo escorrido nas têmporas, voz rala de tenorino e, quando falava, torcia a boca; trazia sempre o desespero estampado no rosto, porém, apesar de tudo, Kúkin despertou nela um sentimento genuíno e profundo. Ólienka estava sempre amando alguém e, sem isso, não conseguia viver. Antes, já amava o pai, que agora estava doente, num quarto escuro, numa poltrona, e respirava com dificuldade; ela amava também sua tia, que vinha de Briansk duas vezes por ano para visitá-la; e antes, ainda, quando estudava nas primeiras séries do ginásio, amava seu professor de francês. Ólienka era uma jovem tranquila, bondosa, de olhar dócil e meigo, cheia de compaixão e muito saudável. Quando olhavam para suas faces rosadas e cheias, para o pescoço branco e delicado, com um sinalzinho escuro, quando olhavam para o sorriso ingênuo e bondoso que surgia no rosto, se lhe diziam qualquer coisa simpática, os homens pensavam: "Puxa, ela é bonita...", e sorriam; e as damas, numa festa, também não conseguiam se conter e, mesmo no meio de uma conversa, de repente, a tomavam pela mão e lhe diziam, num ímpeto de contentamento:

— Queridinha!

A casa onde ela morava desde seu nascimento, e que estava registrada em seu nome, por herança, ficava na periferia da cidade, no Bairro Cigano, perto do parque Tívoli; à tardinha e à noite, ela ouvia a música do parque Tívoli, o estrondo dos fogos de artifício, e tinha a impressão de que aquilo era Kúkin em luta contra o seu destino, desferindo um ataque contra seu principal inimigo: o público indiferente; ela sentia um doce aperto no coração, perdia a vontade de dormir e quando, ao amanhecer, Kúkin voltava para casa, Ólienka batia de leve na janelinha do seu quarto, deixava à mostra para ele, através da cortina, o rosto e o ombro, e sorria carinhosa...

Ele a pediu em casamento e casaram-se. Quando viu, sem disfarces, seu pescoço e seus ombros carnudos e saudáveis, o marido ergueu as mãos, admirado, e exclamou:

— Queridinha!

Kúkin estava feliz, porém, como na tarde do casamento e, depois, à noite, a chuva não parou de cair, a expressão de desespero não abandonava seu rosto.

Após o casamento, viviam bem. Ela trabalhava na bilheteria, cuidava da ordem geral do parque de diversões, assinava as despesas, pagava os salários, e suas faces rosadas e seu sorriso meigo, ingênuo, como se fosse uma auréola, rebrilhavam ora na janelinha na bilheteria, ora nos bastidores, ora no bufê. E, para seus conhecidos, ela já dizia que, neste mundo, o mais notável, o mais importante e necessário era o teatro e que só com o teatro era possível obter um prazer verdadeiro e tornar-se educado e humano.

— E vocês acham que o público entende isso? — dizia Ólienka. — Eles só querem saber de palhaçadas! Ontem, nós apresentamos *Fausto às avessas*[1] e quase todos os camarotes estavam vazios, mas, se eu e o Vánitchka[2] tivéssemos apresentado qualquer vulgaridade, acredite, o teatro ficaria completamente lotado. Amanhã, eu e o Vánitchka vamos montar *Orfeu no inferno*,[3] venha assistir.

E aquilo que Kúkin dizia sobre o teatro e sobre os atores, ela repetia. Quanto ao público, Ólienka o desprezava tanto quanto Kúkin, por sua indiferença pela arte e sua ignorância. Ólienka intrometia-se nos assuntos do teatro, corrigia os atores, cuidava do desempenho dos músicos e, quando o jornal local se referia ao teatro de modo desfavorável, ela chorava e depois ia até a redação para se explicar.

Os atores adoravam Ólienka e a chamavam de "eu e o Vánitchka" e de "a queridinha"; ela, por sua vez, tinha pena dos atores, lhes dava pequenos empréstimos e se, por acaso, a enganavam, ela se limitava a chorar baixinho, mas não fazia queixa para o marido.

No inverno, o casal também viveu bem. Arrendaram um teatro na cidade durante toda a estação e o alugaram, por curto prazo, para uma trupe da Pequena Rússia,[4] um mágico e um grupo local de amadores. Ólienka engordava e resplandecia de contentamento, mas Kúkin emagrecia, se tornava cada vez mais amarelo e se queixava de prejuízos terríveis, embora os negócios corressem bem durante todo o inverno. À noite, tossia e Ólienka lhe dava chá de framboesa e de tília, aplicava fricções de água-de-colônia e envolvia o marido em seus xales macios.

— Você é o meu benzinho! — dizia ela, com muita sinceridade, enquanto alisava seus cabelos. — Você é o meu bonitinho!

---

[1] Ou *O pequeno Fausto*, opereta do francês Florimon Hervé (1825-92). Paródia da ópera *Fausto*, de Gounot. [2] Hipocorístico de Ivan. [3] Opereta do francês J. Offenbach (1819-80). [4] Atual Ucrânia.

Na Quaresma, ele foi para Moscou a fim de recrutar uma trupe, e Ólienka não conseguia dormir sem Kúkin, ficava sentada junto à janela e olhava para as estrelas. Nessa ocasião, ela se comparava com as galinhas, que também passam a noite sem dormir e sentem-se ansiosas quando o galo não está no galinheiro. Kúkin demorou-se em Moscou, escreveu para avisar que voltaria na Semana Santa e, nas cartas, já dava instruções acerca do Tívoli. Porém, na segunda-feira da Semana Santa, de repente, tarde da noite, soou uma pancada funesta na entrada; alguém batia no portão, e pareciam golpes no fundo de um barril: Bum! Bum! Bum! Sonolenta, chapinhando os pés descalços nas poças, a cozinheira correu para abrir o portão.

— Abra, por caridade! — disse alguém, atrás do portão, com surda voz de baixo. — Telegrama para a senhora!

Ólienka já havia recebido telegramas do marido, mas daquela vez, por algum motivo, ficou aturdida. Com mãos trêmulas, rompeu o selo do telegrama e leu o seguinte:

"Ivan Petróvitch faleceu hoje repentinamente aquimos aguardamos ordens tenterro terça-feira."

Era assim mesmo que estava escrito no telegrama, "tenterro" e a incompreensível palavra "aquimos"; quem assinava era o diretor da trupe de opereta.

— Meu pombinho! — Ólienka desatou a chorar. — Vánitchka, meu adoradinho, meu benzinho! Por que eu fui conhecer você? Por que eu tive de encontrar você e me apaixonar? Por que você deixou sozinha a sua pobre Ólienka, esta infeliz?...

Kúkin foi enterrado na terça-feira, na cidade de Moscou, em Vagánkovo;[5] Ólienka voltou para casa na quarta-feira e, assim que entrou, desabou na cama e chorou tão alto que se ouvia na rua e nas casas vizinhas.

---

5 Ou seja, no cemitério Vagánkovskoie.

— Queridinha! — diziam os vizinhos, e faziam o sinal da cruz. — Queridinha Olga Semiónovna, mãezinha, como se desespera!

Três meses depois, certo dia, Ólienka voltava da missa tristonha, em luto profundo. Por acaso, caminhando a seu lado, também de volta para casa, vinha o seu vizinho Vassíli Andreitch Pustoválov, gerente do depósito de madeira do comerciante Babakéiev. Usava chapéu de palha, colete branco enfeitado com uma correntinha dourada e mais parecia um grande senhor de terras do que um vendedor.

— Tudo tem a sua razão de ser, Olga Semiónovna — disse ele, pausadamente, com voz de compaixão. — Se uma pessoa próxima de nós morre, quer dizer que essa é a vontade de Deus e, nesse caso, devemos recordar e suportar com resignação.

Ele conduziu Ólienka até o portão, despediu-se e foi em frente. Depois disso, ela ouvia o dia inteiro sua voz pausada e, assim que fechava os olhos, surgia no pensamento a imagem da barba escura de Pustoválov. Ela gostou muito dele e, pelo visto, Ólienka também causou boa impressão, porque, após um breve tempo, uma senhora de idade, que ela conhecia muito pouco, foi à sua casa tomar café e, assim que sentou à mesa, começou a falar de Pustoválov, disse que era um homem bom, sério, bem estabelecido, e garantiu que qualquer noiva ficaria contente de casar com ele. Três dias depois, o próprio Pustoválov foi visitá-la; ficou pouco tempo, mais ou menos dez minutos, falou pouco, mas Ólienka se apaixonou, e a tal ponto que passou a noite toda sem dormir, ardendo como se tivesse febre e, de manhã, mandou chamar a senhora idosa. Em pouco tempo tudo ficou acertado e, depois, ocorreu o casamento.

Casados, Pustoválov e Ólienka viviam bem. Em geral, ele ficava no depósito de madeira até a hora do almoço, depois saía a trabalho, Ólienka o substituía no escritório do depósito até a noite e, lá, cuidava da contabilidade e despachava as mercadorias.

— Agora, todo ano, o preço da madeira sobe vinte por cento — dizia ela para os compradores e conhecidos. — Veja bem, antes, nós vendíamos madeira local, agora o Vássitchka[6] precisa viajar todo ano à província de Moguilióv para trazer madeira. E que taxas! — dizia ela, horrorizada, e cobria as faces com as mãos. — Que taxas!

Ólienka tinha a impressão de que trabalhava no comércio de madeira fazia já muito tempo, de que nada era mais importante e indispensável, na vida, do que a madeira, e sentia haver algo comovente e muito afim a ela nas palavras viga, tora, prancha, ripa, sarrafo, caibro, tronco, barrote, apara... À noite, quando dormia, ela sonhava com montanhas de tábuas e pranchas, infinitas fileiras de carroções carregados de madeira rumo a algum local fora da cidade; sonhava que o depósito de madeira era atacado por todo um exército de troncos, de doze *archin* por cinco *verchok*,[7] que marchavam de pé, Olga sonhava que as vigas, os troncos e os barrotes trocavam golpes, repercutindo estalos estridentes de madeira seca, ela sonhava que todos caíam por terra, levantavam-se outra vez e se empilhavam uns sobre os outros; enquanto dormia, Ólienka dava um grito e Pustoválov lhe dizia, com carinho:

— Ólienka, o que há com você, querida? Faça o sinal da cruz!

Os pensamentos de Ólienka eram iguais aos do marido. Se ele pensava que no quarto fazia calor ou que os negócios andavam parados, assim também pensava a esposa. O marido não gostava de nenhuma diversão, por isso, nos feriados, ficava em casa, e Ólienka fazia o mesmo.

— Mas vocês ficam sempre em casa ou no escritório — diziam os conhecidos. — Deviam sair para ir ao teatro, queridinha, ou ao circo.

---

6 Hipocorístico de Vassíli.   7 Um *verchok* equivale a 4,4 centímetros.

— Eu e o Vássitchka não temos tempo para ir ao teatro — respondia, com voz pausada. — Somos pessoas de trabalho, não perdemos tempo com bobagens. E, afinal, o que há de tão bom nesses teatros?

Aos sábados, ela e Pustoválov iam à missa das Vésperas, nos feriados, iam à missa bem cedo e, quando voltavam da igreja, caminhavam juntinhos, os rostos enternecidos, ambos cheiravam bem, e o vestido de seda de Olga rumorejava de modo agradável; em casa, bebiam chá e comiam pão com manteiga e geleias variadas e, depois, um pedaço de empadão. Ao meio-dia, no quintal e na rua, para além do portão, todos os dias as pessoas sentiam o cheiro gostoso de sopa de beterraba e o aroma de cordeiro ou pato assado e, no jejum da Quaresma, provavam o cheiro de peixe, e era impossível passar diante do portão sem que viesse a vontade de comer. No escritório, sempre havia um samovar aceso e os clientes eram convidados a tomar chá com *búbliki*.[8] Uma vez por semana, marido e esposa iam à *bánia* e voltavam lado a lado, muito vermelhos.

— Estamos vivendo muito bem, graças a Deus — dizia Ólienka para os conhecidos. — Deus permita que todos vivam como eu e o Vássitchka.

Quando Pustoválov viajava para a província de Moguilióv a fim de buscar madeira, Ólienka sentia muita saudade, não conseguia dormir à noite, e chorava. Às vezes, ao fim do dia, recebia a visita do veterinário militar Smírnin, jovem que residia no pavilhão anexo à sua casa, como inquilino. Smírnin contava algumas histórias ou jogava cartas com ela, e isso a distraía. Particularmente interessantes eram seus relatos sobre sua vida conjugal; era casado e tinha um filho, mas estava separado da esposa, pois ela o havia traído, e agora ele a odiava e todo mês lhe mandava mais ou menos quarenta rublos, para o sustento

---

8 Roscas tradicionais, feitas de massa de trigo.

do filho. Enquanto escutava aquilo, Ólienka suspirava, balançava a cabeça e sentia pena de Smírnin.

— Que Deus ajude o senhor — dizia, ao se despedir, enquanto o conduzia até a escada com uma vela na mão. — Obrigada por me ajudar a suportar minha tristeza, que Deus lhe dê saúde e que a Rainha do Céu...

E Ólienka, a exemplo do marido, se expressava em voz bem pausada e ponderada; o veterinário já estava indo embora, pela porta lá embaixo, quando ela o chamou e disse:

— Sabe, Vladímir Platónitch, o senhor devia fazer as pazes com sua esposa. Perdoe sua esposa, nem que seja só pelo filho!... O menininho, na certa, está entendendo tudo.

Quando Pustoválov retornava, Ólienka lhe contava à meia-voz a história do veterinário e de sua vida conjugal infeliz, e os dois suspiravam, balançavam a cabeça e falavam do menino que, com certeza, sentia saudades do pai. Depois, por via de uma estranha concatenação de ideias, marido e esposa se punham de pé diante dos ícones, curvavam-se até o chão, em reverências, e faziam orações para que Deus lhes desse filhos.

Assim viveram os Pustoválov, em paz e tranquilidade, em amor e plena concórdia, durante seis anos. No entanto, certo dia, no inverno, depois de tomar seu chá bem quente no depósito, Vassíli Andreitch saiu sem o gorro para despachar um carregamento de madeira, resfriou-se e adoeceu. Foi tratado pelos melhores médicos, mas a doença levou a melhor e ele morreu, depois de quatro meses enfermo. E, mais uma vez, Ólienka ficou viúva.

— Por que você me abandonou, meu benzinho? — soluçava, depois do enterro do marido. — Como vou viver agora sem você, amargurada e infeliz? Ah, minha gente bondosa, tenha pena de mim, esta órfã desamparada...

Ela andava de vestido preto, com fitas de luto, e já havia renunciado para sempre aos chapéus e às luvas, raramente saía de casa, só para ir à igreja ou ao túmulo do marido e, em casa, vivia como se fosse monja. Só depois de seis meses, retirou as fitas de luto e passou a abrir as persianas das janelas. Às vezes, de manhã, ela já era vista caminhando na rua para comprar mantimentos, em companhia da cozinheira, mas, quanto à maneira como vivia em sua casa e ao que se passava agora, ali dentro, só era possível fazer conjecturas. E conjecturas não faltavam, pois, por exemplo, as pessoas viam Ólienka tomar chá em seu jardim com o veterinário, viam que Smírnin lia o jornal em voz alta para ela e, ao encontrar uma senhora conhecida, no correio, Ólienka dizia:

— A nossa cidade não tem um serviço de vigilância veterinária apropriado e isso gera muitas doenças. Volta e meia ouvimos falar que pessoas ficaram doentes por causa do leite e porque foram contaminadas por cavalos e vacas. A saúde dos animais domésticos deve ser objeto de preocupação, tanto quanto a saúde das pessoas.

Ela repetia as ideias do veterinário e, agora, tinha a mesma opinião que ele acerca de tudo. Estava claro que Ólienka não conseguia sobreviver sequer um ano sem estar ligada a alguém, e acabou encontrando sua nova felicidade no pavilhão anexo à sua casa. Outra pessoa em tal situação talvez ficasse malvista, mas ninguém conseguia pensar nada de ruim a respeito de Ólienka e, em sua vida, tudo acontecia de modo muito natural. Nem ela nem o veterinário falavam com ninguém sobre a mudança em suas relações e tentavam esconder o assunto, no entanto, não alcançaram sucesso, porque Ólienka era incapaz de ter segredos. Quando Smírnin recebia a visita de colegas do regimento, Ólienka começava a falar de uma praga que atacava o gado bovino, ou da tuberculose animal, ou dos matadouros municipais, enquanto servia o chá ou o jantar, porém Smírnin se mostrava terrivelmente embaraçado e, quando as visitas se retiravam, ele a segurava pelo braço e resmungava, com irritação:

— Mas eu já não pedi para você não falar de assuntos de que não entende? Quando nós, veterinários, estivermos conversando, por favor, não se intrometa. Puxa, que coisa maçante!

E ela olhava para Smírnin com espanto e perplexidade, e perguntava:

— Mas então, Volóditchka,[9] sobre o que devo conversar?

Com lágrimas nos olhos, ela o abraçava, suplicava que não ficasse zangado, e os dois terminavam felizes.

No entanto, aquela felicidade não durou muito. O veterinário partiu com seu regimento, foi embora para sempre, pois o regimento foi transferido para muito longe, para algum local quase na Sibéria. E Ólienka ficou sozinha.

Agora, ela vivia completamente só. Já fazia muito tempo que o pai morrera e sua poltrona estava abandonada no sótão, coberta de poeira e sem um dos pés. Olga engordou e ficou feia, e quem cruzava seu caminho na rua não olhava nem sorria para ela como antes; estava claro que os anos melhores já haviam passado, tinham ficado para trás, e agora começava uma espécie de vida nova, desconhecida, sobre a qual era melhor não pensar. À noite, Ólienka sentava na varandinha e ouvia a música e os fogos de artifício no parque Tívoli, porém aquilo já não despertava quaisquer pensamentos. Olga olhava com indiferença para seu pátio, sem pensar em nada, sem querer nada e, depois, quando chegava a madrugada, ia dormir e sonhava com o pátio vazio. Comia e bebia sozinha, como que a contragosto.

O principal, e o pior de tudo, era que Ólienka já não tinha nenhuma opinião. Olhava para os objetos à sua volta e compreendia tudo o que se passava, no entanto, não conseguia formar opinião a respeito de coisa alguma e não sabia o que devia dizer. E como é horrível não ter opinião! Por exemplo, ver

---

[9] Hipocorístico de Vladímir.

quanto custa uma garrafa ou que está chovendo ou que um mujique passa numa carroça, mas ignorar para que servem a garrafa, a chuva ou o mujique, ser incapaz de dizer qual o sentido de cada um deles, e não conseguir dizê-lo nem por mil rublos. Na companhia de Kúkin, de Pustoválov e, depois, do veterinário, Ólienka era capaz de explicar tudo, manifestaria sua opinião sobre o que quisesse; agora, no entanto, tinha os pensamentos, e também o coração, tão vazios como o pátio de sua casa. E era tão horrível, tão amargo como se tivesse mastigado absinto.

Pouco a pouco, a cidade se expandiu em todas as direções; Bairro Cigano já era o nome de uma rua e, lá onde ficavam o parque Tívoli e os depósitos de madeira, ergueram-se prédios e se formou uma série de ruazinhas. Como o tempo voa! A casa de Ólienka escureceu, o telhado enferrujou, o celeiro inclinou-se e o pátio inteiro foi tomado por ervas daninhas e urtigas bravas. Ólienka envelheceu, tornou-se feia; no verão, senta-se na varandinha e, em sua alma, como antes, há um vazio, um tédio, um sabor de absinto e, no inverno, ela se acomoda junto à janela e fica olhando para a neve. Quando bate o sopro da primavera, quando o vento traz o som dos sinos das igrejas e irrompem, de repente, recordações do passado, ela sente um doce aperto no coração e, dos olhos, derramam-se lágrimas de amargura, mas isso não dura mais que um minuto, volta de novo o vazio e a falta de razão para viver. A gatinha preta Briska ronrona com doçura e se aconchega afetuosa, mas carinhos de gato não comovem Ólienka. De que servem, para ela? Quem dera tivesse um amor que se apoderasse de todo seu ser, de toda sua alma e de sua razão, um amor que lhe trouxesse ideias, que lhe mostrasse uma direção na vida e que incendiasse seu sangue envelhecido. E ela afugentava Briska e lhe dizia, irritada:

— Vá embora... Não tem nada aqui para você.

E assim, dia após dia, ano após ano, nenhuma alegria, nenhuma opinião. O que a cozinheira Mavra dizia já bastava.

Num dia quente de junho, ao cair da noite, na hora em que passavam tocando o gado da cidade pela rua e nuvens de poeira cobriam todos os pátios, de repente, alguém bateu no portão. A própria Ólienka foi abrir e, quando viu, parou estupefata: atrás do portão estava o veterinário Smírnin, já grisalho e em trajes civis. De súbito, ela recordou tudo e não se conteve, desatou a chorar e encostou a cabeça no peito de Smírnin, sem dizer nenhuma palavra, e, sob o efeito da forte emoção, nem soube dizer como os dois, em seguida, entraram em casa e sentaram para tomar chá.

— Meu adorado! — balbuciou, trêmula de alegria. — Vladímir Platónitch! De onde foi que Deus trouxe você para cá?

— Eu quero me estabelecer aqui em definitivo — explicou. — Já passei para a reserva e vim tentar a felicidade aqui, em liberdade, levar uma vida sossegada. Além disso, já é hora de matricular meu filho no ginásio. Ele cresceu. E, sabe, além disso, fiz as pazes com a minha esposa.

— E onde está ela? — perguntou Ólienka.

— Está no hotel, com meu filho, enquanto ando à procura de um apartamento.

— Meu Deus, mas, ora essa, fiquem aqui mesmo, na minha casa! Não serve como apartamento? Ah, meu Deus, eu não vou cobrar nada de vocês. — Ólienka se emocionou e desatou a chorar novamente. — Morem aqui, o pavilhão anexo tem espaço de sobra para mim. Que alegria, meu Deus!

No dia seguinte, já estavam pintando o telhado e branqueando as paredes da casa, e Ólienka, com as mãos na cintura, andava pelo pátio e dava ordens. No rosto, brilhava o antigo sorriso e toda ela se animava, rejuvenescia, como se tivesse despertado de um longo sono. Chegou a esposa do veterinário, magra, feia, de cabelo curto, ar de pessoa caprichosa e, com ela, veio o menino, Sacha,[10] pequeno demais para a idade (tinha nove anos completos), gordo, olhos azul-claros, covinhas nas bochechas. E, assim que entrou no pátio, o menino saiu correndo atrás da gata e logo ressoou seu riso alegre, divertido.

— Titia, essa gata é da senhora? — perguntou para Ólienka.

— Quando ela tiver cria, por favor, dê um filhote para nós. A mamãe morre de medo dos ratos.

Ólienka conversou um pouquinho com o menino, lhe deu chá e, de repente, um calor subiu dentro do peito, o coração se encolheu com doçura, como se aquele menino fosse seu filho de verdade. E à noite, quando o menino se sentou à mesa na sala de jantar e fez a lição de casa, Ólienka olhou para ele com ternura e sussurrou, cheia de compaixão:

— Meu pombinho, que bonitinho... Meu filhinho, e já nasceu tão inteligente, tão branquinho.

— Chama-se de ilha — leu Sacha — uma extensão de terra cercada de água por todos os lados.

— Chama-se de ilha uma extensão de terra... — ela repetiu, e aquilo foi a primeira opinião que exprimiu de maneira convicta, depois de muitos anos de silêncio e de vazio nos pensamentos.

Ela já tinha suas opiniões e, durante o jantar, conversava com os pais de Sacha e dizia que, hoje em dia, para as crianças, não é fácil estudar no ginásio, mas que, apesar de tudo, o curso clássico é melhor do que o técnico, pois, depois do ginásio, todos os caminhos estão abertos: o aluno pode ser médico, pode ser engenheiro.

Sacha começou a frequentar o ginásio. Sua mãe partiu para a casa da irmã, em Khárkov, e não voltou mais; todo dia, o pai saía de casa para examinar rebanhos, num lugar ou outro, e acontecia de ficar fora por dois ou três dias seguidos, e Ólienka tinha a impressão de que tinham abandonado Sacha por completo,

---

10 Hipocorístico de Aleksandr.

que o menino era um peso na família, que ele ia morrer de fome; ela o trouxe para morar em sua casa, no pavilhão anexo, e montou um pequeno quarto para ele.

E agora já faz seis meses que Sacha mora com ela, no pavilhão anexo. Toda manhã, Ólienka entra no quarto do menino; ele dorme profundamente, o braço dobrado por baixo da bochecha, mal respira. Ólienka tem pena de acordá-lo.

— Sáchenka — diz, em tom de lástima. — Levante, pombinho! Está na hora de ir para o ginásio.

Sacha levanta, troca de roupa, reza, depois senta à mesa para tomar chá. Bebe três copos, devora dois grandes *búbliki* e meio pão francês com manteiga. Ainda não acordou por completo e, por isso, não está de bom humor.

— Mas, Sáchenka, você não decorou bem a fábula — diz Ólienka, e olha para o menino como se ele fosse partir para uma longa viagem. — Estou tão preocupada com você. Precisa se esforçar, pombinho, estude... Obedeça aos professores.

— Ah, me deixe em paz, por favor! — diz Sacha.

Depois, lá vai ele pela rua, para o ginásio, pequenino, mas com um boné muito grande e a mochila nas costas. Atrás dele, em silêncio, caminha Ólienka.

— Sáchenka-a-a! — ela chama.

O menino olha para trás, e ela enfia na sua mão uma tâmara ou um caramelo. Quando entra na travessa onde fica o ginásio, Sacha sente vergonha de ter atrás de si uma mulher alta, gorda; vira para trás e diz:

— Tia, vá para casa, agora vou sozinho.

Ólienka para e fica olhando para ele, atenta, sem piscar, até o menino desaparecer na entrada do ginásio. Ah, como ela o ama! De todas as suas antigas afeições, nenhuma foi tão profunda, nunca sua alma se entregou com tanta devoção, abnegação e contentamento como agora, quando dentro dela, mais e mais, se inflamava o sentimento maternal. Por aquele menino de outra família, pelas covinhas em suas faces, pelo seu boné, ela sacrificaria toda sua vida, e sacrificaria com alegria, com lágrimas de ternura. E por quê? Ora, quem vai saber por quê?

Depois de acompanhar Sacha até o ginásio, ela volta para casa em silêncio, satisfeita, serena, transbordante de amor; seu rosto, que rejuvenesceu nos últimos seis meses, brilha e sorri; quem cruza com ela, na rua, sente uma satisfação e lhe diz:

— Bom dia, queridinha Olga Semiónovna! Como tem passado, queridinha?

— Hoje em dia, o estudo no ginásio é muito difícil — diz ela, no bazar. — Não é brincadeira, ontem mesmo, na primeira série, deram uma fábula para decorar, uma tradução do latim e um problema... E para um menino tão pequeno, como pode?

E começa a falar sobre os professores, as lições, os livros de estudo — as mesmas coisas que Sacha lhe diz.

Depois das duas horas, os dois almoçam juntos, à tardinha, fazem juntos a lição de casa e choram. Ao pôr Sacha na cama, ela benze o menino e reza em voz baixa por muito tempo, depois vai deitar, e devaneia sobre um futuro distante e nebuloso, quando Sacha, concluído seu curso, será médico ou engenheiro, terá uma grande casa própria, cavalos e um coche, vai casar e ter filhos... Ela adormece, continua com os mesmos pensamentos e, dos olhos fechados, lágrimas descem pelo rosto. A gatinha preta se deita junto a ela, de lado, e ronrona:

— Mur... mur... mur...

De repente, uma batida forte no portão. Ólienka desperta e, com o susto, nem consegue respirar; o coração bate com força. Passa meio minuto e vem outra batida.

"É um telegrama de Khárkov", pensa ela, e o corpo todo começa a tremer. "A mãe quer que Sacha vá morar com ela, em Khárkov... Ah, meu Deus!"

Ólienka se desespera; a cabeça, as pernas, os braços ficam gelados, parece que não existe no mundo ninguém mais infeliz do que ela. No entanto, passa mais um minuto e se ouve uma voz: é o veterinário, de volta de algum clube.

"Ah, graças a Deus", pensa.

Pouco a pouco, aquele peso vai deixando seu coração, ele se torna leve outra vez; Olga se deita e pensa em Sacha, que está dormindo profundamente no quarto vizinho e fala, de vez em quando, num delírio:

—Você vai ver! Vá embora! Não bata em mim!

1899

A Nova Datcha

I

A três verstas do povoado de Obrutchánovo, estavam construindo uma ponte enorme. Da cidadezinha, no alto da margem escarpada, via-se o arcabouço de vigas entrecruzadas da obra e, na neblina e nos dias calmos de inverno, quando os finos esteios de ferro da construção e todos os bosques em redor amanheciam cobertos pela geada, a ponte apresentava um quadro pitoresco e até fantástico. Às vezes, o construtor da ponte, o engenheiro Kútcherov, gordo, barbado, de ombros largos, com um quepe mole e amarrotado na cabeça, atravessava ligeiro o povoado, de charrete ou carroça; às vezes, nos feriados, apareciam os miseráveis que trabalhavam na obra da ponte; pediam esmola, riam das mulheres do campo e, de vez em quando, surrupiavam alguma coisa. Mas era raro; em geral, os dias passavam tranquilos e sem alarde, como se não existisse nenhuma construção, e só à noite, quando fogueiras ardiam perto da ponte, o vento, bem de leve, trazia o canto dos miseráveis. E às vezes, também, durante o dia, se ouvia um triste som metálico: don... don... don...

Certa vez, a esposa do engenheiro veio visitá-lo. Gostou da margem do rio e da paisagem exuberante do vale verde, com aldeiazinhas, igrejas, rebanhos, e resolveu pedir ao marido que comprasse um terreno para construir uma datcha.

O marido obedeceu. Compraram vinte deciatinas de terra e, no alto da margem do rio, num pequeno descampado, onde antes pastavam as vacas do povoado, ergueram uma bela casa de dois andares, com uma ampla varanda, sacadas e uma torre encimada por uma agulha, na qual, aos domingos, hasteavam uma bandeira — construíram tudo em mais ou menos três meses e depois, durante todo o inverno, plantaram árvores grandes e, quando a primavera chegou e tudo em volta começou a verdejar, naquele novo sítio já havia uma alameda, um jardim, dois trabalhadores de avental branco escavavam a terra em volta da casa, um pequeno chafariz esguichava e um círculo espelhado brilhava tão forte que os olhos chegavam a doer. Aquele sítio já tinha nome: Nova Datcha.

Numa quente e clara manhã do fim de maio, dois cavalos foram levados a Obrutchánovo para que Rodion Petróvitch, o ferreiro local, consertasse as ferraduras. Os cavalos vinham da Nova Datcha. Eram brancos como a neve, garbosos, bem nutridos e incrivelmente parecidos um com o outro.

— São verdadeiros cisnes! — exclamou Rodion, olhando para os cavalos com veneração.

Sua esposa, Stiepanida, os filhos e os netos saíram à rua para ver os animais. Aos poucos, juntou-se um grupo numeroso. Vieram os Lítchkov, pai e filho, ambos de rosto balofo e sem barba desde o nascimento e de cabeça descoberta. Veio também Kózov, velho alto e magro, de barba comprida e estreita, com sua bengala de cabo em forma de gancho; piscava o tempo todo com os olhos astutos e sorria, zombeteiro, como se soubesse de algo.

— Pois é, são brancos, mas o que isso tem de mais? — disse ele. — Se derem aveia para os meus cavalos, também vão ficar uma beleza. Mas ponha só esses daí debaixo do arado e do chicote e então...

O cocheiro se limitou a olhar para ele com desdém e não disse nem uma palavra. Mas depois, enquanto atiçavam o fogo na forja, o cocheiro desandou a falar, fumando um cigarro. Por ele, os mujiques souberam muitos pormenores: seus patrões eram ricos; a patroa, Elena Ivánovna, antes de casar, morava em Moscou e era pobre, trabalhava como governanta; era bondosa, compassiva e gostava de ajudar os pobres. Na nova propriedade, contou o cocheiro, não iam semear nem colher, mas apenas gozar a vida, viver só para respirar o ar puro. Quando terminou e levou os cavalos de volta, um bando de meninos o seguiu, cachorros latiram e Kózov, olhando enviesado, piscou o olho, com ar zombeteiro.

— Que belos senhores de terra! — disse ele. — Construíram uma casa, compraram cavalos, mas eles mesmos não têm o que comer. Que belos senhores de terra!

Kózov passou a odiar, ao mesmo tempo, o sítio novo, os cavalos brancos e o cocheiro bonito e bem nutrido. Era um homem solitário, viúvo; tinha vida maçante (alguma doença, que ele chamava ora de hérnia, ora de vermes, o impedia de trabalhar), o dinheiro para a comida, ele recebia do filho, que trabalhava numa confeitaria em Khárkov, e, desde o começo da manhã até o anoitecer, Kózov vagava à toa pela margem do rio ou pelo povoado e, se visse, por exemplo, um mujique carregando uma tora de madeira ou uma vara de pescar, dizia: "A madeira dessa tora está toda seca e roída por carunchos", ou: "Com o tempo que está fazendo, nenhum peixe vai morder seu anzol". Na seca, dizia que não ia chover até chegarem as grandes friagens, porém, quando estava chovendo, dizia que a lavoura ia apodrecer no pé e tudo seria perdido. E sempre, ao falar, piscava o olho o tempo todo, como se soubesse de algo.

No sítio, à noite, disparavam foguetes, ardiam fogos de artifício e um barco à vela, com lanternas vermelhas, deslizava diante de Obrutchánovo. Certa vez, de manhã, a esposa do engenheiro, Elena Ivánovna, foi ao povoado com a filha pequena num coche de rodas amarelas, puxado por uma parelha de pôneis castanho-escuros; as duas, mãe e filha, usavam chapéu de palha de abas largas, arqueadas na direção das orelhas.

Era justamente a época de adubar a terra e o ferreiro Rodion, velho, alto e descarnado, estava descalço, sem gorro, com uma forquilha sobre o ombro, postado junto à sua carroça imunda e repugnante, de onde olhava espantado para os pôneis e, por sua fisionomia, era evidente que nunca tinha visto cavalos tão pequenos.

— Chegou a *kutcherikha*![1] — sussurravam em redor. — Olhem só, chegou a *kutcherikha*.

Elena Ivánovna lançava olhares para as isbás, como se estivesse escolhendo uma delas, depois deteve os cavalos perto da isbá mais pobre, onde se viam, nas janelas, várias cabeças de crianças — louras, morenas, ruivas. Stiepanida, esposa de Rodion, velha bem fornida, correu para fora da isbá, seu lenço deslizou da cabeça grisalha e ela olhou para o coche contra o sol e seu rosto sorriu muito e se contraiu todo, como se ela estivesse ofuscada.

— Isto é para os seus filhos — disse Elena Ivánovna, e lhe deu três rublos.

De repente, Stiepanida desatou a chorar e se curvou até o chão; Rodion também baixou a cabeça, deixando à mostra a vasta careca morena e, com aquele movimento, por pouco não espetou a forquilha no flanco da esposa. Elena Ivánovna ficou sem graça e voltou.

II

Os Lítchkov, pai e filho, surpreenderam pastando em seu campo dois cavalos de trabalho, um pônei e um bezerro da

---

[1] Em russo, é o feminino de "cocheiro". No caso, um jogo de palavras com o nome do engenheiro, Kútcherov.

Algóvia,² e conduziram os animais para o povoado, junto com o ruivo Volodka,³ filho do ferreiro Rodion. Chamaram o estaroste, juntaram testemunhas e foram examinar a lavoura destruída pelos animais.

— Muito bem, eu só quero ver! — disse Kózov, piscando. — Eu que-ro ve-e-er! Agora é que eu quero ver como é que o tal de engenheiro vai se virar. Ele acha que não existe lei? Está certo! Mande chamar o guarda, abre uma queixa!...

— Abre uma queixa! — repetiu Volodka

— Eu não quero deixar passar em branco, não! — gritava o Lítchkov filho, e gritava cada vez mais alto, por isso o rosto sem barba parecia cada vez mais estufado. — Agora, pegaram essa moda! Se a gente deixar correr solto, eles vão estragar nosso campo todo! Vocês não têm esse direito de humilhar o povo! A servidão já acabou!

— A servidão já acabou! — repetiu Volodka,

— A gente vivia muito bem sem ponte — falou o Lítchkov pai, com ar sombrio. — A gente não pediu nada, de que adianta uma ponte? Não queremos!

— Irmãos, ortodoxos! Não podemos deixar isso assim!

— Certo, vamos ve-e-er! — E Kózov piscava o olho. — Agora é que vamos ver como ele vai se virar! Que belos senhores de terra!

Voltaram para o povoado e, enquanto caminhavam, o Lítchkov filho batia no peito com o punho cerrado e gritava o tempo todo, e Volodka também gritava, repetindo suas palavras. Enquanto isso, no povoado, uma verdadeira multidão se aglomerava em torno do bezerro de raça e dos cavalos. O bezerro estava confuso e olhava meio de lado, mas, de repente, baixou o focinho até a terra e saiu correndo, dando coices para trás; Kózov se

---

2 Espécie oriunda da Baviera, muito difundida na pecuária russa da época.
3 Diminutivo de Volódia, hipocorístico de Vladímir.

assustou, brandiu a bengala contra ele, e todos começaram a rir. Depois, prenderam os animais e se puseram a esperar.

À tardinha, o engenheiro mandou cinco rublos como indenização pelo campo pisoteado, e os dois cavalos, o pônei e o bezerro, que, enquanto isso, não tinham recebido comida nem água, voltaram para casa de cabeça baixa, como condenados a caminho do patíbulo.

Depois de receber os cinco rublos, os Lítchkov, pai e filho, o estaroste e Volodka atravessaram o rio de bote e ficaram muito tempo passeando. Dava para ouvir que estavam cantando e que o jovem Lítchkov dava gritos. No povoado, as mulheres passaram a noite toda preocupadas, sem dormir. Rodion também não dormiu.

— A coisa vai mal — dizia, enquanto se virava na cama de um lado para outro, e suspirava. — O patrão fica aborrecido, depois vai brigar... Ofenderam o patrão... ah, ofenderam, isso é ruim...

Um dia, os mujiques, entre eles Rodion, foram ao seu bosque para repartir o cereal ceifado e, quando voltaram para casa, o engenheiro os aguardava. Estava de camisa vermelha de algodão e botas de cano alto; atrás dele, com a língua comprida para fora, havia um cão perdigueiro.

— Boa tarde, irmãos! — disse.

Os mujiques pararam e tiraram os chapéus.

— Já faz muito tempo que eu quero falar com vocês, irmãos — prosseguiu. — A questão é a seguinte. Desde o início da primavera, todo dia, os animais de vocês entram no meu jardim e no meu bosque. Tudo fica pisado, os porcos fuçam a terra no campo, estragam a horta e derrubam os arbustos novos do bosque. Com os pastores de você, nem adianta falar; eu peço e eles respondem com grosserias. Todo dia, o meu campo é pisoteado e eu não faço nada, não multo vocês, não dou queixa, entretanto, vocês pegaram meus cavalos e o bezerro e me tomaram cinco rublos. Será que isso está direito? Será que é assim que os vizinhos se tratam? — prosseguiu, e sua voz era muito suave, persuasiva, seu olhar nada tinha de severo. — Será que é assim que se comportam pessoas direitas? Semana passada, um de vocês cortou dois carvalhos pequenos no meu bosque. Vocês esburacaram a estrada para Eresnievo e, agora, sou obrigado a fazer um desvio de três verstas. Por que vocês me prejudicam o tempo todo? O que eu fiz de ruim para vocês? Digam, pelo amor de Deus. Eu e minha esposa nos esforçamos ao máximo para viver com vocês em paz e harmonia, ajudamos os camponeses como podemos. Minha esposa é bondosa, franca, não nega nenhuma ajuda, o sonho dela é ser útil a vocês e seus filhos. E vocês pagam o nosso bem com o mal. Vocês não estão sendo justos, irmãos. Pensem nisso. Peço a vocês, encarecidamente, pensem nisso. Nós tratamos vocês de forma humana, então nos paguem na mesma moeda.

Virou-se e foi embora. Os mujiques ficaram ali mais um pouco, puseram seus gorros na cabeça e saíram caminhando. Rodion, que entendia à sua maneira, e não da forma correta, tudo que lhe diziam, deu um suspiro e falou;

— Tem de pagar, irmãos. Paguem em moeda, é o que ele diz...

Caminharam em silêncio até chegar ao povoado. Ao entrar em casa, Rodion rezou, tirou as botas e sentou-se no banco ao lado da esposa. Em casa, ele e Stiepanida ficavam sempre sentados lado a lado, também na rua andavam lado a lado, comiam, bebiam e dormiam sempre juntos e, quanto mais envelheciam, mais forte era o seu amor. Sua isbá era quente, apertada, havia crianças por todo lado — no chão, nas janelas, em cima da estufa... Apesar da idade avançada, Stiepanida ainda paria e agora, quando olhava para aquele bando de crianças, ela achava difícil distinguir os filhos de Rodion dos filhos de Volodka. A esposa de Volodka — Lukiéria, jovem camponesa bonita, de olhos saltados e nariz em forma de bico de pássaro — estava misturando massa de farinha numa barrica; já o próprio Volodka estava sentado no alto da estufa, com as pernas penduradas no ar.

— Na estrada, perto do trigo-sarraceno do Nikita... aquele engenheiro e o cachorro... — começou Rodion, depois de descansar um pouco, enquanto coçava os quadris e os cotovelos. — Ele disse: tem de pagar... com moeda, disse... Com moeda ou sem moeda, de todo jeito, vamos ter de juntar dez copeques para cada casa. O patrão ficou muito sentido com a gente. É uma pena...

— A gente vivia muito bem sem ponte — disse Volodka, sem olhar para ninguém. — E a gente não quer.

— Que história é essa? A ponte é do governo.

— A gente não quer.

— E também não vão perguntar para você. Onde já se viu?

— Não vão perguntar... — arremedou Volodka. — A gente não vai mesmo para lugar nenhum, para que serve uma ponte? Se precisar, a gente vai de barco.

Lá fora, alguém bateu na janela com tanta força que a isbá inteira pareceu sacudir.

— Volodka está aí? — ouviu-se a voz do Lítchka filho. — Volodka, saia daí, vamos lá!

Volodka pulou da estufa e começou a procurar seu boné.

— Não vá, Volódia — falou Rodion, hesitante. — Não vá com eles, filhinho. Você é um bobo, aqui com a gente, igual a uma criancinha pequena, e eles não vão te ensinar nada que presta. Não vá!

— Não vá, filhinho! — pediu Stiepanida, e começou a pestanejar, à beira do choro. — Na certa, eles vão para a taberna.

— Para a taberna... — arremedou Volodka.

— Vai voltar bêbado de novo, cachorro desgraçado! — disse Lukiéria, olhando para ele com fúria. — Vai, vai logo, e tomara que pegue fogo de tanta vodca, satã sem rabo!

— Ei, cala a boca! — gritou Volodka.

— Me casaram com um palerma, acabaram com a minha vida, uma órfã infeliz, e esse bêbado de cabeça vermelha...

— Lukiéria desatou a chorar, esfregando o rosto com a mão cheia de massa de farinha. — Quem dera os meus olhos nunca tivessem visto você!

Volodka deu um tapa na orelha de Lukiéria e foi embora.

III

Elena Ivánovna e sua filha pequena foram a pé até o povoado. Estavam passeando. Era justamente um domingo e tanto as mulheres quanto as mocinhas tinham saído à rua em seus vestidos de cor clara. Rodion e Stiepanida estavam sentados juntinhos na varanda, sorriram para Elena Ivánovna e sua filha e cumprimentaram as duas com uma reverência, como se faz com pessoas conhecidas. Pelas janelas, mais de dez crianças olhavam para elas; os rostos exprimiam espanto e curiosidade, ouvia-se um sussurro:

— A *kutcherikha* chegou! É a *kutcherikha*!

— Bom dia — disse Elena Ivánovna, e se deteve; ficou um pouco em silêncio e perguntou: — Então, como têm passado?

— Vamos indo, como Deus quer — respondeu Rodion, falando ligeiro. — Sabe como é, vamos indo.

— Que vida a nossa! — Stiepanida sorriu com ironia. — A senhora mesma está vendo, patroa querida, que pobreza a nossa! Ao todo, são catorze almas na família, e só dois para ganhar o sustento. Um é ferreiro só de nome: se trazem um cavalo para ferrar, não tem carvão para a forja, não tem com que comprar nada. Estamos acabados, patroa — prosseguiu e deu uma risada. — Acabaram com a gente!

— A pobreza! — disse Rodion. — É muita preocupação, a gente trabalha, trabalha e não vê o final. E ainda por cima Deus não manda nem uma chuvinha... A gente vive mal demais. O que se vai dizer?

— A vida é dura para vocês neste mundo — disse Elena Ivánovna. — Em compensação, no outro mundo vocês serão felizes.

Rodion não compreendeu e, em resposta, apenas tossiu na mão fechada. Mas Stiepanida disse:

— Patroa querida, para o rico, no outro mundo também é bom. O rico acende velas, encomenda missas, o rico dá esmola para os mendigos, mas e o mujique? Não tem tempo nem de fazer o sinal da cruz, ele mesmo é mais mendigo do que qualquer mendigo, como vai poder se salvar? E, por causa da pobreza, nossos pecados são muitos, de tanto desgosto, a gente chega a latir feito um cachorro, não falamos nenhuma palavra bonita e só Deus sabe o que mais acontece, patroa querida! Para nós, não existe felicidade neste mundo e também não deve existir no outro. Toda a felicidade ficou para os ricos.

Ela falava com alegria; era evidente que já estava acostumada a falar de sua vida difícil. Rodion também sorria; gostava de ver como sua velha era inteligente e falava bem.

— Só na aparência, a vida é fácil para os ricos — disse Elena Ivánovna. — Cada um tem os seus desgostos. Olhe para nós, eu e o meu marido não vivemos na pobreza, nós temos recursos, mas por acaso somos felizes? Eu ainda sou jovem, mas já tenho quatro filhos; as crianças vivem doentes, o tempo todo, eu também fico doente, estou sempre me tratando.

— E qual é a doença da senhora? — perguntou Rodion.

— Doença de mulher. Não tenho sono, a dor de cabeça não me dá sossego. Olhe, eu estou aqui conversando, mas a cabeça está ruim, sinto uma fraqueza no corpo todo, e acho que mesmo o mais pesado dos trabalhos era melhor do que ficar neste estado. E o meu espírito também não está tranquilo. Eu sofro o tempo todo por causa dos filhos, do marido. Cada família tem o seu tipo de desgosto, e a nossa também tem. Não sou nobre. Meu avô foi um camponês simples, meu pai era comerciante em Moscou e também era uma pessoa simples. Mas os pais do meu marido são nobres e ricos. Não queriam que ele casasse comigo, mas ele não obedeceu, brigou com eles e, por isso, até hoje não nos perdoaram. Isso angustia o meu marido, o perturba, o deixa em constante aflição; ele ama sua mãe, ama profundamente. Pois é, e eu também me aflijo. Sinto uma dor na alma.

Perto da isbá de Rodion, já haviam se juntado mujiques e camponesas, que ficaram escutando. Kózov também se aproximou e se deteve, enquanto repuxava sua barbicha comprida e estreita. E chegaram os Lítchkov, pai e filho.

— Isso quer dizer que é impossível ser feliz e viver satisfeito, se você não sente que está no seu lugar — continuou Elena Ivánovna. — Cada um de vocês tem a sua atividade, cada um de vocês trabalha e sabe para que trabalha; o meu marido constrói pontes, em resumo, cada um tem o seu lugar. Mas e eu? Eu apenas ando para lá e para cá. Não tenho uma atividade minha, não trabalho e me sinto sempre uma estranha. Estou dizendo tudo isso para que vocês não julguem pelas aparências; se a pessoa veste roupas caras e possui recursos, não significa que ela está satisfeita com a sua vida.

Levantou-se para ir embora e pegou a mão da filha.

— Eu gosto muito deste lugar de vocês — disse ela, e sorriu, e pelo sorrisinho frouxo e tímido se podia perceber muito bem que, embora jovem e bonita, de fato, ela não era saudável; tinha rosto pálido e magro, sobrancelhas escuras e cabelos louros. A menina era igual à mãe, magrinha, loura e esguia. As duas cheiravam a perfume.

— Eu gosto do rio, da mata, do povoado... — prosseguiu Elena Ivánovna. — Eu podia passar a vida inteira aqui e acho que, aqui, eu ia recuperar a saúde e encontrar o meu lugar. Eu desejo, e desejo muito, ajudar vocês, ser útil a vocês, ser uma pessoa próxima de vocês. Eu sei quais são as suas necessidades e aquilo que não sei, eu sinto, eu adivinho com o coração. Estou doente, fraca e, para mim, quem sabe, já não é mais possível mudar a vida como eu gostaria. Mas eu tenho filhos, me esforço para criar meus filhos de modo que se familiarizem com vocês, amem vocês. Eu vou sempre incutir nos meus filhos a ideia de que a vida deles não pertence a eles mesmos, mas a vocês. Só peço a vocês, encarecidamente, eu suplico, acreditem em nós, vamos conviver de maneira amistosa. O meu marido é bom, generoso. Não o perturbem, não o deixem irritado. Ele é sensível com as mínimas coisas e ontem, por exemplo, os animais de vocês entraram em nossa horta, um de vocês derrubou a cerca das nossas colmeias de abelhas e essa maneira de nos tratar leva meu marido ao desespero. Eu peço a vocês — prosseguiu com voz suplicante e uniu as mãos no peito —, peço, tratem-nos como bons vizinhos, vamos viver em paz! Como diz o provérbio, é melhor uma paz ruim do que uma boa briga. E também este: quando você compra uma propriedade, também está comprando um vizinho. Eu repito, o meu marido é um homem bom, generoso; se tudo correr bem, prometo que nós vamos fazer o que estiver ao nosso alcance; vamos consertar as estradas, vamos construir escolas para os seus filhos. Eu prometo a vocês.

— Sim, é claro, nós agradecemos muito, de coração, senhora — disse o Lítchkov pai, olhando para o chão. — A senhora é instruída, sabe mais do que a gente. Acontece que lá em Eresnievo, o Vóronov, um mujique rico, sabe, prometeu construir uma escola, também disse "eu vou dar isso e eu vou dar aquilo", e na hora agá só levantou as paredes com toras de madeira e largou tudo para lá, depois obrigaram os mujiques a pôr o telhado e terminar a obra, e aquilo custou mil rublos. Para o Vóronov, não é nada demais, ele fica lá à toa, só alisando a barba, mas para os mujiques a coisa ficou feia.

— Daquela vez, veio um corvo[4] e agora veio uma gralha — disse Kózov e piscou o olho.

Ressoou uma risada.

---

4 *Voron*, raiz do nome Vóronov, em russo, significa corvo.

— A gente não precisa de escola — falou Volodka, em tom acerbo. — As nossas crianças vão a pé até Petróvskoie, deixe tudo como está. A gente não quer.

Elena Ivánovna, de repente, ficou assustada. Empalideceu, se encolheu, contraiu-se toda, como se algo áspero a tivesse tocado, e se foi sem dizer mais nenhuma palavra. Caminhava cada vez mais depressa, sem olhar para trás.

— Patroa! — chamou Rodion, atrás dela. — Patroa! Espere um pouco, escute o que eu vou lhe dizer.

Foi atrás dela, sem gorro e falava baixo, como se pedisse misericórdia:

— Patroa! Espere, escute o que eu vou lhe dizer.

Saíram do povoado, e Elena Ivánovna parou na sombra de uma velha sorveira, perto de uma carroça.

— Não se ofenda, patroa — disse Rodion. — Não há de ser nada! Tenha paciência. Espere uns dois anos com paciência. Vai viver aqui, vai aguentar com paciência e tudo vai se resolver. O nosso povo é bom, é pacato... o povo não é ruim, eu garanto à senhora, é a pura verdade. Não ligue para o Kózov nem para os Lítchkov, também não ligue para o Volodka, ele é o bobo lá da minha casa: ele repete logo a primeira coisa que falam na frente dele. O resto do povo é pacato, calado... Sabe, os outros ficariam contentes de dizer uma palavra para ajudar a senhora, quer dizer, assim, falar, só que eles não sabem. Eles têm alma, têm consciência, mas a língua é que não ajuda. Não fique ofendida, não... tenha paciência... Não há de ser nada!

Elena Ivánovna olhou para o rio largo e sereno. Estava pensando em alguma coisa, e as lágrimas corriam pelo rosto. As lágrimas abalaram Rodion e ele mesmo se viu à beira de chorar.

— Não ligue... — balbuciou. — Tenha paciência, dois aninhos só. E a escola pode ser feita, a estrada pode ser feita, só que não de uma vez só... Você quer, vamos dar um exemplo, semear trigo naquela encosta ali, então primeiro tem que arrancar as raízes da terra, retirar as pedras todas e, depois, passar o arado, e dar um duro danado... E com o povo, sabe, é assim também... tem de dar um duro danado, até conseguir colher.

Um bando numeroso saiu da isbá de Rodion e veio andando pela rua naquela direção, rumo à sorveira. Cantavam, alguém tocava um acordeão. Chegavam cada vez mais perto...

— Mamãe, vamos sair daqui! — disse a menina, pálida, abraçando-se à mãe, com o corpo todo tremendo. — Vamos embora, mamãe!

— Para onde?

— Para Moscou... Vamos embora, mamãe!

A menina desatou a chorar. Rodion ficou muito atrapalhado, seu rosto se cobriu de suor. Tirou do bolso um pepino, pequeno, torto, em forma de meia-lua, todo coberto de migalhas de centeio, e começou a meter o pepino na mão da menina.

— Toma, toma... — balbuciava, com o rosto franzido e severo. — Toma aqui esse pepininho, come... Chorar não adianta, a mamãe vai bater... em casa, vai dar queixa para o papai... Toma, toma...

Elas foram em frente e Rodion sempre atrás, queria dizer algo gentil, tranquilizador. E ao ver que as duas estavam ocupadas com os próprios pensamentos e o próprio desgosto e que não davam atenção a ele, parou e, protegendo os olhos do brilho do sol, ficou muito tempo olhando para elas, até sumirem no bosque do seu sítio.

IV

Era visível que o engenheiro se tornava cada vez mais irritado, em qualquer bobagem e ninharia, via logo uma ofensa e uma agressão. Seu portão ficava trancado até durante o dia e, à noite, no jardim, dois guardas vigiavam, batiam numa tábua, a intervalos, para indicar que estavam de vigia, e mais ninguém de Obrutchánovo era contratado para trabalhar no sítio. Como se fosse de propósito, alguém (um dos mujiques ou um dos operários miseráveis, não se sabe) retirou as rodas novas da carroça e as substituiu por rodas velhas; após um breve tempo, levaram dois arreios de cavalo e uma tenaz, e até no povoado começou um falatório. Diziam que era preciso dar queixa contra os Lítchkov e Volodka, e aí encontraram a tenaz e os arreios no jardim do engenheiro, ao pé da cerca: alguém os havia jogado ali.

Certo dia, um bando saiu do bosque e, de novo, topou com o engenheiro na estrada. Ele parou e, sem cumprimentá-los, olhando zangado, ora para um, ora para outro, falou:

— Eu já pedi para não colherem cogumelos no meu bosque nem perto do meu pátio, já pedi para deixarem cogumelos para minha esposa e meus filhos, mas as suas meninas vêm para cá assim que o dia nasce e, depois, não deixam nem um cogumelo. Pedir para vocês ou não pedir, dá tudo na mesma. Apelos, gentileza, conversas, estou vendo que tudo isso é inútil.

Deteve seu olhar indignado em Rodion e prosseguiu:

— Eu e a minha esposa tratamos vocês como gente, como iguais. E vocês? Ah, não adianta falar! Com certeza, desse jeito, não vamos ter mais apreço por vocês. Não vai restar mais nada!

E, depois de fazer um esforço contra si mesmo, contendo a própria raiva a fim de não falar mais palavras supérfluas, virou-se e seguiu em frente.

Ao chegar em casa, Rodion rezou, tirou as botas e sentou-se no banco ao lado da esposa.

— Pois é... — começou, após um breve descanso. — A gente veio agorinha mesmo e topou, lá no caminho, com o engenheiro Kútcherov... Pois é... Ele viu umas meninas lá, assim que o dia nasceu... Ele perguntou por que não levam os cogumelos... para a mulher a os filhos dele. Depois olhou bem para mim e disse:

eu e a minha esposa vamos pagar um bom preço para você. Eu quis me curvar aos pés dele, mas tive medo... Que Deus lhes dê saúde... Que o Senhor os proteja...

Stiepanida fez o sinal da cruz e suspirou.

— Os senhores são bons, têm bom coração... — prosseguiu Rodion. — "Vamos pagar um bom preço...", ele prometeu na frente de todo mundo. Nos anos da velhice... não era nada mal... Eu vou rezar por eles por toda a vida... Que a Rainha do Céu os proteja...

No Dia da Exaltação da Cruz, 14 de setembro, foi feriado na paróquia. Os Lítchkov, pai e filho, saíram já de manhãzinha, foram para o outro lado do rio e voltaram bêbados para o jantar; ficaram andando muito tempo pelo povoado, ora cantavam, ora diziam palavrões, depois arrumaram uma briga e foram ao sítio se queixar. O primeiro a entrar foi o Lítchkov pai, com um pedaço de pau comprido na mão; hesitante, ele parou e tirou o gorro da cabeça. Naquele exato instante, o engenheiro estava sentado na varanda, junto com a família, e tomava seu chá.

— O que você quer? — gritou o engenheiro.

— Vossa excelência, patrão... — começou Lítchkov, e desatou a chorar. — Tenha misericórdia divina, me ajude... Por causa do meu filho, não dá mais para viver... O filho me arruína, briga... Vossa excelência...

Entrou o Lítchkov filho, sem gorro, também com um pedaço de pau na mão; parou e cravou na varanda os olhos bêbados e desnorteados.

— Não é minha obrigação me meter nos assuntos de vocês — disse o engenheiro. — Procurem a administração local ou o comissário de polícia.

— Já fui a toda parte... apresentei uma petição... — disse o Lítchkov pai e desatou a soluçar. — Agora, aonde mais eu posso ir? Sabe, agora ele é até capaz de me matar. Sabe, ele é capaz de qualquer coisa. E fazer isso com o pai? Com o próprio pai?

Levantou o pedaço de pau e bateu com ele na cabeça do filho; este levantou o seu pedaço de pau e acertou em cheio na careca do pai, de tal modo que o sarrafo até deu um pulo. O Lítchkov pai nem chegou a cambalear e golpeou o filho mais uma vez, de novo na cabeça. E assim continuaram de pé, os dois, batendo na cabeça um do outro, mas não parecia uma briga e sim uma espécie de brincadeira. Do outro lado do portão, se aglomeraram mujiques e camponesas, que ficaram olhando em silêncio para dentro do pátio, e todos eles tinham o rosto sério. Aqueles mujiques estavam a caminho das comemorações do feriado, mas, ao verem os Lítchkov, sentiram vergonha e não entraram no pátio.

No dia seguinte, de manhã, Elena Ivánovna foi embora para Moscou, junto com os filhos. E correu o rumor de que o engenheiro ia pôr o sítio à venda...

V

Faz tempo que as pessoas se acostumaram com a ponte e já é difícil imaginar o rio sem a ponte naquele lugar. Faz tempo que o monte de entulho deixado pela construção foi coberto pelo capim; dos operários miseráveis, ninguém mais se lembra e, em lugar da canção popular "Dubínuchka",[5] agora se ouve, quase toda hora, o barulho de um trem que passa.

Faz tempo que a Nova Datcha foi vendida; agora pertence a um funcionário público que, nos feriados, vai para lá com a família, toma chá na varanda e depois volta para a cidade grande. Usa uma insígnia honorífica presa ao quepe, fala e

---

[5] Canção de trabalhadores braçais, surgida na década de 1860, que logo adquiriu caráter revolucionário. Existe em numerosas versões, que se multiplicaram ao longo das décadas. *Dubínuchka* é o diminutivo de *dubina*, que significa sarrafo, porrete, ou pessoa alta e forte.

tosse como um funcionário de alto escalão, embora não seja mais do que um secretário colegiado[6] e, quando os mujiques o saúdam com uma reverência, ele nem responde.

Em Obrutchánovo, todos envelheceram; Kózov já morreu, na casa de Rodion há mais crianças ainda, no rosto de Volodka cresceu uma comprida barba ruiva. Vivem pobres, como antes.

No início da primavera, serram lenha perto da estação. Depois do trabalho, lá vão eles para casa, andam sem pressa, lado a lado; as serras grandes se curvam sobre os ombros, o sol reflete nas lâminas. Rouxinóis cantam nos arbustos à beira do rio, cotovias gorjeiam voando no céu. A Nova Datcha está em silêncio, não há ninguém, só pombos dourados, dourados porque o sol os ilumina, revoam acima da casa. Todos — Rodion, os Lítchkov e Volodka — se lembram dos cavalos brancos, dos pequenos pôneis, dos fogos de artifício, do barco enfeitado com lanternas vermelhas, lembram como a esposa do engenheiro, bonita, elegante, vinha ao povoado e falava com tanta gentileza. E é como se tudo isso nem tivesse existido. Tudo é como um sonho ou um conto de fadas.

Eles caminham passo a passo, exaustos, e pensam...

Em seu povoado, eles pensam, o povo é bom, pacato, razoável, temente a Deus, e Elena Ivánovna também era pacata, bondosa, dócil, dava tanta pena olhar para ela, mas então por que eles não se entenderam bem e acabaram se separando como inimigos? Que neblina ocultou de seus olhos aquilo que era o mais importante, para deixar visível apenas o jardim pisoteado, a tenaz e os arreios roubados, todas aquelas coisas insignificantes, que agora, na lembrança, pareciam um enorme absurdo? Por que, com o novo proprietário, eles vivem em paz e com o engenheiro não se deram bem?

---

[6] Posto da décima classe do serviço civil do Império Russo, numa escala de catorze classes.

Sem saber como responder a tais perguntas, todos se calam, e só Volodka resmunga qualquer coisa.

— O que é? — pergunta Rodion.

— A gente vivia muito bem sem ponte — disse Volodka, com ar sombrio. — A gente vivia sem ponte e não pediu nada... e a gente não precisa de nada.

Ninguém responde, e vão andando em silêncio, de cabeça baixa.

1899

A dama do cachorrinho

I

Diziam que havia surgido uma figura nova no calçadão à beira-mar: uma dama com um cachorrinho. Dmítri Dmítritch Gúrov, que já estava em Ialta fazia duas semanas e se habituara ao lugar, também passara a se interessar por pessoas novas. Sentado no quiosque do restaurante Vernet, ele viu a dama passando pelo calçadão à beira-mar, loura, baixa estatura e de boina; atrás dela, andava ligeiro um lulu-da-pomerânia branco.

Depois, várias vezes por dia, Gúrov a encontrava no parque municipal e no jardim público. Ela passeava sozinha, sempre com a mesma boina e com o cãozinho branco; ninguém sabia quem era e só a chamavam assim: a dama do cachorrinho.

"Se está aqui sem o marido e sem conhecidos", refletia Gúrov, "não seria má ideia conhecê-la."

Ele ainda não completara quarenta anos, mas tinha já uma filha de doze anos e dois filhos que cursavam o ginásio. Casara cedo, ainda estudante, no segundo ano da universidade e, agora, sua esposa parecia quase vinte anos mais velha do que ele. Era alta, de sobrancelhas escuras, empertigada, imponente, de aspecto grave e, como ela mesma dizia, pensante. Lia muito, não escrevia o sinal duro[1] nas cartas, não chamava o

---

[1] Letra que já não correspondia a nenhum som na pronúncia. A atitude denota simpatia por reformas modernizadoras.

marido de Dmítri, mas de Dimítri,[2] só que ele, em segredo, a considerava medíocre, estreita, sem elegância, temia a esposa e não gostava de ficar em casa. Já fazia tempo que começara a traí-la, traía com frequência e, provavelmente por isso mesmo, quase sempre falava mal das mulheres e quando, em sociedade, conversavam sobre mulheres, ele as chamava assim:

— Raça inferior!

Achava que as experiências amargas o haviam ensinado o suficiente para chamar as mulheres como bem entendesse, no entanto, ele não seria capaz de viver dois dias sem a "raça inferior". Gúrov achava a companhia dos homens maçante, não se sentia à vontade e, com eles, se mostrava frio, de poucas palavras. Por outro lado, entre mulheres, sentia-se livre, sabia o que dizer e como se portar; com elas, até ficar em silêncio era mais fácil. Na aparência, no caráter, em toda a personalidade de Gúrov, havia algo atraente, enigmático, que predispunha as mulheres a seu favor e as fascinava; ele sabia disso e uma espécie de força também o atraía para as mulheres.

Fazia muito tempo que a experiência repetida, na verdade uma experiência amarga, ensinara a Gúrov que toda relação íntima, que, no início, trazia à vida uma diversidade tão agradável e se apresentava como uma aventura amena e ligeira, quando se tratava de pessoas da alta sociedade, sobretudo no caso de moscovitas, gente hesitante, tolhida em seus movimentos, inevitavelmente se convertia num grande problema, cheio de complicações e, no final, acabava se tornando um fardo pesado. No entanto, a cada novo encontro com alguma mulher interessante, aquela experiência de alguma forma se esquivava da memória, vinha uma vontade de viver e tudo parecia muito simples e divertido.

---

[2] Pronúncia tida como mais moderna, por ser mais próxima da forma ocidental do nome.

Então, certa vez, ao anoitecer, ele estava almoçando no jardim e a dama de boina se aproximou, sem pressa, a fim de sentar-se à mesa vizinha. A expressão do rosto, o modo de andar, o penteado diziam a Gúrov que se tratava de uma dama da alta sociedade, casada, em visita a Ialta pela primeira vez, sozinha e entediada... As histórias sobre a imoralidade dos costumes locais continham muitas inverdades, ele desdenhava tais histórias e sabia que, na maior parte, eram invenções de pessoas que, elas mesmas, pecariam de bom grado se pudessem, porém, quando a dama sentou à mesa vizinha, a três passos dele, vieram à lembrança de Gúrov aquelas histórias de conquistas fáceis, de viagens à montanha, e a ideia sedutora de uma relação rápida, efêmera, de um romance com uma mulher desconhecida, de quem não se sabe o nome nem o sobrenome, de súbito o dominou.

Carinhosamente, atraiu o cãozinho para si e, quando ele se aproximou, ameaçou-o com o dedo em riste. O lulu-da-pomerânia rosnou. Gúrov o ameaçou de novo.

A dama lançou um olhar para ele e logo baixou os olhos.

— Ele não morde — disse, e ruborizou-se.

— Posso dar um osso? — E, quando ela fez que sim com a cabeça, Gúrov perguntou, amável: — Faz tempo que a senhora chegou a Ialta?

— Uns cinco dias.

— Pois eu já estou amargando aqui minha segunda semana.

Ficaram calados por um minuto.

— O tempo passa depressa, só que aqui é tão maçante! — disse ela, sem olhar para ele.

— Já virou um hábito dizer que aqui é maçante. Uma pessoa qualquer mora em Beliov ou em Jizdra ou onde for, e não acha nada maçante, mas quando chega aqui, diz logo: "Ah, que maçante! Ah, que poeirento!". Quem ouve pensa até que essa pessoa chegou de Granada.

Ela riu. Depois, ambos continuaram a comer calados, como dois desconhecidos; porém, após o jantar, caminharam lado a lado — e teve início uma conversa divertida, ligeira, de pessoas livres, satisfeitas, para quem não importa para onde ir nem sobre o que conversar. Iam passeando e conversavam sobre a estranha luminosidade do mar; a água tinha uma coloração lilás, muito tênue e cálida e, sobre ela, a lua estendia uma faixa dourada. Conversavam sobre o ar abafado, depois de um dia muito quente. Gúrov contou que era moscovita, formado em letras, mas que trabalhava num banco; no passado, pensara em ser cantor numa companhia de ópera particular, mas abandonou o canto e, agora, possuía duas casas em Moscou... Dela, Gúrov soube que fora criada em Petersburgo, mas se casara em S., onde morava já fazia dois anos, permaneceria em Ialta um mês e talvez o marido viesse a seu encontro, pois também desejava tirar férias. Ela não foi capaz de explicar onde o marido trabalhava — se era funcionário do governo da província ou do *ziémstvo* provincial, e Gúrov achou aquilo divertido. Ele soube também que seu nome era Anna Serguéievna.

Mais tarde, em seu quarto, Gúrov ficou pensando na mulher e que, no dia seguinte, com certeza, os dois iriam se encontrar. Tinha de ser assim. Ao deitar-se, Gúrov se deu conta de que fazia muito pouco tempo que ela fora aluna do instituto para moças, como era sua própria filha naquele momento, e se deu conta de quanta timidez, quanto acanhamento ainda havia em seu riso, ao conversar com um desconhecido — devia ser a primeira vez na vida em que se via sozinha numa situação como aquela, em que a procuravam, a observavam e falavam com ela com um único propósito secreto, que era impossível que ela não adivinhasse. Gúrov recordou seu pescoço fino, frágil, e os olhos bonitos, cinzentos.

"Mas algo nela me dá pena", pensou, e começou a adormecer.

II

Passou uma semana, desde que se conheceram. Era feriado. Nos quartos, estava abafado e, nas ruas, a poeira se erguia em turbilhões, fazia voar os chapéus. O dia inteiro dava vontade de beber, Gúrov ia muitas vezes ao quiosque à beira-mar e convidava Anna Serguéievna para tomar um refresco ou um sorvete. Não havia para onde fugir.

À noitinha, quando o vento amainou um pouco, os dois foram ao porto para ver a chegada de algum navio. Muitas pessoas iam passear no cais; estavam à espera de alguém, levavam buquês de flores. E, ali, duas peculiaridades da multidão elegante de Ialta chamavam nitidamente a atenção: as senhoras de idade vestiam-se como jovens e havia muitos generais.

Por causa do mar agitado, o navio chegou tarde, depois do pôr do sol, e teve de fazer muitas manobras antes de atracar. Anna Serguéievna observava o navio e os passageiros através de um lornhão, parecia à procura de algum conhecido e, quando se virou para Gúrov, seus olhos brilhavam. Ela se mostrou muito falante, suas perguntas vinham entrecortadas e ela mesma logo esquecia o que acabara de perguntar; depois, perdeu o lornhão no meio das pessoas aglomeradas.

A multidão elegante dispersou-se, já não havia mais ninguém no cais, o vento cessara de todo, mas Gúrov e Anna Serguéievna continuavam ali, como se esperassem que mais alguém fosse desembarcar. Agora, Anna Serguéievna estava calada, cheirava as flores, sem olhar para Gúrov.

— O tempo melhorou à noite — disse ele. — Para onde vamos agora? O que acha de irmos a algum lugar?

Ela não respondeu.

Então, Gúrov olhou fixamente para ela e, de súbito, abraçou-a e beijou-a nos lábios, foi envolvido pelo aroma e frescor das flores e, na mesma hora, olhou em volta, receoso: alguém não teria visto?

— Vamos para o seu quarto... — disse ele, em voz baixa.

E os dois caminharam depressa.

O quarto estava abafado, cheirava a perfumes que ela comprara numa loja japonesa. Gúrov, ao olhar para ela, agora, pensou: "Cada encontro que acontece nesta vida!". De seu passado, ele guardara a lembrança de mulheres despreocupadas, alegres, contentes com o amor, agradecidas a ele pela felicidade, embora muito breve; e também de outras mulheres, como sua esposa, por exemplo, que amavam sem sinceridade, entre conversas supérfluas, de modo afetado, com histeria, e sua expressão dava a entender que não se tratava de amor, de paixão, mas sim de algo mais importante; e também a lembrança de duas ou três mulheres muito bonitas, frias, em cujo rosto, num lampejo, surgia uma expressão de ave de rapina, o desejo imediato de tomar para si, de arrancar da vida mais do que a vida podia oferecer, e já não estavam na primeira juventude, se revelavam caprichosas, insensatas, autoritárias, pouco inteligentes e, quando o sentimento de Gúrov esfriava, a beleza de tais mulheres lhe despertava ódio e as rendas de suas roupas de baixo pareciam escamas.

Porém, desta vez, persistia sempre a mesma timidez, o acanhamento da juventude inexperiente, uma sensação de constrangimento; sem falar numa constante impressão de desconfiança, como se alguém, a qualquer minuto, fosse bater à porta. Anna Serguéievna, a "dama do cachorrinho", tratava o que havia ocorrido como algo especial, muito grave, equivalente à sua queda — assim parecia, e aquilo era estranho e inoportuno. Suas feições se abateram, perderam o viço, os cabelos compridos pendiam tristes nos lados do rosto e ela afundou em pensamentos, numa atitude tristonha, como a pecadora de uma pintura antiga.

— É ruim — disse ela. — Agora, o senhor vai ser o primeiro a não me respeitar.

Sobre a mesa do quarto, havia uma melancia. Gúrov cortou um pedaço e se pôs a comer, sem pressa. Haviam passado, pelo menos, meia hora em silêncio.

Anna Serguéievna estava comovente, exalava a pureza, o decoro, a ingenuidade de uma mulher que viveu pouco; uma vela solitária, acesa sobre a mesa, mal iluminava seu rosto, porém se notava que tinha a alma aflita.

— Mas por que eu deixaria de respeitar você? — perguntou Gúrov. — Você não sabe o que está dizendo.

— Que Deus me perdoe! — exclamou ela, e seus olhos se encheram de lágrimas. — É horrível.

— É como se você estivesse pedindo desculpas.

— Mas como é possível me desculpar? Eu sou uma mulher ruim, baixa, desprezo a mim mesma e nem estou pensando em desculpa nenhuma. Não foi o meu marido que eu traí, eu traí a mim mesma. E não foi só agora, já estou traindo há muito tempo. O meu marido talvez seja um homem bom, honesto, mas ele é um lacaio! Eu não sei o que ele faz, não sei em que trabalha, só sei que é um lacaio. Quando casei, eu tinha vinte anos, a curiosidade me atormentava, eu queria algo melhor; afinal, existe outra vida, eu dizia para mim mesma. Eu tinha vontade de viver! Viver e viver... A curiosidade queimava dentro de mim... O senhor não entende, mas, juro por Deus, eu já não conseguia me controlar, alguma coisa estava acontecendo comigo, era impossível me conter, eu disse para o meu marido que estava doente e vim para cá... E aqui fiquei andando o tempo todo, para um lado e para outro, como num estado de embriaguez, como uma louca... e agora me tornei uma mulher vulgar, que não vale nada, que todos podem desprezar.

Gúrov já estava farto de ouvir, irritado com o tom ingênuo, com o remorso, tão inesperado e inoportuno; não fossem as lágrimas nos olhos, poderia pensar que ela estava brincando ou representando um papel.

— Eu não entendo — disse em voz baixa. — O que você quer?

Ela escondeu o rosto no peito de Gúrov e apertou-se contra ele.

— Acredite, acredite em mim, eu suplico... — disse. — Eu amo a vida honesta, pura, o pecado me dá repulsa, eu mesma não sei o que faço. As pessoas simples dizem: foi o diabo que me tentou. E agora também posso dizer de mim mesma que o diabo me tentou.

— Chega, chega... — balbuciou Gúrov.

Mirava aqueles olhos imóveis e assustados, a beijava, falava com ela baixinho e carinhosamente e, pouco a pouco, ela foi se acalmando, até que a alegria retornou; os dois se puseram a rir.

Mais tarde, quando saíram, não havia mais ninguém na calçada à beira-mar, a cidade, com seus ciprestes, parecia completamente morta, mas o mar ainda roncava alto, batia com força na margem; uma barcaça balançava nas ondas e, nela, uma lanterna cintilava sonolenta.

Encontraram um coche de praça e seguiram para Oreanda.[3]

— Agora há pouco, na recepção, eu descobri o seu sobrenome: no quadro de registros, está escrito Von Dideritz — disse Gúrov. — Seu marido é alemão?

— Não, ele teve um avô que era alemão, parece, mas ele mesmo é ortodoxo.[4]

Em Oreanda, sentaram-se num banco perto de uma igreja, olharam para o mar, lá embaixo, e ficaram em silêncio. Em meio à névoa da manhã, mal se via Ialta, nuvens brancas pairavam

---

[3] Local tradicional de veraneio ao sul da Crimeia, perto de Ialta, frequentado pela família do tsar.   [4] Ou seja, russo. Aqui, a religião cristã ortodoxa vale como sinônimo de nacionalidade russa.

imóveis sobre os cumes das montanhas. As folhas das árvores nem se mexiam, cigarras cantavam e o rumor do mar, que vinha lá de baixo, surdo e monótono, falava de repouso, do sono eterno que nos aguarda. Era o mesmo rumor que subia do mar quando Ialta e Oreanda não existiam, que se ouve agora e que também vai ser ouvido, surdo e indiferente, quando nós mesmos já não existirmos. Nessa constância, nessa completa indiferença em relação à vida e à morte de cada um de nós, se esconde, talvez, a garantia de nossa salvação eterna, do incessante movimento da vida sobre a terra, do aprimoramento contínuo. Sentado junto àquela jovem, que, ao nascer do sol, parecia tão bonita, apaziguado e embevecido diante daquela cena de conto de fadas — o mar, a montanha, as nuvens, o céu vasto —, Gúrov refletiu que, no fundo, pensando bem, tudo é belo neste mundo, tudo, exceto aquilo que nós mesmos pensamos e fazemos, quando esquecemos os fins elevados da existência e a própria dignidade humana.

Alguém se aproximou — devia ser um guarda —, olhou um pouco para eles e foi embora. E aquele pormenor pareceu muito misterioso, e também bonito. Via-se que estava chegando um navio de Teodósia,[5] iluminado pelo sol nascente, já com as luzes apagadas.

— A relva está com orvalho — disse Anna Serguéievna, depois de um silêncio.

— Sim. Está na hora de ir para casa.

Voltaram para a cidade.

Depois disso, sempre ao meio-dia, os dois se encontravam à beira-mar, almoçavam juntos, jantavam, passeavam, admiravam o mar. Ela se queixava de dormir mal, de ter palpitações no coração, fazia sempre as mesmas perguntas, atormentada ora pelo ciúme, ora pelo temor de que ele não a respeitasse o bastante.

---

5 Cidade ao sul da Crimeia.

E muitas vezes, no parque público ou no jardim, quando não havia ninguém perto, de repente, ele a puxava para junto de si e a beijava com paixão. A completa ociosidade, aqueles beijos à luz do dia, cercados de cautela e do receio de que alguém os visse, o calor, o cheiro do mar e seu brilho constante aos olhos das pessoas ociosas, elegantes, bem alimentadas, pareciam rejuvenescer Gúrov; ele dizia para Anna Serguéievna que ela era bonita, que era sedutora, que ele estava desesperadamente apaixonado, que não se afastaria dela nem um passo, e muitas vezes ela se punha pensativa, sempre pedia para ele confessar que não a respeitava, que não a amava nem um pouco, que nela só via uma mulher vulgar. Quase toda noite, já tarde, eles saíam da cidade rumo a um lugar qualquer, a Oreanda ou à cascata; e o passeio era um sucesso, as impressões eram sempre belas, grandiosas.

Estavam à espera do marido. Porém chegou uma carta em que ele avisava ter alguma enfermidade nos olhos e implorava que a esposa voltasse o quanto antes. Anna Serguéievna apressou-se.

— É bom mesmo que eu vá embora — disse para Gúrov. — É o destino.

Ela partiu num coche e ele a acompanhou. Viajaram um dia inteiro. Quando ela tomou seu assento no vagão do trem expresso e quando soou o segundo apito, ela disse:

— Venha cá, deixe-me olhar para o senhor mais uma vez... Quero olhar mais uma vez. Assim.

Ela não chorou, mas estava triste, parecia doente e o rosto tremia.

— Eu vou pensar no senhor... vou lembrar — disse. — Que Deus o proteja, cuide-se. Não pense mal de mim. Vamos nos despedir para sempre, assim tem de ser, porque jamais deveríamos ter nos conhecido. Então, que Deus o proteja.

O trem partiu depressa, suas luzes logo desapareceram e, num minuto, já não se ouvia mais nada, como se tudo tivesse sido arranjado, de propósito, a fim de interromper rapidamente aquele doce devaneio, aquela loucura. E Gúrov, sozinho na plataforma, enquanto olhava para a escuridão ao longe, ouvia o piar dos grilos e o zumbir dos fios de telégrafo com a sensação de alguém que acabou de acordar. E pensou que em sua vida ocorrera mais um incidente, ou mais uma aventura, que também aquilo havia terminado e, agora, só restariam recordações... Estava comovido, triste, sentia um ligeiro remorso; pois aquela mulher jovem, que agora ele nunca mais veria, não fora feliz com ele; Gúrov tinha sido amável, afetuoso, entretanto, na maneira de tratá-la, em seu tom de voz e em seus carinhos, se esgueirava, como uma sombra, uma zombaria sutil, a crua arrogância de um homem feliz, que, ainda por cima, tinha quase o dobro da idade da mulher. O tempo todo ela o chamava de bom, extraordinário, elevado; estava claro que, aos olhos dela, Gúrov parecia muito diferente do que era na realidade e, portanto, sem querer, ele a havia enganado...

Ali na estação, já se sentia o cheiro do outono, a noite estava um pouco fria.

"Está na hora de eu também partir para o norte", pensou Gúrov, ao sair da plataforma. "Está na hora!"

III

Em Moscou, a casa inteira já estava como no inverno, as chamas fumegavam nas estufas e, de manhã, quando os filhos tomavam chá e se preparavam para ir ao ginásio, lá fora estava escuro e a babá mantinha a luz acesa por mais um tempo. A friagem forte já havia chegado. Quando cai a primeira neve, no primeiro dia em que se anda de trenó, é agradável ver a terra branca, os telhados brancos, é doce respirar, é maravilhoso, e então vêm à memória os anos da juventude. As velhas tílias e bétulas, brancas da geada, têm um aspecto amistoso, parecem mais próximas ao coração do que os ciprestes e as palmeiras e, junto a elas, não sentimos vontade de pensar no mar e nas montanhas.

Gúrov era moscovita, voltara para Moscou num dia bonito, gelado e, quando vestiu o casaco de pele e as luvas aquecidas e saiu caminhando pela rua Petrovka, e quando, no sábado, ao entardecer, ouviu os sinos, a viagem recente e os locais que visitara perderam todo o encanto para ele. Pouco a pouco, Gúrov imergiu na vida de Moscou, já lia avidamente três jornais por dia e afirmava que, por uma questão de princípio, não lia os jornais de Moscou. Já se via atraído por restaurantes, clubes, jantares festivos, comemorações, já lhe parecia lisonjeiro estar em companhia de famosos advogados e artistas ou jogar cartas com um catedrático, num clube acadêmico. Já se sentia capaz de comer uma porção inteira de *solianka*[6] na caçarola.

Passaria cerca de um mês e, assim pensava Gúrov, Anna Serguéievna acabaria encoberta por uma nuvem na sua memória, e só de vez em quando surgiria em sonhos, com seu sorriso tocante, como outras mulheres também apareciam. No entanto, passou mais de um mês, chegou o auge do inverno e, em sua memória, tudo persistia com nitidez, como se ele tivesse se separado de Anna Serguéievna no dia anterior. E as recordações ardiam cada vez mais fortes. Se, no silêncio da tarde, chegavam a seu escritório as vozes dos filhos que faziam seus deveres, se ele ouvia uma canção romântica ou um órgão num restaurante ou se a nevasca uivava na lareira, de repente, tudo parecia renascer na memória: o que aconteceu no cais, o amanhecer com a nuvem nas montanhas, o navio de Teodósia, e os beijos. Ele ficava andando muito tempo pelo quarto, recordava, sorria, depois as lembranças se convertiam em devaneios

---

[6] Sopa tradicional russa, feita com legumes na salmoura, carne, peixe ou cogumelos.

e, na imaginação, o passado se misturava com o futuro. Anna Serguéievna não era um sonho, ela andava com Gúrov por toda parte, como uma sombra, ela o seguia. De olhos fechados, ele a via como se estivesse viva, e parecia mais bela, mais jovem, mais meiga do que era; ele mesmo, aos próprios olhos, parecia melhor do que tinha sido, então, em Ialta. Ao entardecer, da estante de livros, da lareira, de um canto qualquer, ela olhava para Gúrov, ele ouvia sua respiração, o rumor gentil de suas roupas. Na rua, Gúrov seguia as mulheres com os olhos, à procura de alguma talvez parecida com ela...

E já se via atormentado pelo forte desejo de compartilhar suas lembranças com alguém. Contudo, em casa, não podia falar do seu amor e, fora de casa, não tinha com quem conversar. Nem com os inquilinos nem com os colegas do banco. E sobre o que iria falar? Acaso o que sentira naquela ocasião era amor? Acaso houve algo belo, poético ou instrutivo, ou ao menos interessante em sua relação com Anna Serguéievna? Ele se via obrigado a falar, de maneira genérica, sobre o amor, sobre as mulheres, e ninguém desconfiava do que se tratava, só a esposa movia as sobrancelhas escuras e dizia:

— O papel de homem esnobe não combina com você, Dimítri.

Uma noite, ao sair do clube acadêmico com seu parceiro de jogo, um alto funcionário, Gúrov não se conteve e disse:

— Se o senhor soubesse que mulher encantadora eu conheci em Ialta!

O funcionário subiu no seu trenó e partiu, mas, de repente, virou-se para trás e gritou:

— Dmítri Dmítritch!

— O que foi?

— Agora há pouco, o senhor tinha razão: aquele esturjão estava um pouco passado!

Aquelas palavras tão banais, de repente, por alguma razão, deixaram Gúrov indignado, pareceram ultrajantes, infames.

Que maneiras selvagens, que pessoas! Que noites absurdas, que dias sem graça, sem nenhum interesse! O jogo de cartas desenfreado, a comilança, as bebidas, as conversas incessantes, sempre sobre os mesmos assuntos. Atividades fúteis e conversas sempre iguais tomavam para si a melhor parte do tempo, as melhores energias e, no fim das contas, restava uma espécie de vida truncada, sem asas, um contrassenso do qual era impossível correr e fugir, era como estar internado num asilo de loucos ou num campo de prisioneiros!

Gúrov passou a noite toda sem dormir, exasperou-se, depois atravessou o dia inteiro com dor de cabeça. Na noite seguinte, dormiu mal, o tempo todo ficou sentado na cama, ou se pôs a pensar ou a andar no quarto, de um lado para outro. Estava farto dos filhos, do banco, não tinha vontade de ir a lugar nenhum, de conversar sobre nada.

Em dezembro, nos feriados, resolveu viajar e disse para a esposa que ia a Petersburgo prestar ajuda a um jovem amigo, e partiu rumo a S. Para quê? Ele mesmo não sabia dizer. Tinha vontade de encontrar-se com Anna Serguéievna e trocar uma palavra, marcar um encontro, se possível.

Chegou a S. de manhã e se hospedou no melhor quarto do hotel, onde o chão era todo revestido de um feltro cinzento, usado no uniforme dos soldados, e, sobre a mesa, havia um tinteiro cinzento de tanta poeira, com a estatueta de um homem a cavalo, de espada na mão, mas sem cabeça. O recepcionista lhe deu as informações necessárias: Von Dideritz morava na rua Staro-Gontchárnaia, numa casa própria — não ficava longe do hotel —, vivia bem, era rico, tinha seu próprio coche, todos o conheciam na cidade. O recepcionista pronunciava o nome assim: Dridiritz.

Sem pressa, Gúrov caminhou até a rua Staro-Gontchárnaia, procurou a casa. Bem em frente à casa, se estendia uma cerca cinzenta, comprida, cheia de pregos.

"Uma cerca assim dá vontade de fugir", pensou Gúrov, enquanto espreitava ora as janelas, ora a cerca.

Ele refletiu: "Hoje não é dia útil e o marido, com certeza, está em casa. De todo modo, não importa, seria muita impertinência entrar em sua casa e criar um constrangimento. Se eu mandar um bilhete, talvez caia na mão do marido e isso pode estragar tudo. O melhor é apostar no acaso". E ficou muito tempo andando pela rua e perto da cerca, à espera daquele acaso. Viu um mendigo entrar pelo portão e ser atacado por cães; uma hora depois, ouviu alguém tocar piano e as notas chegavam até ele fracas, obscuras. Devia ser Anna Serguéievna. De repente, a porta principal abriu, de lá saiu uma velhinha e, atrás dela, veio correndo o conhecido lulu-da-pomerânia branco. Gúrov quis chamar o cachorro, mas, de repente, seu coração disparou e, com a emoção, ele não conseguiu lembrar o nome do cãozinho.

Continuou a caminhar e, cada vez mais, sentia ódio daquela cerca cinzenta, já pensava com irritação que Anna Serguéievna se esquecera dele, talvez já andasse se distraindo com outro homem, e seria até bastante natural, na situação de uma jovem obrigada a ver, todo dia, da manhã à noite, aquela maldita cerca. Gúrov voltou para seu quarto de hotel e ficou sentado no sofá por muito tempo, sem saber o que fazer, depois almoçou e depois dormiu muito.

"Que tolice e que perturbação, tudo isso", pensou ao acordar, enquanto olhava para as janelas escuras; já era noite. "Pronto, para que eu fui dormir tanto? Agora, o que vou fazer a noite toda?"

Sentou-se na cama coberta por uma colcha barata, cinzenta, igual à de um hospital e, exasperado, escarneceu de si mesmo:

"Pronto, aí está a sua dama do cachorrinho... Aí está você e a sua aventura... Agora, fique aí sentado."

Ainda pela manhã, na estação de trem, seus olhos haviam esbarrado num cartaz com muitas letras enormes: ia estrear na cidade a peça *A gueixa*. Lembrou-se do cartaz e foi ao teatro.

"É bem possível que ela vá às estreias", pensou.

O teatro estava lotado. E ali, como em geral ocorre em todos os teatros de província, havia uma nuvem acima do grande lustre, a balbúrdia agitava a galeria; antes do início do espetáculo, os dândis locais se puseram de pé na primeira fila, com as mãos cruzadas nas costas; e ali, no camarote do governador, no lugar de destaque, estava sentada a filha do governador, de boá, enquanto o próprio governador se ocultava humildemente atrás da beirada de uma cortina e só se viam suas mãos; a cortina do palco sacudia, a afinação da orquestra não terminava nunca. Durante todo o tempo em que o público ia entrando e tomando seus assentos, Gúrov procurava com os olhos, avidamente.

Anna Serguéievna entrou. Sentou-se na terceira fila e, quando Gúrov olhou para ela, sentiu um aperto no coração e compreendeu com clareza que agora, para ele, no mundo inteiro, não havia pessoa mais próxima, mais cara e mais importante; perdida na multidão provinciana, aquela mulher pequenina, sem nada de notável, com um lornhão vulgar nas mãos, preenchia toda a vida de Gúrov, era a sua dor, a sua alegria, era a única felicidade que agora ele desejava para si; e, ao som da orquestra ruim, dos péssimos violinos de costume, ele pensava em como ela era bonita. Pensava e sonhava.

Com Anna Serguéievna, entrou e sentou-se a seu lado um homem jovem, de suíças pequenas, muito alto e recurvado; a cada passo, balançava a cabeça e parecia, o tempo todo, saudar alguém com uma reverência. Na certa, era o marido, a quem, tempos antes, em Ialta, no ímpeto de um sentimento de amargura, ela chamara de lacaio. E, de fato, na sua silhueta alongada, nas suíças, na calva discreta, havia algo da humildade de um lacaio, ele sorria dócil e, na sua lapela, brilhava o distintivo de alguma sociedade científica, semelhante ao escudo de identificação de um lacaio.

No primeiro intervalo, o marido saiu para fumar, ela ficou na poltrona. Gúrov, que também sentara na plateia, aproximou-se e, com voz trêmula e sorriso forçado, disse:

— Boa noite.

Ela olhou por um momento e empalideceu, depois olhou mais uma vez, com horror, sem crer nos próprios olhos, e apertou com força entre as mãos, ao mesmo tempo, o leque e o lornhão, visivelmente lutando contra si mesma para não cair desmaiada. Os dois se mantiveram em silêncio. Ela sentada, ele de pé, assustado com a perturbação dela, sem se atrever a sentar-se a seu lado. Os violinos e a flauta começaram a tocar as notas da afinação, de repente veio o pavor: parecia que, dos camarotes, todos estavam olhando. Então ela se ergueu depressa e seguiu rumo à saída; ele foi atrás e os dois andaram sem rumo, por corredores e escadas, ora subiam, ora desciam e, diante deles, passavam de relance pessoas ao acaso, em uniformes de juiz, de professor e de funcionário da administração rural, todos com seus distintivos; de relance, passaram damas, casacos de pele pendurados nos cabides, soprou uma corrente de ar que os imergiu no cheiro de tabaco que vinha de pontas de cigarro. E Gúrov, cujo coração batia com força, pensou:

"Ah, meu Deus! Para que toda essa gente, essa orquestra?..."

E nesse minuto, de repente, lembrou que, tempos antes, na estação, naquela noite, depois de se despedir de Anna Serguéievna, dissera para si mesmo que tudo estava terminado e que os dois nunca mais se veriam. No entanto, como o fim ainda estava distante!

Numa escada estreita e escura, onde se lia: "Entrada para o anfiteatro", ela parou.

— Como o senhor me assustou! — disse, ofegante, ainda muito pálida, desnorteada. — Ah, como o senhor me assustou! Eu nem sei como ainda estou viva. Por que o senhor veio? Por quê?

— Mas, compreenda, Anna, compreenda... — disse ele, em voz baixa, afobado. — Eu suplico à senhora, compreenda...

Ela olhava para Gúrov com receio, com amor, com súplica, olhava fixamente, a fim de gravar mais fundo suas feições na memória.

— Eu sofro tanto! — prosseguiu ela, sem ouvi-lo. — Eu só pensava no senhor, o tempo todo, vivia com os pensamentos no senhor. Eu tinha vontade de esquecer, esquecer, mas por que, por que o senhor veio?

Acima, no patamar da escada, dois alunos de ginásio fumavam escondidos e olhavam para baixo, porém aquilo não tinha importância para Gúrov, ele puxou Anna Serguéievna para si e a beijou no rosto, nas faces, nas mãos.

— O que o senhor está fazendo, o que o senhor está fazendo? — disse, apavorada, e o afastou. — Nós dois ficamos loucos. Vá embora, hoje mesmo, vá embora já... Eu imploro ao senhor, em nome de todos os santos, eu suplico... Estão vindo para cá!

Pela escada, alguém vinha subindo.

— O senhor tem de ir embora... — prosseguiu Anna Serguéievna num sussurro. — Escute, Dmítri Dmítritch. Eu vou encontrar o senhor em Moscou. Eu nunca fui feliz, agora sou infeliz e nunca, nunca serei feliz, nunca! Não me obrigue a sofrer ainda mais! Eu juro, irei a Moscou. Mas agora vamos nos separar! Meu bem, meu querido, meu adorado, vamos nos separar!

Apertou a mão de Gúrov e desceu ligeiro pela escada, olhando muito para trás, para ele e, em seus olhos se percebia que, de fato, não era feliz. Gúrov permaneceu ali um pouco, de ouvidos atentos, depois, quando tudo silenciou, foi pegar seu agasalho e saiu do teatro.

IV

E Anna Serguéievna começou a visitá-lo em Moscou. Uma vez a cada dois ou três meses, ela saía de S., dizia ao marido que ia consultar-se com um catedrático de medicina, por conta de sua doença de mulher — o marido acreditava e não acreditava. Ao chegar a Moscou, ela se hospedava no hotel Bazar Eslavo e logo enviava à casa de Gúrov um mensageiro. Gúrov ia a seu encontro e ninguém em Moscou sabia nada a respeito.

Certa manhã de inverno, Gúrov saiu de casa para encontrá-la dessa forma (o mensageiro estivera em sua casa na véspera, à noite, mas não o havia encontrado). Com ele, foi a filha, pois o pai teve vontade de levá-la ao ginásio, que ficava no caminho. Caía uma neve grossa e molhada.

— Está fazendo três graus acima de zero, mas está nevando — disse Gúrov para a filha. — É porque só está quente na superfície da terra. Nas camadas superiores da atmosfera, a temperatura é diferente.

— Papai, por que no inverno não tem trovoada?

Ele explicou também aquilo. Enquanto falava, pensava que lá estava ele a caminho de um encontro, e nenhuma alma viva no mundo sabia e, com certeza, jamais saberia. Gúrov tinha duas vidas: uma às claras, vista e conhecida por todos que precisavam saber, uma vida cheia de verdades convencionais e de embustes convencionais, absolutamente semelhante à vida dos conhecidos e amigos de Gúrov; e outra vida, que transcorria em segredo. E, por uma estranha combinação de circunstâncias, talvez por acaso, tudo que era importante, interessante, necessário para ele, tudo aquilo em que ele era sincero e não se iludia, e que constituía o núcleo de sua vida, se passava em segredo para os demais; no entanto, aquilo que era a sua mentira, a sua casca, atrás da qual ele se escondia a fim de ocultar a verdade, como, por exemplo, o seu trabalho no banco, as discussões no clube, a sua "raça inferior", as festas de aniversário a que ia com a esposa, tudo aquilo se dava às claras. E ele julgava os outros por si mesmo, não acreditava no que via e sempre supunha que, com todo mundo, a vida autêntica e mais interessante se passava por trás de um manto de segredo, como se fosse o manto da noite. Toda existência pessoal se baseava no segredo, e talvez fosse em parte por isso que as pessoas cultas exigiam, com tanto zelo, respeito à sua privacidade.

Depois de deixar a filha no ginásio, Gúrov seguiu rumo ao hotel Bazar Eslavo. Tirou o casaco de pele no térreo, subiu e bateu bem de leve na porta do quarto. Anna Serguéievna, com o vestido cinzento predileto de Gúrov, fatigada pela viagem e pela expectativa, o aguardava desde a noite anterior; estava pálida, olhava para ele sem sorrir e, mal Gúrov entrou, ela se apertou contra seu peito. Parecia fazer dois anos que não se viam, e seu beijo foi longo, demorado.

— E então, como tem passado? — perguntou ele. — O que há de novo?

— Espere um pouco, já vou dizer... Não posso.

Não conseguia falar, de tanto que chorava. Deu as costas para ele e apertou o lenço nos olhos.

"Pois bem, deixe que chore um pouco, enquanto isso, eu vou me sentar", pensou Gúrov, e sentou-se na poltrona.

Depois, tocou a sineta, pediu que trouxessem chá e, mais tarde, enquanto ele bebia o chá, ela continuava de pé, o tempo todo, voltada para a janela... Chorava de emoção, com a dolorida consciência de que a vida de ambos tomara um rumo triste; eles só se encontravam em segredo, escondiam-se das pessoas, como ladrões! Não estariam suas vidas destroçadas?

— Vamos, pare! — disse ele.

Para Gúrov, era evidente que aquele amor não haveria de terminar tão cedo, e tampouco era possível avistar seu fim. Anna Serguéievna se apegava a ele com força cada vez maior, o adorava, e seria inimaginável dizer a ela que, algum dia, tudo aquilo teria de terminar; de resto, ela não acreditaria.

Gúrov se aproximou e segurou seus ombros para fazer um carinho, dizer algum gracejo, mas, naquele instante, se viu no espelho.

A cabeça já começava a ficar grisalha. Ele achou estranho ter envelhecido tanto nos últimos anos, ter ficado tão feio. Os ombros em que estavam pousadas suas mãos eram quentes e tremiam. Ele sentia compaixão por aquela vida, ainda tão quente e tão bela, porém, com certeza, já próxima de começar a esmaecer e murchar, como a sua vida. Por que ela o amava tanto? Para as mulheres, ele sempre parecera algo que não era de fato e, nele, amavam não o próprio Gúrov, mas um homem criado por sua imaginação, um homem que elas procuravam com avidez ao longo da vida; mais tarde, quando se davam conta do engano, ainda assim amavam. E nenhuma delas foi feliz com ele. O tempo foi passando, ele conhecia alguém, unia-se, separava-se, mas nem uma vez amava; havia de tudo ali, o que quisessem, só não havia amor.

E apenas agora, com a cabeça grisalha, Gúrov se apaixonou de verdade, como se deve — pela primeira vez na vida.

Anna Serguéievna e ele se amavam como pessoas muito próximas, irmãs, como marido e esposa, como amigos afetuosos; tinham a impressão de que o próprio destino havia reservado um para o outro, e era incompreensível a razão de ele ter uma esposa e ela, um marido; eram como duas aves migratórias, macho e fêmea, capturadas e forçadas a viver em gaiolas separadas. Perdoavam, um ao outro, aquilo que os envergonhava no passado, perdoavam tudo no presente e sentiam que aquele amor os havia transformado.

Antes, nos momentos de tristeza, Gúrov se apaziguava com quaisquer raciocínios que lhe viessem à cabeça; mas agora ele nem queria saber de raciocínios, sentia uma profunda compaixão, desejava ser sincero, afetuoso...

— Pare, minha querida — dizia ele. — Já chorou um pouco... Agora, chega... Vamos conversar, vamos pensar em alguma coisa.

Então, trocavam conselhos por muito tempo, conversavam sobre como se livrar da necessidade de esconder-se, de fingir, de morar em cidades diferentes, de passar muito tempo sem se verem. Como se libertar daqueles embaraços insuportáveis?

— Como? Como? — perguntava ele, com a cabeça segura entre as mãos. — Como?

E parecia que, dali a pouco, a solução seria encontrada, e que então começaria uma vida nova, bela; entretanto, para ambos, estava claro que o fim ainda estava longe, muito longe, e que o mais complicado e difícil estava apenas começando.

1899

No barranco

I

O povoado de Ukléievo ficava no fundo de um barranco, por isso, da estrada e da estação ferroviária, só se viam os campanários e as chaminés das fábricas de chita. Quando os viajantes perguntavam que povoado era aquele, respondiam:

— É o povoado onde o sacristão comeu todo o caviar num funeral.

Certa vez, na casa do industrial Kostiukóv, durante a refeição servida após a cerimônia fúnebre, um velho sacristão avistou o caviar granulado no meio das entradas e o devorou com avidez; o empurravam, o puxavam pela manga, mas ele parecia entorpecido pela delícia: nada sentia e só fazia comer. Devorou todo o caviar, e a lata continha cerca de quatro libras. Desde então, passara muito tempo, o sacristão já morrera havia muito, mas todos se lembravam do caviar. A vida ali era tão pobre, ou as pessoas eram tão incapazes de observar qualquer coisa além daquele incidente banal, ocorrido dez anos antes, que nada mais tinham para dizer sobre o povoado de Ukléievo.

As febres, ali, nunca cessavam, e até no verão a terra ficava lamacenta, sobretudo perto das cercas, sobre as quais se debruçavam os velhos salgueiros, que davam uma sombra vasta. Ali, o tempo todo, sentia-se o cheiro dos rejeitos industriais e do ácido acético usado na fabricação da chita. As fábricas — três de chita e uma de curtume — não ficavam dentro do povoado, propriamente, mas na periferia e a certa distância. Eram fábricas pequenas e nelas trabalhavam, ao todo, cerca de quatrocentos operários, no máximo. Por causa do curtume, a água do rio muitas vezes se tornava pútrida; os rejeitos contaminaram o pasto, o gado dos camponeses contraiu a chaga siberiana e a fábrica recebeu ordem de fechar. Oficialmente, estava fechada, porém funcionava em segredo, com o conhecimento do comissário de polícia e do médico do distrito, a quem o proprietário pagava dez rublos mensais. No povoado inteiro, havia apenas duas casas decentes, de pedra, com telhado de ferro; numa delas, se abrigava a administração provincial e, na outra, uma construção de dois andares, bem em frente à igreja, morava Grigóri Petróvitch Tsibúkin, comerciante natural de Iepifan.[1]

Grigóri era dono de uma pequena mercearia, mas aquilo não passava de uma fachada: na realidade ele fazia comércio com vodca, porcos, couro, gado, trigo em grão, comprava e vendia o que aparecesse, e quando, por exemplo, no exterior, havia demanda de penas de pegas para fazer chapéus de senhora, ele conseguia lucrar trinta copeques em cada par; arrematava bosques para vender a madeira, emprestava a juros, em suma, era um velho astuto.

Tinha dois filhos. O mais velho, Aníssim, trabalhava na polícia, no departamento de investigações, e raramente estava em casa. O caçula, Stiepan, entrou no ramo do comércio e ajudava o pai, porém não esperavam dele nenhuma ajuda real, pois tinha a saúde fraca e era surdo; sua esposa, Aksínia, bonita, esbelta, que nos feriados andava de chapéu e sombrinha, sempre acordava cedo, deitava tarde e corria o dia inteiro para um lado e para outro, segurando a barra da saia e tilintando suas chaves, ora para o barracão, ora para a adega, ora para a

---

[1] Povoado da região de Tula, cidade russa.

mercearia, e o velho Tsibúkin olhava para ela com alegria, seus olhos rebrilhavam e, naqueles momentos, lamentava que ela não tivesse casado com o filho mais velho, e sim com o caçula, o surdo, que, sem dúvida, pouco entendia de beleza feminina.

O velho sempre tivera uma propensão para a vida familiar e amava sua família mais que tudo no mundo, em particular o filho mais velho, o detetive, e a nora. Tão logo casou com o surdo, Aksínia revelou uma extraordinária capacidade para os negócios e já sabia a quem se podia, ou não, emprestar dinheiro, guardava consigo as chaves, não as confiava nem ao marido, fazia contas no ábaco, examinava os dentes dos cavalos, como um mujique, e não parava de rir e gritar; não importava o que ela fizesse, ou dissesse, o velho apenas se derretia e murmurava:

— Ai, que norazinha! Ai, que belezura, mãezinha...

Era viúvo, no entanto, um ano após o casamento do filho, não se conteve e casou-se também. A trinta verstas de Ukléievo, encontraram para ele uma mulher solteira, Varvara Nikoláievna, de boa família, já madura, mas bonita, bem apessoada. Assim que ela se instalou no quarto do andar de cima, tudo na casa se iluminou, como se todas as janelas tivessem ganhado vidros novos. As lamparinas votivas passaram a ficar acesas, as mesas foram cobertas por toalhas brancas como neve, nas janelas e no jardim apareceram flores de olhinhos vermelhos e agora, no almoço, em vez de comerem todos numa única tigela, um prato era colocado diante de cada um. Varvara Nikoláievna sorria com simpatia e carinho, e tudo na casa parecia sorrir. No pátio, algo que nunca se vira, começaram a passar pedintes, peregrinos, beatos; ao pé das janelas, ouviam-se as vozes chorosas e cantadas das mulheres de Ukléievo, bem como a tosse encabulada dos mujiques debilitados, esquálidos, demitidos das fábricas por embriaguez. Varvara ajudava com dinheiro, comida, roupas velhas e, depois, já familiarizada com a nova casa, passou a pegar mantimentos também na mercearia. Certa vez, o surdo viu a madrasta retirar dois oitavos de chá e aquilo o perturbou.

— A mãezinha pegou dois oitavos de chá — avisou, depois, para o pai. — Onde eu registro essa retirada?

O velho nada respondeu, esperou um pouco, refletiu, remexendo as sobrancelhas, e subiu para o quarto da esposa.

— Varvaruchka — disse ele, com carinho —, se por acaso você, mãezinha, precisar de alguma coisa na mercearia, pode pegar. Pegue à vontade, não se acanhe.

E, no dia seguinte, ao passar correndo pelo pátio, o surdo gritou para ela:

— Mãezinha, se a senhora precisar de alguma coisa, é só pegar!

O fato de ela dar esmolas era algo novo, alegre e afável, a exemplo das lamparinas votivas e das florezinhas vermelhas. Na véspera do início do jejum ou na festa do santo padroeiro da igreja local, que durava três dias, eles vendiam para os mujiques carne seca apodrecida, de cheiro tão azedo que era difícil ficar perto do barril, e aceitavam dos beberrões, como fiança, suas gadanhas, seus gorros, os xales das esposas e, naquelas ocasiões, os operários das fábricas chegavam a cair e rolar na lama, entorpecidos pela vodca ruim, parecia que o pecado se condensava no ar, já era uma nuvem que pairava em volta de todos e, naqueles momentos, de certo modo, representava um alívio poder pensar que ali, na casa, havia uma mulher meiga, asseada, que nada tinha a ver com carne seca nem com vodca; naqueles dias angustiantes, nebulosos, as esmolas agiam como uma válvula de escape em um mecanismo a vapor.

Na casa de Tsibúkin, os dias se passavam entre afazeres incessantes. O sol ainda não tinha nascido e Aksínia já bufava, enquanto lavava o rosto no vestíbulo, o samovar fervia na cozinha e apitava, como o aviso de algo ruim. O velho Grigóri Petróvitch, que vestia sobrecasaca preta e comprida, calça de chita e lustrosas botas de cano alto, muito limpinho e pequenino, entrava e saía dos cômodos, batendo os saltos das botas no chão, como o sogro da canção famosa.[2] Abriam a mercearia. Quando o dia clareava, traziam a charrete para a frente da varanda e o velho, garboso, tomava assento na boleia, enterrava o grande boné até as orelhas e quem o visse ali jamais diria já ter cinquenta e seis anos de idade. Esposa e nora iam despedir-se e, naquele momento, trajando uma sobrecasaca limpa e bonita, com um enorme garanhão murzelo, que lhe custara trezentos rublos, atrelado à charrete, o velho não gostava que os mujiques se aproximassem, com suas súplicas e queixas; detestava os mujiques, sentia nojo deles e, se visse que algum o aguardava no portão, gritava com raiva:

— O que está fazendo aí? Vá embora!

Ou, se era um mendigo, gritava:

— Deus há de prover!

Ele saía para tratar de seus negócios; a esposa, de roupa escura e avental preto, arrumava a casa ou ajudava na cozinha. Aksínia cuidava das vendas na mercearia e, do lado de fora, ouvia-se o tilintar das garrafas e do dinheiro, os risos e os gritos de Aksínia, e a irritação dos fregueses, xingados por ela; ao mesmo tempo, se percebia que ali, na mercearia, já estava em curso o comércio clandestino de vodca.[3] O surdo também ficava na mercearia ou, sem gorro, de mãos nos bolsos, vagava pela rua e lançava olhares distraídos ora para as isbás, ora para o céu. Em casa, tomavam chá mais ou menos seis vezes por dia; sentavam-se à mesa, mais ou menos quatro vezes, para comer. À noite, calculavam a receita do dia e lançavam na contabilidade, depois dormiam profundamente.

---

2 Trata-se de uma canção folclórica russa de meados do século XIX.
3 As bebidas só podiam ser vendidas por estabelecimentos autorizados pelo tsar.

Em Ukléievo, as três fábricas de chita tinham ligação por telefone com as residências dos industriais Khrímini Velhos, Khrímini Jovens e Kostiukóv. Estenderam o fio de telefone também à administração provincial, mas lá o aparelho logo deixou de funcionar, pois foi infestado por pulgas e baratas. O diretor da administração provincial era um semianalfabeto e, nos documentos, só escrevia em letras maiúsculas, uma a uma, e, quando o telefone parou de funcionar, ele disse:

— Pois é, agora, sem telefone, nós vamos passar um aperto.

Constantemente, os Khrímini Velhos entravam na justiça contra os Khrímini Jovens, às vezes os Jovens discutiam entre si e começavam a abrir processos uns contra os outros e, então, sua fábrica ficava sem produzir por um ou dois meses, enquanto não fizessem as pazes, e aquilo distraía os habitantes de Ukléievo, pois cada desavença dava ocasião a muita conversa e falatório. Nos feriados, Kostiukóv e os Khrímini Jovens organizavam corridas de charretes, saíam em disparada por Ukléievo e atropelavam bezerros pelo caminho. Aksínia, muito arrumada, em farfalhantes saias engomadas, passeava pela rua perto da mercearia; os Jovens agarravam-na e a levavam na charrete, como se fosse à força. Então, o velho Tsibúkin também saía de charrete, para exibir seu cavalo novo, e levava consigo Varvara.

À noite, depois da corrida, quando eles se deitavam para dormir, um acordeão caro começava a tocar no pátio da casa dos Jovens e, se havia luar, aquelas notas despertavam na alma alegria e comoção e, então, Ukléievo já não parecia mais ser um buraco.

II

Aníssim, o filho mais velho, vinha para casa muito raramente, só nos feriados mais importantes; em compensação, muitas vezes, por intermédio dos conterrâneos, mandava guloseimas e cartas escritas com letra de outra pessoa, numa caligrafia muito bonita, sempre em folhas de papel ofício, à maneira de uma petição. As cartas eram coalhadas de expressões que Aníssim jamais usava em suas conversas: "Adorados papai e mamãe, envio a vocês uma libra de chá de ervas a fim de satisfazer suas necessidades corporais".

Ao pé de cada carta, vinha rabiscado, como que por uma pena defeituosa: "Aníssim Tsibúkin" e, abaixo, de novo, na mesma caligrafia magnífica de antes: "Agente".

As cartas eram lidas em voz alta várias vezes e o velho, comovido, vermelho de emoção, dizia:

— Vejam, ele não quis morar aqui em casa, tomou o caminho da gente mais instruída. O que fazer? Deixa! Cada um tem a sua vocação.

Certa vez, antes da *máslenitsa*,[4] choveu forte, com granizo; o velho e Varvara se aproximaram da janela para dar uma olhada e, quem diria? Lá estava Aníssim, que chegava da estação num trenó. Não esperavam sua chegada, de forma alguma. Ele entrou inquieto, perturbado com alguma coisa e, depois, o tempo todo, permaneceu assim; também se portou de modo um tanto displicente. Não mostrou pressa nenhuma de ir embora, parecia que tinha sido demitido. Varvara estava contente com sua chegada; olhava para ele com certa malícia, suspirava e balançava a cabeça.

— Como pode ser isso, meu Deus? — dizia ela. — Ai-ai-ai, um rapaz desse, que já completou vinte e sete aninhos e ainda desfila solteiro por aí, um rapaz desse...

Do quarto vizinho, sua voz baixa e cadenciada soava assim: "Ai-ai-ai-um-ra-paz-des-se". Ela se pôs a sussurrar com o velho e com Aksínia e seus rostos também ganharam uma expressão de malícia e segredo, como conspiradores.

Resolveram casar Aníssim.

4 Festa do calendário religioso ortodoxo, equivalente, pela data, ao Carnaval.

— Um-ra-paz-de-e-esse!... O caçula já casaram faz muito tempo — dizia Varvara. — Mas você continua sem um par, que nem um galo na feira. Onde é que já se viu? Ai-ai-ai, case logo, Deus há de ajudar. Depois, faça como quiser, vá lá para o seu emprego, mas a esposa vai ficar aqui e vai ajudar em casa, não é? Você vive em desordem, rapaz, e eu vejo que esqueceu todas as regras. Ai-ai-ai, um rapaz desse, puxa, é um pecado viver sozinho, com a gente lá da cidade.

Quando algum Tsibúkin casava, escolhiam para eles as noivas mais bonitas, como fazem os ricos. Para Aníssim também encontraram uma noiva bonita. Ele mesmo tinha aparência desinteressante, sem graça; de constituição fraca e doentia, altura baixa, suas bochechas eram fartas, rechonchudas, como se ele as tivesse inflado por dentro; os olhos não piscavam, o olhar era penetrante, tinha barba ruiva, rala, que ele, pensativo, sempre enfiava na boca e mordia; além do mais, se embriagava muitas vezes, o que logo se percebia pelo rosto e pelo jeito de andar. Porém, quando lhe comunicaram que já havia uma noiva para ele, e muito bonita, Aníssim disse:

— Certo, mas, afinal, eu também não sou nenhum corcunda. Na nossa família, os Tsibúkin, é preciso reconhecer, somos todos bonitos.

Bem perto da cidade, ficava o vilarejo de Torgúievo. Pouco tempo antes, metade do vilarejo tinha sido incorporada à cidade, o resto continuava a pertencer ao vilarejo. Na primeira metade, morava uma viúva, em seu casebre; tinha uma irmã muito pobre, que trabalhava no campo como diarista, e essa irmã tinha uma filha chamada Lipa, mocinha que também trabalhava como diarista. A beleza de Lipa já era comentada em Torgúievo e apenas sua pobreza terrível deixava todos desanimados; julgavam que algum homem de mais idade, ou viúvo, se casaria com Lipa, sem se importar com sua pobreza, ou a levaria consigo sem casar e, junto com Lipa, a mãe não passaria fome. Varvara soube de Lipa graças às casamenteiras e deu um pulo em Torgúievo.

Depois, na casa da tia, se cumpriu a apresentação dos noivos, conforme todos os preceitos, com petiscos e bebida, e Lipa usou um vestido novo, cor-de-rosa, feito de chita, costurado especialmente para a ocasião e, nos cabelos, reluzia uma fitinha escarlate, como uma chama. Era magrinha, pálida, fraca, de feições finas e meigas, bronzeada pelo trabalho ao ar livre; o sorriso triste e acanhado não abandonava seu rosto e os olhos fitavam com ar de criança — confiantes e curiosos.

Era jovem, ainda menina, mal se percebiam os seios, mas já podia casar, pois alcançara a idade. Na verdade, era bonita e, nela, só uma coisa podia desagradar: as mãos grandes, masculinas, que agora pendiam ociosas como duas volumosas tenazes.

— Ela não tem dote e nós não ligamos para isso — disse o velho para a tia. — No caso do nosso Stiepan, também escolhemos a noiva numa família pobre e, agora, não nos cansamos de elogiar sua esposa. Tanto no trabalho como em casa, ela tem mãos de ouro.

Lipa estava junto à porta com ar de quem queria dizer: "Façam comigo o que quiserem: eu confio em vocês!", e sua mãe, Praskóvia, a diarista, se escondeu na cozinha, mortificada pelo acanhamento. Noutros tempos, ainda na juventude, um comerciante em cuja casa Praskóvia lavava o piso se zangou, começou a bater com os pés no chão na frente dela, o que a deixou muito assustada, atônita e, depois disso, o medo se instalou em sua alma pelo resto da vida. De medo, as mãos e as pernas sempre tremiam, e tremiam também as bochechas. Sentada na cozinha, ela tentava entreouvir o que diziam as visitas, e não parava de fazer o sinal da cruz, comprimindo os dedos contra a testa, com os olhos cravados num ícone. Aníssim, levemente embriagado, abriu a porta da cozinha e falou, sem nenhuma cerimônia:

— Por que fica sentada aí dentro, adorada mãezinha? Sem a senhora, para nós não tem graça.

E Praskóvia, intimidada, com a mão apertada contra o peito emagrecido, descarnado, respondeu:

— Como quiser, queira perdoar, senhor... Estamos muito satisfeitas com o senhor.

Depois da apresentação dos noivos, marcaram o dia do casamento. Mais tarde, já em casa, Aníssim ficou o tempo todo andando pelos cômodos e assoviando, ou então, ao lembrar-se de algo de repente, parava pensativo e, imóvel, mirava o chão com olhar penetrante, como se quisesse adentrar bem fundo na terra. Não expressava satisfação por casar, e ele ia casar bem depressa, na Krásnaia Gorka,[5] nem manifestava desejo de encontrar-se com a noiva, limitava-se a assoviar. E era evidente que ia casar só porque assim desejavam o pai e a madrasta, e também porque, no povoado, aquilo já se tornara um costume: o filho se une a uma esposa para que tenham uma ajudante nos trabalhos de casa. Aníssim não demonstrava a menor pressa de ir embora e seu comportamento era muito diverso do que se via em suas visitas anteriores — em especial, ele se mostrava um tanto displicente e dizia coisas despropositadas.

III

No povoado de Chikalova, moravam duas irmãs costureiras, da seita dos flagelantes.[6] Como as roupas do casamento foram

---

5 Em russo, Belo Morrinho. Nome popular do primeiro domingo após a Páscoa ou dos dias imediatamente seguintes. Data preferida para casamentos.
6 Em russo, *khlisti*, da palavra russa *khlíst*, chicote. Acreditavam na purificação por meio da flagelação, em rituais coletivos, em que os adeptos entravam em transe. Cultuavam Jesus Cristo e também antigas divindades eslavas pagãs. Trata-se de uma dissidência dos Velhos Crentes, surgida em meados do século XVII.

encomendadas a elas, as duas iam até lá muitas vezes tirar as medidas e se demoravam bastante, tomando chá. Para Varvara, costuraram um vestido marrom, com rendas pretas e miçangas; para Aksínia, um vestido verde-claro, com peitilho amarelo e cauda. Quando as costureiras terminaram, Tsibúkin não pagou em dinheiro, mas em produtos da mercearia, e as duas partiram tristonhas, levando nas mãos trouxinhas com velas de cera e sardinhas, das quais não tinham a menor necessidade e, quando saíram do povoado e chegaram ao campo, sentaram num morrinho e desataram a chorar.

Aníssim voltou três dias antes do casamento, completamente renovado. Calçava reluzentes galochas de borracha e, em lugar de gravata, trazia um cordão vermelho com bolinhas; vestia um sobretudo também novo, solto por cima dos ombros, com os braços por fora das mangas.

Depois de rezar com ar grave, cumprimentou o pai e lhe deu dez rublos de prata e dez moedas de cinquenta copeques; para Varvara, deu o mesmo; para Aksínia, vinte moedas de vinte e cinco copeques. O principal atrativo daquele presente residia justamente no fato de que todas as moedas eram novinhas em folha, como se tivessem sido escolhidas uma a uma, e cintilavam ao sol. Fazendo esforço para se mostrar sério e compenetrado, Aníssim mantinha o rosto contraído e estufava as bochechas, porém exalava cheiro de bebida; com certeza, durante a viagem, a cada estação de trem, saíra correndo para a cantina. E, de novo, havia uma espécie de displicência, algo que não condizia com ele. Mais tarde, Aníssim e o velho beberam chá e comeram um pouco, enquanto Varvara recontava entre os dedos os rublos novinhos em folha e indagava sobre seus conterrâneos residentes na cidade.

— Está tudo certo, graças a Deus, eles vão bem — respondeu Aníssim. — Só na família de Ivan Iegórov aconteceu uma coisa: morreu a mãe dele, Sófia Nikíforovna. De tuberculose.

A refeição fúnebre em memória da alma da falecida foi encomendada a um confeiteiro, ao preço de dois rublos e meio por pessoa. E tinha até vinho de uva. Foram uns mujiques, nossos conterrâneos... E até deles cobraram dois rublos e meio. E eles nem comeram nada. Um mujique não sabe apreciar comida com molho!

— Dois e meio! — exclamou o velho, e balançou a cabeça.

— E o que é que tem? Lá não é que nem na roça. Você vai ao restaurante comer uma coisinha, pede isso e aquilo, aí junta uma turma, você vai bebendo e, quando olha, já está amanhecendo e então, pronto, faça-me o favor, são três ou quatro rublos por cabeça. E quando você vai com o Samoródov, aí ele gosta de arrematar tudo com café e conhaque, e o conhaque sai por sessenta copeques um calicezinho.

— Sempre com suas histórias — exclamou o velho com admiração. — Sempre com suas histórias!

— Agora, eu ando o tempo todo com o Samoródov. É o Samoródov que escreve as minhas cartas para vocês. Tem uma letra maravilhosa. E se eu contar, mãezinha — prosseguiu Aníssim, com alegria, voltando-se para Varvara —, se eu contar que tipo de homem é esse Samoródov, a senhora nem vai acreditar. Nós todos o apelidamos de Mukhtar,[7] porque é igual a um armênio: todo moreno. Eu enxergo através dele, sei tudo o que ele está pensando, eu o conheço como a palma da mão, mãezinha, e ele percebe isso e anda sempre comigo, não me larga, e agora nós somos assim, unha e carne. Ele tem certo medo de mim, só que, sem mim, ele não consegue viver. Para onde eu vou, lá vem ele atrás. Sabe, mamãe, tenho um olho certeiro, infalível. No meio da multidão, vejo um mujique vendendo uma

---

7 Nome árabe, significa "o eleito". Era muito usado para designar a principal autoridade local em países árabes.

camisa. "Pare aí, essa camisa é roubada!" E, quando a gente vai ver, está certo: a camisa é mesmo roubada.

— E como é que você pode saber? — perguntou Varvara.

— Eu sei e pronto! Eu tenho olho para isso. Não sei que camisa é aquela, mas por algum motivo ela chama a minha atenção: é roubada, e ponto-final. Lá no nosso departamento de investigação, também já dizem assim: "Pois é, o Aníssim foi caçar galinholas!". Isso quer dizer: achar coisas roubadas. É... Roubar, qualquer um pode. O difícil é guardar o que roubou! O mundo é vasto, mas não tem onde esconder uma coisa roubada.

— Mas no nosso povoado, na casa do Gúntorev, semana passada, sumiram com um carneiro e dois cordeiros — disse Varvara, e suspirou. — E não tem quem investigue... Puxa vida...

— Como assim? Pode-se investigar. É uma coisa à toa, é possível sim.

Chegou o dia do casamento. Fazia frio, mas era um claro e alegre dia de abril. Desde manhã cedo, carroças puxadas por dois ou três cavalos, enfeitados com fitas coloridas nos arcos e nas crinas, percorriam Ukléievo ao som de suas campainhas. Nos salgueiros, as gralhas grasnavam assustadas com tamanha agitação e os estorninhos cantavam sem parar com tal alarido, como se estivessem contentes de haver um casamento na família dos Tsibúkin.

Em casa, sobre as mesas, já se viam peixes compridos, pernis e aves recheadas, caixas de anchovas, diversos alimentos salgados e marinados, uma infinidade de garrafas de vodca e vinho e, por toda parte, o cheiro de chouriço defumado e lagostins avinagrados. O velho andava em torno das mesas, batendo com os saltos no chão, enquanto afiava uma faca na outra. Volta e meia, chamavam Varvara aos gritos, exigiam algo, e ela, com ar desnorteado e respiração ofegante, corria para a cozinha, onde, desde o raiar do dia, trabalhavam o cozinheiro de Kostiukóv e a cozinheira particular dos Khrímini Jovens.

Aksínia, de cabelo frisado, sem vestido, mas de espartilho, calçada em suas botinhas novas e rangentes, correu pelo pátio como um tufão e apenas se viram, de relance, o peito e os joelhos nus. O barulho era enorme, ressoavam pragas e palavrões; os pedestres se detinham em frente aos portões escancarados e, em tudo, pressentiam os preparativos de algo extraordinário.

— Foram buscar a noiva!

As sinetas das carroças tilintaram com força e, depois, emudeceram ao longe, fora do povoado... Depois das duas horas, o povo acorreu: de novo, ouviram-se as sinetas das carroças, estavam trazendo a noiva! A igreja estava cheia, o candelabro brilhava, todo aceso, o coro cantava, seguindo a partitura, como desejava o velho Tsibúkin. O brilho das luzes e os vestidos claros ofuscaram Lipa, a moça tinha a impressão de que os cantores, com suas vozes possantes, golpeavam sua cabeça como martelos; as botinhas e o espartilho, que ela vestia pela primeira vez na vida, a oprimiam e o rosto tinha a expressão de quem acabara de acordar de um desmaio — ela olha em volta e não compreende. Aníssim, de sobretudo preto, com um cordão vermelho em lugar de gravata, se mostrava pensativo, olhava para um único ponto e, quando os cantores ergueram as vozes poderosas, fez depressa o sinal da cruz. Sua alma estava comovida, ele tinha vontade de chorar. Conhecia a igreja desde a primeira infância; naquele tempo, a mãe, já falecida, o levava ali para comungar; na época, ele cantava no coro com os meninos; cada recanto e cada ícone estavam gravados na memória. Agora, Aníssim vai casar, precisa casar, é o costume. Mas ele já nem pensa no assunto, é como se não se lembrasse daquilo, tinha esquecido seu casamento por completo. Lágrimas o impediam de ver os ícones, sentia um peso no coração; ele rezava e rogava a Deus que os infortúnios inevitáveis, prestes a se desencadearem sobre ele, mais dia, menos dia, de alguma forma passassem ao largo, como as nuvens de tempestade que, na temporada de seca, passavam ao largo do povoado, sem deixar cair nem um pingo de chuva. E tantos pecados já se acumulavam no seu passado, tantos, tantos pecados, e tudo tão irremediável, tão insolúvel, que, de certo modo, chegava a ser um despropósito pedir perdão. Porém ele pedia o perdão e até soluçava alto, mas ninguém dava atenção àquilo, pois achavam que Aníssim tinha apenas bebido demais.

Ouviu-se um alarmado choro de criança.

— Mãezinha querida, me tire daqui, seja boazinha!

— Silêncio aí! — gritou o sacerdote.

Quando saíram da igreja, a caminho de casa, o povo correu atrás; perto da mercearia, junto ao portão e no pátio, também havia muita gente. Vieram camponesas para cantar louvores. Assim que os noivos atravessaram a soleira da casa, os cantores, que já estavam a postos na entrada, com suas partituras em punho, esbravejaram com toda a força; músicos, trazidos da cidade especialmente para a ocasião, começaram a tocar. Já estavam servindo o vinho espumante do Don, em taças altas, e o carpinteiro e mestre de obras Ielizárov, velho alto e magro, de sobrancelhas tão espessas que mal dava para ver seus olhos, disse, voltando-se para os recém-casados:

— Aníssim e você também, minha criança, amem um ao outro, vivam segundo os preceitos de Deus, crianças, que a Rainha do Céu não há de abandonar vocês. — Apoiou o braço sobre os ombros do velho e soluçou. — Grigóri Petróvitch, vamos chorar, chorar de alegria! — exclamou, com vozinha aguda e, na mesma hora, de repente, gargalhou e prosseguiu, em estrondosa voz de baixo: — Ho-ho-ho! E essa sua nora é bonita! Quer dizer, ela tem tudo no lugar, tudo é lisinho, tudo encaixa, o mecanismo todo está em boas condições, tem muito parafuso aí.

Ele havia nascido na província de Iegórievsk, mas desde muito novo trabalhava nas fábricas de Ukléievo e na administração da província e passara a vida ali. Fazia tempo que era conhecido como um velho magro e espigado, tal como era agora, e já fazia tempo também que o chamavam de Muleta. Talvez por ter passado mais de quarenta anos trabalhando nas fábricas apenas em reformas e obras, ele julgava qualquer pessoa ou objeto apenas pelo aspecto da solidez: avaliava se estava precisando de reforma. E, antes de sentar-se à mesa, ele experimentava algumas cadeiras para ver se eram firmes, da mesma forma como apalpava um salmão.

Depois do espumante, todos se puseram sentados à mesa. Os convidados conversavam, arrastando as cadeiras. O coro cantava na entrada, os músicos tocavam e, ao mesmo tempo, do lado de fora, as camponesas cantavam louvores, tudo a uma só voz — e havia uma espécie de barafunda terrível, selvagem, dos sons mais diversos, que fazia a cabeça rodar.

Muleta girava para lá e para cá, sentado em sua cadeira, e dava cotoveladas nos vizinhos, não deixava os outros falarem e ora chorava, ora ria.

— Crianças, crianças, crianças... — balbuciava ligeiro. — Aksiniúchka, mãezinha, Varvaruchka, vamos viver todos em paz e concórdia, minhas machadinhas adoradas...

Ele não costumava beber e por isso, daquela vez, se embriagara com um cálice de bíter inglês. Aquele bíter repugnante, feito sabe-se lá de quê, deixava atordoado qualquer um que o bebesse, com o efeito de uma pancada na cabeça. A língua começava a enrolar.

Havia gente do clero, empregados das fábricas e suas esposas, comerciantes e taberneiros de outros povoados. O chefe e o escrivão do distrito, que trabalhavam juntos havia catorze anos e, durante todo aquele tempo, não haviam assinado sequer uma folha de papel, não haviam deixado uma só pessoa sair da sede da administração provincial sem cometer alguma fraude ou ofensa, agora estavam sentados lado a lado, ambos gordos, cevados, e pareciam a tal ponto impregnados de falsidade que até na pele do rosto traziam algo de peculiar e fraudulento. A esposa do escrivão, magricela e vesga, havia levado todos os filhos e, como uma ave de rapina, espreitava os pratos, agarrava tudo que aparecesse ao alcance das mãos e metia nos bolsos, para si e para os filhos.

Imóvel, sentada, Lipa mantinha, o tempo todo, a mesma expressão que mostrara na igreja. Desde que fora apresentado à noiva, Aníssim não havia trocado nenhuma palavra com ela e por isso, até agora, não sabia como era sua voz; e naquele momento, sentado a seu lado, ele se mantinha calado e bebia o bíter inglês, porém, quando se embriagou, começou a falar, dirigindo-se à tia, sentada na sua frente:

— Eu tenho um amigo chamado Samoródov. É uma pessoa especial. Um cidadão pessoalmente honrado, ele sabe conversar. Mas adivinho o que ele está pensando e ele sente isso. Por favor, vamos beber à saúde de Samoródov, titia!

Varvara não parava de andar à volta da mesa, servindo os convidados, exausta, desnorteada e visivelmente satisfeita por haver tanta comida e por tudo ser tão farto — naquela hora, ninguém poderia criticar nada. O sol se pôs e o almoço prosseguia; já nem se dava conta do que estavam comendo, bebendo, era impossível distinguir o que diziam e só de vez em quando, nos momentos em que a música cessava, se ouvia com nitidez que alguma camponesa gritava, lá fora:

— Sugaram o nosso sangue, seus carrascos, que a desgraça caia sobre vocês!

À noite, houve música e dança. Os Khrímini Jovens trouxeram sua bebida e um deles, quando dançavam a quadrilha, segurou uma garrafa em cada mão, com a taça presa na boca, e aquilo divertiu a todos. No meio da quadrilha, de repente, puseram-se a dançar de cócoras;[8] toda de verde, Aksínia passava

---

8 Estilo popular de dança russa.

como um lampejo, e a cauda do vestido chegava a fazer vento. Alguém pisou na barra do seu vestido, e o Muleta gritou:

— Olhem, arrancaram o rodapé! Crianças!

Aksínia tinha olhos cinzentos e ingênuos, que raramente piscavam e, no rosto, o tempo todo, dançava um sorriso também ingênuo. Naqueles olhos que não piscavam, na pequena cabeça, erguida sobre o pescoço comprido, e em seu talhe esguio, havia algo de serpente; sorrindo, verde e com o peitilho amarelo, ela olhava fixo para quem passasse por ali, como uma víbora na primavera, no meio do centeio novo, de cabeça esticada e erguida. Os Khrímini a tratavam com toda a liberdade e era bem visível que, fazia algum tempo, Aksínia já era íntima do mais velho deles. Porém o surdo não percebia nada, nem olhava para a esposa; ficava sentado, de pernas cruzadas, comia nozes e as trincava entre os dentes com tamanho ruído que parecia dar tiros de pistola.

Foi então que o velho Tsibúkin em pessoa foi para o meio do salão e sacudiu um lenço no ar, dando o sinal de que ele também queria dançar de cócoras, à moda russa, e na casa toda, bem como do lado de fora, um clamor de aplauso atravessou a multidão:

— *Até ele* vai dançar! *Até ele*!

Era Varvara que dançava, enquanto o velho apenas sacudia o lenço no ar e roçava no chão ora um salto, ora outro, mas as pessoas lá de fora vieram espiar pelas janelas, debruçadas umas nas outras, estavam maravilhadas e, por um minuto, lhe perdoaram tudo — sua riqueza e seus ultrajes.

— Muito bem, Grigóri Petróvitch! — gritavam na multidão. — Vamos, força! Está vendo, você ainda é capaz de dançar! Ha-ha!

Tudo acabou tarde, depois de uma da madrugada. Cambaleante, Aníssim despediu-se de todos os músicos e cantores e, a cada um, deu de presente uma moeda nova de cinquenta copeques. O velho, sem titubear, mas mancando um pouco de uma perna, despediu-se dos convidados e, a cada um deles, disse:

— O casamento custou dois mil.

Quando se dispersaram, viu-se que alguém havia trocado o belo casacão novo de um taberneiro de Chikalova por outro já velho e, de repente, Aníssim ficou vermelho e começou a gritar:

— Espere aí! Eu vou achar, agora mesmo! Eu sei quem roubou! Espere aí!

Saiu correndo para a rua, abalou no encalço de alguém; seguraram-no, embriagado, vermelho de raiva, todo molhado, puxaram-no pelo braço para dentro do quarto, onde a tia já estava despindo Lipa, e fecharam a porta.

IV

Passaram cinco dias. Pronto para partir, Aníssim subiu ao quarto de Varvara para se despedir da madrasta. Todas as lamparinas votivas estavam acesas, havia um cheiro de incenso, a própria Varvara estava sentada junto à janela e tricotava uma meia de lã vermelha.

— Você ficou pouco tempo conosco — disse. — Achou maçante, não é? Ai-ai-ai... Nós vivemos bem, temos de tudo, com fartura, e o seu casamento foi bem festejado, como deve ser; o velho disse: custou dois mil rublos. Em suma, nós levamos uma vida de comerciantes, só que é enfadonho ficar aqui. Fazemos mal a muita gente. Meu coração dói, meu amigo, quanto mal nós fazemos... meu Deus! Se trocamos um cavalo, se compramos alguma coisa, se contratamos um empregado, em tudo há alguma fraude. Fraudes e mais fraudes. O azeite na mercearia está azedo, podre, pior do que o alcatrão que os outros vendem por aí. Diga lá, por caridade, será que não é possível vender um azeite bom?

— Cada um cuida de si, mãezinha.

— Mas, afinal, um dia nós temos de morrer, não é? Ai-ai-ai, francamente, você devia falar com seu pai!...

— Mas por que a senhora mesma não fala?

— Essa é boa! Eu já falei, e ele me disse a mesma coisa que você: cada um cuida de si. No outro mundo, também vão escolher você com estas palavras: cada um cuida de si. O julgamento de Deus é justo.

— É claro que ninguém vai escolher ninguém — disse Aníssim, e suspirou. — Não faz diferença nenhuma, no final, porque Deus não existe, mãezinha. Nada vai ser julgado!

Varvara olhou bem para ele, com surpresa, deu uma risada e abriu os braços. Como ela mostrou um espanto tão sincero com suas palavras e olhava para ele como se fosse um excêntrico, Aníssim perturbou-se.

— Pode ser que Deus exista, só que não existe fé nenhuma — disse. — Quando me casaram, senti uma coisa esquisita. Assim como quando a gente apanha um ovo embaixo da galinha e o pintinho pia lá dentro, também dentro de mim a consciência começou a piar, de repente, e durante o casamento eu não parava de pensar: Deus existe! Mas, quando saí da igreja, acabou tudo, pronto. Além do mais, como vou saber se Deus existe ou não? Desde pequenos, ninguém nos ensina isso, e o bebê, quando ainda está mamando no peito da mãe, só ensinam para ele uma coisa: cada um por si. Afinal, o papai também não acredita em Deus. Há alguns dias, a senhora contou que sumiram com uns carneiros do Gúntorev... Pois eu achei os carneiros: foi um mujique de Chikalova que roubou; ele roubou, mas as peles estão com o papai... Veja só quanta fé!

Aníssim piscou o olho e balançou a cabeça.

— E o chefe do distrito também não acredita em Deus — prosseguiu. — O escrivão do distrito também, e o sacristão também. Se vão à igreja e fazem os jejuns, é só para que as pessoas não falem mal deles, e também para o caso de acontecer, de fato, quem sabe, o Juízo Final. Agora, andam dizendo que o fim do mundo está chegando, parece, porque o povo está fraco, os filhos não respeitam os pais etc. Isso é bobagem. Eu, mãezinha, entendo que todas as desgraças acontecem porque as pessoas têm pouca consciência. Eu enxergo por dentro das pessoas, mamãe, eu entendo. Se alguém tem uma camisa roubada, eu percebo. Uma pessoa está na taberna, parece que está lá tomando o seu chá e mais nada, só que eu, com chá ou sem chá, enxergo também que essa pessoa não tem consciência. Assim, você pode andar um dia inteiro que não vai achar ninguém com consciência. E a causa de tudo é porque não sabem se Deus existe ou não... Pois é, mãezinha. Adeus. Trate de se manter viva e saudável, e não pense mal de mim.

Aníssim fez uma reverência até os pés de Varvara.

— Agradeço à senhora por tudo, mãezinha — disse. — A senhora faz um bem enorme à nossa família. É uma mulher muito correta, e eu estou muito contente com a senhora.

Aníssim saiu emocionado, porém voltou-se mais uma vez e disse:

— Samoródov me envolveu num negócio: ou eu fico rico ou estou desgraçado de uma vez. Se acontecer alguma coisa, mãezinha, a senhora console o meu pai.

— Ora essa, o que está dizendo? Ai-ai-ai... Deus misericordioso. E você, Aníssim, podia ser mais carinhoso com a sua esposa, vocês olham um para o outro de cara tão amarrada; podiam sorrir um pouquinho, puxa vida.

— Pois é, ela é meio esquisita... — disse Aníssim, e suspirou. — Ela não entende nada, sempre calada. Ainda é novinha demais, deixa ela crescer um pouco...

Diante da varanda, um garanhão branco, alto, bem nutrido, já aguardava, atrelado a uma charrete com três fileiras de bancos.

O velho Tsibúkin tomou impulso, subiu, sentou-se muito garboso e tomou as rédeas nas mãos. Aníssim beijou Varvara,

Aksínia e o irmão. Na varanda, também estava Lipa, imóvel, olhando para o lado, como se não tivesse ido para se despedir e não soubesse o que estava fazendo ali. Aníssim se aproximou dela e roçou os lábios em sua face, bem de leve.

— Adeus — disse ele.

Sem olhar para Aníssim, Lipa sorriu de modo um tanto estranho; o rosto estremeceu e, por alguma razão, todos sentiram pena dela. Com um pulo, Aníssim também tomou assento na charrete e pôs as mãos nos quadris, pois se considerava um homem bonito.

Enquanto saíam do barranco e foram subindo, toda hora Aníssim olhava para trás, para o povoado. Era um dia quente, claro. Pela primeira vez, retiravam o gado dos estábulos, e mocinhas e mulheres andavam à volta dos rebanhos, vestidas em trajes festivos. Um touro pardo mugia, regozijando-se com a liberdade, e revolvia a terra com as patas dianteiras. Por toda parte, acima, abaixo, as cotovias cantavam. Aníssim virou-se a fim de olhar para a igreja, graciosa, toda branquinha — caiada havia pouco tempo —, e recordou que, cinco dias antes, tinha rezado ali; olhou para a escola, com seu telhado verde, olhou para o rio, onde pescara e tomara banho em outros tempos, e a alegria sacudiu dentro do peito, veio uma vontade de que um muro, de repente, subisse da terra, o impedisse de seguir adiante e ele tivesse de ficar ali, só com seu passado.

Na estação, foram à cantina e beberam um cálice de xerez. O velho meteu a mão no bolso para pegar o porta-moedas e pagar.

— Eu pago! — disse Aníssim.

Enternecido, o velho bateu com a mão no ombro do filho e piscou para o garçom: olhe só que filho eu tenho.

— Quem dera você pudesse ficar aqui em casa e cuidar dos negócios, Aníssim — disse. — Você não tem preço! E eu, meu filho, o cobriria de ouro da cabeça aos pés.

— Não é possível, papai, de jeito nenhum.

O xerez estava meio azedo, tinha cheiro de cera de lacre, mesmo assim tomaram mais um cálice.

Quando o velho voltou da estação, no primeiro momento, nem reconheceu a nora mais jovem. Assim que o marido saiu pelo portão, Lipa se transformou, alegrou-se de repente. Descalça, de saia velha e surrada, com as mangas arregaçadas até os ombros, estava lavando a escada que dava para o vestíbulo e cantava em sua voz aguda, com um timbre de prata e, quando carregava para fora a tina de água suja e olhava para o sol com seu sorriso de criança, parecia, também ela, uma cotovia.

Um velho trabalhador que estava passando na frente da varanda, balançou a cabeça e grasnou:

— Mas que nora é essa que Deus mandou para você, Grigóri Petróvitch! — disse. — Não é uma mulher, é um verdadeiro tesouro!

V

No dia 8 de julho, sexta-feira, Ielizárov, apelidado de Muleta, e Lipa voltavam do povoado de Kazánskoie, aonde foram em peregrinação no dia da festa da padroeira da paróquia, Nossa Senhora de Kazan. Bem atrás, vinha Praskóvia, a mãe de Lipa, que sempre se atrasava, pois era doente e sentia falta de ar. Faltava pouco para anoitecer.

— A-a-a! — Muleta admirou-se com o que Lipa acabara de falar. — A-a!... O quê-ê?

— Eu, Iliá Makáritch, sou doida por geleia — disse Lipa. — Sento sozinha num cantinho e fico, a vida toda, tomando chá com geleia. Ou então eu e a Varvara Nikoláievna ficamos bebendo chá juntas, e ela me conta uma história bem sentimental. Tem muita geleia na casa deles, quatro potes. "Come, Lipa", eles dizem. "Não faça cerimônia."

— A-a-a!... Quatro potes!

— Eles levam vida de rico. Chá com pão branco; e tem carne de vaca na hora em que a gente quiser. Levam vida de rico, só que a casa deles dá medo, Iliá Makáritch. Ai, que medo!

— E do que você tem medo, menina? — perguntou Muleta, e olhou para trás, a fim de verificar se Praskóvia estava muito longe.

— Primeiro, na festa do casamento, eu tive medo do Aníssim Grigóritch. Ele não fez nada, não me maltratou, só que, quando ele chegava perto de mim, eu sentia um calafrio por dentro, em todos os ossinhos. E eu não conseguia dormir nem uma noitezinha sequer, tremia o tempo todo e rezava. E agora é da Aksínia que tenho medo, Iliá Makáritch. Ela não fez nada, vive sorrindo, só que, lá de vez em quando, espia pela janelinha e os olhos dela são tão zangados e ardem tão verdes como os olhos das ovelhas no estábulo. Os Khrímini Jovens vivem atazanando a Aksínia, falam assim: "O seu velho tem uma terrinha em Butiókino, umas quarenta deciatinas, essa terrinha tem água e uma areiazinha e você, Aksiucha, podia construir lá uma fábrica de tijolo, e nós entrávamos de sócios". O preço do tijolo, agora, está em vinte rublos o milheiro. Um bom negócio. Ontem, no almoço, Aksínia disse para o velho: "Eu queria montar uma fábrica de tijolo em Butiókino, eu mesma vou ser comerciante". Falou e sorriu. Mas a cara de Grigóri Petróvitch ficou fechada, dava para ver que ele não gostou. Disse: "Enquanto eu estiver vivo, não pode separar, é todo mundo junto". E ela fuzilou com os olhos, começou a ranger os dentes... Serviram panquecas... e ela não comeu!

— A-a-a!... — espantou-se Muleta. — Não comeu!

— E agora me diga, por favor, quando é que ela dorme? — continuou Lipa. — Ela dorme só meia horinha e pula da cama, anda para lá e para cá, sem parar, fica espiando; vê se os mujiques não puseram fogo em alguma coisa, não roubaram alguma coisa... Ela dá medo, Iliá Makáritch! E, depois do casamento, os Khrímini Jovens também não foram dormir, foram lá para a cidade para abrir um processo na justiça; e o povo anda falando que é tudo por causa da Aksínia, parece. Dois irmãos prometeram construir uma fábrica para ela e o terceiro ficou aborrecido, por isso a fábrica deles está parada há um mês e o meu tio Prókhor ficou desempregado e foi pedir migalhas de pão de porta em porta. Eu disse: "Você, meu tio, por enquanto, devia ir arar a terra ou serrar lenha, era melhor do que se cobrir de vergonha!". E ele respondeu: "Eu perdi a força para os trabalhos cristãos, não sei fazer nada, Lípinka!...".

Pararam perto de um bosque de álamos jovens para descansar e esperar Praskóvia. Fazia tempo que Ielizárov era mestre de obras, mas não tinha charrete, andava a pé por todo o distrito, só com um pequeno saco nas costas, no qual levava pão e cebola, e caminhava a passos largos, balançando os braços. Era difícil acompanhar seu ritmo.

Na entrada do bosque, havia um poste para demarcar a propriedade. Ielizárov o empurrou para ver se estava firme. Praskóvia chegou ofegante. Seu rosto cheio de rugas, sempre assustado, brilhava de felicidade: naquele dia, Praskóvia tinha ido à igreja, como todo mundo, depois andou pela feira e, lá, bebeu *kvas* de pera! Aquilo era muito raro para Praskóvia e, agora, até lhe parecia que tinha vivido ao seu gosto pela primeira vez na vida. Depois que descansaram, os três seguiram caminho juntos. O sol já estava se pondo, seus raios atravessavam o bosque e rebrilhavam nos troncos. À frente, vozes retumbaram. As mocinhas de Ukléievo tinham saído na frente, já fazia tempo, porém acabaram se detendo ali no bosque: na certa, ficaram colhendo cogumelos.

— Ei, meninas! — gritou Ielizárov. — Ei, belezuras!

Em resposta, soaram risos.

— O Muleta chegou! É o Muleta! O velho caduco!

E o eco também riu. Agora, o bosque tinha ficado para trás. Já se avistavam o topo das chaminés das fábricas, a cruz cintilou no campanário: era o povoado, "aquele onde o sacristão comeu todo o caviar num funeral". Agora já estavam quase em casa; só faltava descer aquele grande barranco. Lipa e Praskóvia, que andavam descalças, sentaram sobre o capim para calçar-se; o mestre de obras sentou-se a seu lado. Vista de cima, com seus salgueiros, sua igreja branca e seu riacho, Ukléievo parecia bonita, tranquila, e só os telhados das fábricas, pintados de cor escura e bruta, por economia, perturbavam a paisagem. No outro lado, na encosta, aqui e ali, como que espalhados por um vendaval, viam-se medas e feixes de centeio, e também o centeio recém-ceifado, caído em fileiras; a aveia também já estava pronta para a ceifa e reluzia ao sol, num tom de madrepérola. Era tempo de colheita. Naquele dia, era feriado, no dia seguinte, sábado, iam recolher o centeio, carregar o feno e, depois, no domingo, seria feriado também; todos os dias, uma trovoada ressoava ao longe; o ar ficava abafado, parecia que ia chover e, agora, ao olharem para o campo, todos se punham a pensar se Deus lhes daria tempo de colher o cereal, e sentiam-se alegres, radiantes, e com uma inquietação no espírito.

— Hoje em dia, os ceifeiros cobram caro — disse Praskóvia. — Um rublo e quarenta por dia!

E não parava de chegar gente da feira de Kazánskoie; mulheres, operários das fábricas, com bonés novos, pedintes, uma garotada... Ora passava uma carroça, levantando poeira, atrás corria um cavalo que não fora vendido na feira e que parecia contente com aquilo, ora puxavam pelos chifres uma vaca que relutava em andar, ora passava outra carroça com mujiques bêbados, de pernas penduradas na borda. Uma velha levava um menino de chapéu e botas grandes; mesmo esgotado pelo calor e pelas botas, que não lhe permitiam dobrar os joelhos, o menino, com todas as forças, não parava de soprar uma corneta de brinquedo; eles já haviam descido a rua e dobrado a esquina, mas ainda continuavam a ouvir a corneta.

— Os donos das fábricas daqui andam meio malucos... — disse Ielizárov. — Que desgraça! O Kostiukóv se aborreceu comigo. Disse: "Tem muitas ripas nas cornijas". "Muitas ripas como? Tem tantas quantas deve ter, Vassíli Danílitch", respondi. "Eu não como essas suas ripas com mingau." E ele: "Como você pode falar assim comigo? Seu palerma, seu isso e aquilo! Não esqueça! Fui eu que fiz de você o mestre de obras!". E eu grito: "Pois quando não era mestre de obras, eu bebia chá todo dia, do mesmo jeito que agora". E ele: "Vocês todos são uns vigaristas...". Fiquei calado. Neste mundo, nós somos vigaristas, pensei, mas no outro mundo vocês é que vão ser os vigaristas. Ho-ho-ho! E, no dia seguinte, ele amansou. Falou assim: "Não fique zangado comigo por causa das coisas que eu digo, Makáritch. Se eu exagerei um pouco, ainda assim, você tem de lembrar que sou um comerciante da primeira guilda, sou superior a você, e você deve obedecer calado". E respondi: "O senhor é comerciante da primeira guilda e eu sou carpinteiro, e isso é justo. E são José também foi carpinteiro. A nossa profissão é justa, agradável a Deus, mas, se o senhor faz tanta questão de ser superior, pois então que faça bom proveito, Vassíli Danílitch". Mas depois disso, quer dizer, depois dessa conversa, fico pensando: Quem é superior? Um comerciante da primeira guilda ou um carpinteiro? Pois bem, é o carpinteiro, crianças!

O Muleta refletiu um pouco e acrescentou:

— É assim, crianças. Quem trabalha, quem suporta, esse sim é superior.

O sol já havia se posto e, sobre o rio, no muro da igreja e nos descampados em torno das fábricas, subia uma neblina espessa, branca, da cor do leite. Agora, enquanto a escuridão avançava ligeira, luzes surgiam lá embaixo e parecia que a neblina ocultava um abismo sem fundo. Lipa e a mãe, que tinham nascido na miséria e estavam dispostas a viver assim até o fim, entregando para os outros tudo o que possuíam, exceto suas almas dóceis e assustadas — Lipa e a mãe, por um minuto, talvez tenham vislumbrado na imaginação que, neste mundo vasto e misterioso, em meio ao número infinito de vidas, também elas eram fortes, também elas eram superiores a alguém; acharam agradável ficar sentadas lá no alto, sorriam felizes e se esqueceram de que, apesar de tudo, era preciso descer, ir até lá embaixo.

Enfim, voltaram para casa. Junto ao portão e perto da mercearia, os ceifeiros estavam sentados no chão. Em geral, as pessoas de Ukléievo não trabalhavam para Tsibúkin, era preciso contratar gente de fora e, naquele momento, na penumbra, as pessoas ali sentadas pareciam ter longas barbas negras. A mercearia estava aberta e, na porta, se via que o surdo jogava damas com o aprendiz. Os ceifeiros cantavam baixinho, mal dava para ouvir, ou pediam em voz alta o pagamento do dia anterior, mas não lhe pagavam para que não fossem embora antes de completarem mais um dia de trabalho. Sem sobretudo e de colete, o velho Tsibúkin e Aksínia bebiam chá junto à varanda, ao pé de uma bétula; havia um lampião aceso sobre a mesa.

— Vovô-ô-ô! — disse um ceifeiro, por trás do portão, como que para provocar. — Pague pelo menos a metade! Vovô-ô-ô!

E logo se ouviu uma risada e, depois, mais uma vez, cantaram baixinho, quase não dava para ouvir... Muleta sentou-se à mesa e também bebeu chá.

— Sabe, a gente foi à feira — começou a contar. — A gente se divertiu, crianças, a gente se divertiu bem mesmo, com a graça de Deus. E aconteceu um caso ruim: o ferreiro Sachka comprou tabaco e pagou com uma moeda de cinquenta copeques, sabe, pagou para um comerciante. Só que a moeda era falsa — prosseguiu Muleta, e olhou em volta; queria falar em sussurros, mas a voz soava rouca, abafada, e todos podiam ouvir. — Pois é, foi se ver e a tal moeda era falsa. Perguntaram: Onde pegou? Ele disse: "Foi o Aníssim Tsibúkin que me deu, quando eu fui me divertir no casamento dele...". Chamaram a polícia aos gritos, levaram... Já pensou no que isso vai dar, Petróvitch, no falatório todo?...

— Vovô-ô-ô! — a mesma voz atrás do portão não parava de provocar. — Vovô-ô-ô!

Houve um silêncio.

— Ah, crianças, crianças, crianças... — pôs-se a balbuciar ligeiro o Muleta, e levantou-se; a sonolência o havia dominado. — Muito bem, obrigado pelo chá e pelo açúcar, crianças. Está na hora de dormir. Eu já estou caruncoso, minhas vigas de sustentação estão todas podres. Ho-ho-ho!

Ao sair, disse:

— Já deve estar na hora de morrer!

E soluçou. O velho Tsibúkin não bebeu seu chá até o fim, mas continuou ali sentado, pensando; pela expressão do rosto, parecia escutar atentamente os passos do Muleta, que já ia longe pela rua.

— O ferreiro Sachka mentiu, na certa — disse Aksínia, adivinhando os pensamentos do velho.

Ele foi para casa e, após um breve intervalo, voltou com um pacote na mão; desembrulhou e os rublos cintilaram, novinhos em folha. Pegou uma moeda, experimentou entre os dentes, jogou numa bandeja; em seguida, mais uma...

— Estes rublos são mesmo falsificados... — exclamou, olhando para Aksínia, com ar perplexo. — São aqueles... que o Aníssim trouxe, são o presente dele. Minha filha, pegue isto aqui — sussurrou e enfiou o pacote nas mãos dela. — Pegue isto aqui e jogue no poço... Para o diabo com elas! E tome cuidado para que não haja falatório. E que ninguém fique sabendo... Leve o samovar, apague o lampião...

Sentadas no barracão, Lipa e Praskóvia viram as luzes da casa serem apagadas, uma a uma; só no primeiro andar, no quarto de Varvara, reluziam as lamparinas votivas, azuis e vermelhas, e de lá vinha um sopro de serenidade, satisfação e inocência. Praskóvia não conseguia, de jeito nenhum, se habituar ao fato de que a filha estava casada com um rico e, quando a visitava, se mantinha timidamente encolhida no vestíbulo, sorria com ar de súplica e lhe traziam chá e açúcar. Lipa também não conseguia se habituar e, desde que o marido viajou, ela não dormia na sua cama, mas em qualquer outro lugar — na cozinha, no barracão —, todo dia lavava o chão ou a roupa e tinha a impressão de ser uma empregada diarista. E agora, de volta da peregrinação, elas beberam chá na cozinha, junto com a cozinheira, depois foram para o barracão e se deitaram no chão, entre um trenó e uma divisória. Ali era escuro, sentia-se o cheiro de arreios. Em volta da casa, as luzes se apagaram, depois se ouviu o surdo trancar a mercearia e os ceifeiros se espalharam pelo pátio para dormir. Longe, na casa dos Khrímini Jovens, tocavam um acordeão caro... Praskóvia e Lipa começaram a adormecer.

E, quando foram despertadas por um ruído de passos, o luar já havia clareado a noite; Aksínia estava na entrada do barracão, de pé, com seu pequeno colchão nas mãos.

— Acho que aqui está mais fresco... — disse, depois entrou e deitou-se, quase no limiar, e a lua a iluminava inteira.

Aksínia não dormia, tinha a respiração pesada e as roupas desfeitas por causa do calor, ela havia despido quase tudo — sob a luz mágica do luar, que animal belo e orgulhoso era aquele! Passou-se um breve tempo e, mais uma vez, soaram passos: na porta, surgiu o velho, muito branco.

— Aksínia! — chamou. — Será que você está aí?

— Não amole! — retrucou, zangada.

— Eu falei para você, agora há pouco, para jogar o dinheiro no poço. Você jogou?

— Onde já se viu, jogar dinheiro na água! Eu dei para os ceifeiros...

— Ah, meu Deus! — exclamou o velho, com espanto e assustado. — Que mulher endiabrada... Ah, meu Deus!

Ergueu os braços, saiu e, enquanto caminhava, não parava de resmungar. Pouco depois, Aksínia se pôs sentada e suspirou fundo, com irritação, depois se levantou, recolheu entre os braços seu colchão e foi embora:

— Por que a senhora foi me casar com essas pessoas, mamãe? — disse Lipa.

— É preciso casar, filhinha. Não depende de nós.

E uma sensação de tristeza inconsolável estava prestes a dominá-las. Porém tinham a impressão de que alguém olhava das alturas do céu, do azul, lá onde moram as estrelas, via tudo o que se passava em Ukléievo e cuidava delas. Por maior que fosse a maldade, a noite seguia bela e serena e, em todo o mundo de Deus, a verdade existia e continuaria a existir, também bela e serena, e tudo sobre a terra apenas aguardava a hora de fundir-se com a verdade, como a luz da lua se fundia com a noite.

E as duas, tranquilas, apertadas uma contra a outra, adormeceram.

VI

Já fazia tempo que chegara a notícia de que Aníssim tinha sido preso por falsificar dinheiro e pôr em circulação moedas falsas. Passaram os meses, passou mais de meio ano, um longo inverno ficou para trás, veio a primavera e, na casa e no povoado, já haviam se habituado à ideia de que Aníssim estava na prisão. E, tarde da noite, quando alguém passava pela casa de Tsibúkin ou pela mercearia, lembrava que Aníssim estava na prisão; e quando tocava o sino do cemitério, por algum motivo, também vinha a lembrança de que ele estava na prisão e aguardava a sentença da justiça.

Parecia que uma sombra havia caído sobre o pátio. A casa tinha escurecido, o telhado estava coberto de ferrugem, a porta da mercearia, pesada, revestida de ferro, pintada de verde, havia desbotado, ou, como dizia o surdo, "definhou"; o próprio velho Tsibúkin parecia ter escurecido também. Fazia tempo que não cortava o cabelo e a barba, estavam compridos demais, ele já não tomava impulso e pulava para sentar na boleia da carroça e não gritava mais para os mendigos: "Deus há de prover!". Suas forças minguavam e todos percebiam aquilo. As pessoas tinham menos medo de Tsibúkin e o guarda até deu parte da mercearia, embora, como antes, continuasse a receber a quantia de praxe; três vezes chamaram o velho à cidade para depor num processo por venda clandestina de bebida, mas o processo era sempre adiado, porque as testemunhas não compareciam, e o velho se atormentava.

Visitava o filho muitas vezes, contratava os serviços de algumas pessoas, apresentava petições a outras, fazia doações de estandartes a alguma igreja. Para o encarregado da prisão onde Aníssim estava preso, Tsibúkin deu de presente um porta-copos de prata, com uma inscrição, em louça esmaltada: "a alma conhece a medida certa", e também uma colherzinha comprida.

— Não há ninguém, ninguém que possa ajudar — dizia Varvara. — Ai-ai-ai... É preciso apelar a alguém da alta sociedade, escrever para autoridades importantes... Talvez ele seja solto antes do julgamento! Para que torturar o rapaz desse jeito?

Também ela estava amargurada, engordou e empalideceu; como antes, acendia as lamparinas do seu quarto e cuidava para que tudo em casa se mantivesse limpo, oferecia às visitas geleia e *pastilá*[9] de maçã. O surdo e Aksínia cuidavam das vendas na mercearia. Deram início a um novo negócio, a fábrica de tijolos em Butiókino, e Aksínia ia para lá de charrete quase

---

9 Doce russo tradicional, em forma de quadradinhos de frutas prensadas.

todos os dias; ela mesma guiava os cavalos e, ao encontrar conhecidos no caminho, esticava o pescoço, como uma serpente no meio do centeio novo, e sorria com ar ingênuo e enigmático. Lipa vivia brincando com seu bebê, que nascera antes da Quaresma. Era um bebezinho miúdo, esquálido, chegava a dar pena, e era até estranho que ele gritasse, olhasse, e que o considerassem uma pessoa e o chamassem de Nikífor. Ele ficava deitado em seu berço, Lipa se afastava até a porta e dizia para ele, curvando-se numa reverência:

— Bom dia, Nikífor Aníssimitch!

Corria para ele a toda pressa e o beijava. Depois, se afastava até a porta, curvava-se numa reverência e, de novo:

— Bom dia, Nikífor Aníssimitch!

O bebê espichava as perninhas vermelhas e o choro se misturava com o riso, como acontecia com o carpinteiro Ielizárov.

Por fim, marcaram a data do julgamento. O velho partiu com cinco dias de antecedência. Mais tarde, correu a notícia de que despacharam uns mujiques do povoado, convocados como testemunhas, bem como um velho operário, que também recebera uma intimação.

O julgamento tinha sido na quinta-feira. Entretanto, o domingo já ficara para trás e o velho não voltava nem chegava nenhuma notícia. Na terça-feira, antes do anoitecer, Varvara estava sentada diante de uma janela aberta, atenta a qualquer sinal do regresso do velho. No quarto vizinho, Lipa brincava com seu bebê. Ela o fazia saltar em seus braços e falava, com enlevo:

— Você vai crescer, ficar gra-a-ande, grande! Vai ser um muji-i-ique, e nós vamos juntos trabalhar na roça! Vamos trabalhar na roça!

— Ora essa! — Varvara se mostrava ofendida. — Como ainda pode pensar em trabalhar na roça, bobinha? Em nossa casa, ele vai ser comerciante!...

Lipa cantarolava baixinho, mas, pouco depois, já esquecia e, de novo:

— Você vai ficar gra-a-ande, grande, vai ser muji-i-que, e vamos juntos trabalhar na roça!

— Ora essa! Começou de novo a mesma ladainha!

Lipa se deteve na porta, com Nikífor nos braços, e perguntou:

— Mãezinha, por que é que eu amo tanto o Nikífor? Por que é que tenho tanta pena dele? — prosseguiu, com voz arrastada, e seus olhos rebrilharam de lágrimas. — Quem é ele? Como é ele? É leve que nem uma pena, é uma migalhinha de nada, mas eu amo o Nikífor, e amo como se fosse uma pessoa de verdade. Olhe, ele não consegue fazer nada, não fala, mas eu entendo tudo que ele quer só pelos olhinhos.

Varvara apurou os ouvidos: era o barulho das rodas do trem noturno que chegava à estação. Teria o velho retornado? Agora, Varvara não escutava nem entendia o que Lipa estava dizendo, não se dava conta do tempo que passava, apenas tremia inteira, e não era de medo, mas por causa da forte curiosidade. Viu uma carroça rolando pela estrada, ligeira, com estrondo, cheia de mujiques. Eram as testemunhas de volta da estação. Ao passar pela mercearia, o velho operário saltou da carroça e correu para o pátio. De lá, deu para ouvir que o cumprimentavam e faziam perguntas...

— Privação dos direitos e confisco de todos os bens — falou em voz alta. — E vai para a Sibéria, seis anos de trabalhos forçados.

Viram que Aksínia estava saindo da mercearia pela porta de serviço; tinha acabado de vender querosene, segurava uma garrafa numa das mãos, um funil na outra e, na boca, entre os lábios, trazia presa uma moeda de prata.

— E o papai, onde está? — perguntou ela, falando num sussurro.

— Na estação — respondeu o operário. — Ele disse: "Eu já estou indo, vou esperar só um pouquinho".

E, quando se espalhou pela casa a notícia de que Aníssim tinha sido condenado aos trabalhos forçados, de repente, a cozinheira desatou a chorar aos berros na cozinha, como se alguém tivesse morrido, achando que as boas maneiras o exigiam:

— Como foi nos abandonar agora, Aníssim Grigóritch, falcãozinho precioso...

Os cães começaram a latir, alvoroçados. Varvara correu até a janelinha e, dominada pela angústia, se pôs a gritar para a cozinheira, forçando a voz ao máximo:

— Che-e-ega, Stiepanida, che-e-ega! Não nos torture, pelo amor de Cristo!

Esqueceram-se de preparar o samovar, já não sabiam mais em que pensar. Só Lipa não conseguia entender do que se tratava e continuava a papariçar o bebê.

Quando o velho chegou da estação, já não lhe perguntaram coisa alguma. Ele fez um gesto de cumprimento, depois percorreu todos os cômodos da casa, em silêncio; não jantou.

— Não havia ninguém para interceder por ele... — começou Varvara, quando os dois ficaram a sós. — Eu disse para apelar a alguém da alta sociedade, mas ninguém me deu atenção, na hora... Deviam apresentar uma petição...

— Mas eu intercedi por ele! — disse o velho e ergueu a mão. — Assim que condenaram o Aníssim, eu procurei aquele senhor importante que o defendeu no tribunal. Ele disse: "Não adianta, agora é tarde, é impossível". E o próprio Aníssim também disse: "É tarde". Mesmo assim, quando saí do tribunal, fiz um acordo com um advogado, lhe dei até um adiantamento... Vou ficar aqui mais uma semana e depois vou viajar de novo para lá. Seja o que Deus quiser.

Mais uma vez, em silêncio, o velho percorreu todos os cômodos e, quando voltou para o quarto de Varvara, disse:

— Eu devo estar doente. Minha cabeça... fica turva. Os pensamentos se misturam.

Trancou a porta para que Lipa não ouvisse e prosseguiu, em voz baixa:

— Ando preocupado com o dinheiro. Lembra, antes do casamento, no domingo depois da Páscoa,[10] o Aníssim me trouxe moedas de um rublo e de cinquenta copeques novinhas, não foi? Pois eu separei umas moedas e escondi num pacotinho, mas o resto eu misturei com o meu dinheiro... Há muito tempo, tive um tio, Dmítri Filátitch, que Deus o tenha, ele vivia viajando para Moscou e para a Crimeia atrás de mercadorias para vender. Ele tinha uma esposa e, enquanto ele viajava atrás de mercadorias, ela se divertia à vontade com outros homens. Teve seis filhos. E acontece que, quando meu tio bebia demais, dizia, dando risadas: "Eu nunca vou conseguir saber quem é meu filho e quem é filho dos outros". Pois é, era um homem sem maldade. E agora eu também não consigo saber quais são as minhas moedas, as verdadeiras, e quais são as moedas falsas. E então parece que todas são falsas.

— Ai, que Deus nos ajude!

— Vou à estação comprar a passagem, dou três rublos e fico pensando se não são falsos. E me dá medo. Eu devo estar doente.

— O que se pode fazer, estamos todos nas mãos de Deus... Ai-ai-ai... — disse Varvara, e balançou a cabeça. — Temos de pensar bem nisso, Petróvitch... Qualquer dia, acontece alguma coisa, e você já não é jovem. Se você morrer, quem sabe, sem você, é capaz de fazerem mal ao seu neto. Ah, eu tenho medo de que façam mal ao Nikífor, que o deixem sem nada! Pense bem, o pai já está ausente, a mãe é muito novinha, tola... Passe para o nome dele, desse menino, alguma terra pelo menos, a terra de Butiókino, por exemplo. Sim, Petróvitch, isso mesmo! Pense bem! — Varvara continuou, tentando persuadir.

---

10 *Fominá nediélia*, domingo de Tomé, na Igreja ortodoxa.

— É um menino tão bonitinho, dá pena! Olhe, vá lá amanhã mesmo e registre um documento. Para que esperar?

— Eu até me esqueci do meu neto... — disse Tsibúkin. — Tenho de ir cumprimentá-lo. Mas você está dizendo que o menino é bonzinho? Pois que ele cresça e fique bem. Que Deus o proteja!

Abriu a porta e, com o dedo curvado, chamou Lipa para si. Ela se aproximou, com o bebê nos braços.

— Lípinka, se precisar de alguma coisa, é só pedir — disse ele. — O que quiser comer, pode comer, nós não vamos reclamar, o que importa é que tenha saúde... — Fez o sinal da cruz para o bebê. — E cuide bem do meu netinho. O filho não está mais aqui, só restou o neto.

Lágrimas desceram pelo rosto; entre soluços, ele se afastou. Pouco depois, deitou-se e ferrou no sono, após sete noites sem dormir direito.

VII

O velho foi à cidade e voltou pouco depois. Alguém contou para Aksínia que ele tinha ido ao cartório a fim de redigir um testamento, e que Butiókino, aquela mesma propriedade onde ela cozia tijolos, seria herdada pelo neto Nikífor. Foi o que lhe comunicaram pela manhã, quando o velho e Varvara estavam sentados junto à varanda, debaixo de uma bétula, e tomavam chá. Aksínia trancou a mercearia, tanto a porta da rua como a dos fundos, reuniu todas as chaves que estavam com ela e atirou-as aos pés do velho.

— Eu não vou mais trabalhar para vocês! — gritou bem alto, e, de repente, desatou a chorar. — A verdade é que na casa de vocês eu não sou uma nora, mas uma empregada! Todo mundo zomba, e vivem dizendo: "Olhem só que empregada os Tsibúkin arranjaram!". Mas não vim aqui para prestar serviços!

Eu não sou mendiga, não sou nenhuma vagabunda, tenho pai e mãe.

Sem enxugar as lágrimas, ela cravou no velho os olhos rancorosos, vesgos de raiva, banhados de lágrimas; tinha o rosto e o pescoço vermelhos e tensos, pois estava gritando com todas as forças.

— Não quero mais servir ninguém aqui! — prosseguiu. — Eu me matei de trabalhar! Trabalhar, trabalhar, ficar todo santo dia nesta mercearia, correr para lá e para cá de madrugada atrás de vodca, isso fica para mim, mas quando se trata de dar a terra, aí fica tudo para a mulher do condenado aos trabalhos forçados e para o seu capetinha! Lá, ela é a dona, a patroa, e eu sou a empregada! Dá logo tudo para ela, dá de uma vez, para essa mulher de presidiário, quero que ela se entale com a sua terra, eu vou para minha casa! Encontre outra palerma para o meu lugar, seus carrascos desgraçados!

Em toda sua vida, o velho nunca havia insultado nem castigado os filhos e nem sequer em pensamento admitia que alguém da família pudesse lhe dizer grosserias ou faltar com o respeito; naquele momento, ele ficou muito assustado, correu para dentro de casa e escondeu-se atrás de um armário. Varvara estava tão perplexa que nem conseguia se levantar, limitava-se a abanar as mãos no ar, como se quisesse defender-se de abelhas.

— Ai, mas o que é isso, meu Deus? — balbuciava, horrorizada. — O que é isso que ela está gritando? Ai-ai-ai... O povo vai ouvir! Fale mais baixo... Ai, fale mais baixo!

— Já deram Butiókino para a mulher do condenado aos trabalhos forçados — continuou a gritar Aksínia. — Agora, podem dar tudo para ela: de vocês, eu não preciso de nada! Por mim, quero que se danem! Todos aqui são da mesma corja! Já cansei de tudo isso, para mim chega! Espoliaram todo mundo, a pé ou a cavalo, velhos ou jovens, roubaram todo mundo, são uns bandidos! E quem é que vendia vodca sem licença? E o dinheiro falso? Entupiram os cofres de dinheiro falso e agora já não precisam mais de mim!

Perto dos portões escancarados, a multidão já havia se aglomerado e olhava para dentro.

— Pois que todo mundo escute! — gritou Aksínia. — Eu vou mesmo cobrir vocês de vergonha! Quero mais é que vocês queimem até as cinzas de tanta vergonha! Vocês ainda vão ter de se jogar aos meus pés! Ei, Stiepan! — Chamou o surdo. — Vamos para casa agora mesmo! Vamos para a casa do meu pai e da minha mãe, porque não quero morar com gente condenada à prisão! Pegue suas coisas!

No pátio, as roupas brancas estavam penduradas nos varais; Aksínia foi arrancando dali suas saias e blusinhas, ainda molhadas, e jogando tudo nos braços do surdo. Depois, enfurecida, desvairou a correr pelo pátio, em volta da roupa branca, arrancou todas as roupas dos varais e, o que não era seu, ela atirava no chão e pisoteava.

— Ai, pelo amor de Deus, sosseguem essa mulher! — gemia Varvara. — O que deu nela? Deem logo Butiókino para ela, deem essa terra de uma vez, pelo amor de Cristo no Céu!

— Puxa, que mulhe-e-er! — diziam no portão. — Olhem só, que mulhe-e-er! Está mesmo possessa!

Aksínia correu para a cozinha, onde era hora de lavar roupa. Lipa cuidava sozinha do trabalho, enquanto a cozinheira tinha ido ao rio para enxaguar a roupa branca. Junto ao fogão, o vapor subia da tina e do caldeirão, a cozinha estava abafada e turva de fumaça. No chão, ainda havia um monte de roupa branca para ser lavada e, bem perto, deitado sobre um banco, espichando as perninhas vermelhas, estava Nikífor, de modo que, se caísse, não iria se machucar. Lipa tinha acabado de retirar do monte de roupa suja uma blusinha de Aksínia e colocado dentro da tina e, exatamente na hora em que ela entrou, estava estendendo a mão para pegar, sobre a mesa, uma vasilha com água fervente...

— Me devolva isso aqui! — gritou Aksínia, olhando com ódio para Lipa, e arrancou a blusinha da tina. — Nem pense em tocar suas mãos na minha roupa branca! Você é a mulher de um presidiário e precisa saber qual é o seu lugar, quem você é!

Lipa olhava para ela, espantada, sem compreender, mas, de repente, captou o olhar que Aksínia lançava sobre o bebê e, de súbito, compreendeu, e gelou de pavor...

— Você tomou a minha terra, então olhe o que eu vou lhe dar!

Dito isso, Aksínia agarrou a vasilha com água fervente e despejou em cima de Nikífor.

Em seguida, ouviu-se um grito como jamais se ouvira em Ukléievo e ninguém acreditou que uma criatura miúda e frágil como Lipa pudesse gritar assim. E, de repente, o pátio ficou em silêncio. Aksínia entrou na casa, calada, com seu sorriso ingênuo de antes... O surdo andava para lá e para cá pelo pátio, carregando nos braços um monte de roupa branca, e depois, calado, sem pressa, começou a pendurar de novo a roupa nos varais. E, até a cozinheira voltar do rio, ninguém se atreveu a entrar na cozinha e ver o que havia acontecido.

VIII

Levaram Nikífor ao hospital do *ziémstvo* e, à noite, ele morreu lá mesmo. Lipa não esperou que viessem chamá-la, enrolou o defunto num cobertor e levou para casa.

O hospital era novo, recém-construído, com janelas grandes, erguido no alto de um morro; ao sol poente, o prédio rebrilhava inteiro e parecia incendiar-se por dentro. Embaixo, havia um vilarejo. Lipa desceu pela estrada e, antes de chegar ao vilarejo, sentou-se junto a um pequeno poço. Uma mulher trouxe um cavalo para beber água, mas o cavalo não bebeu.

— O que mais você quer? — disse a mulher, baixinho, para o cavalo, sem compreender. — O que você tem?

Um menino de camisa vermelha, sentado à beira da água, lavava as botas do pai. Além deles, não se via pessoa alguma, nem no vilarejo nem no morro.

— Não está bebendo... — disse Lipa, olhando para o cavalo.

Mas a mulher do cavalo e o menino das botas foram embora e, agora, já não se via mais ninguém. O sol deitou-se para dormir, cobriu-se com um brocado, púrpura e dourado, e nuvens compridas, vermelhas e lilases, que se estendiam pelo céu, velavam seu repouso. Em algum lugar distante, não se sabia onde, um abetouro berrou de modo surdo e melancólico, e parecia uma vaca trancada no estábulo. O grito daquela ave misteriosa era ouvido a cada primavera, porém não sabiam como ela era nem onde vivia. Acima, no hospital, nos arbustos junto ao poço, do outro lado do vilarejo e nos campos ao redor, os rouxinóis cantavam em profusão. Um cuco ia contando os anos de vida de alguém, mas sempre perdia a conta e recomeçava, mais uma vez. No poço, as rãs se interpelavam umas às outras, irritadas e aos berros, e até se podia distinguir as palavras: "Você é assim! Você é assim!". Que algazarra! Parecia que todas aquelas criaturas gritavam e cantavam de propósito, para ninguém dormir naquela noite de primavera, e também para todos, até as rãs irritadas, valorizarem e desfrutarem cada minuto: pois a vida só é dada uma vez!

No céu, brilhava a meia-lua prateada, havia estrelas em grande número. Lipa não sabia quanto tempo ficara junto ao poço, no entanto, quando levantou e se pôs a caminhar, todos no vilarejo já estavam dormindo e não havia nenhuma luz. Até sua casa, eram talvez doze verstas, mas Lipa não tinha forças, perdera a noção do caminho a seguir; a lua brilhava ora na sua frente, ora à direita, e o mesmo cuco não parava de gritar, já com voz rouca, entre risos, como se quisesse provocar: "Ai, olhe só, você perdeu o caminho!'". Lipa caminhava depressa, seu lenço de cabeça caiu e se perdeu... Lipa olhou para o céu e pensou onde estaria, agora, a alma de seu menino: será que vinha atrás dela ou pairava lá no alto, perto das estrelas, e nem pensava mais na sua mãe? Ah, como é solitária a noite no campo, em meio à cantoria dos bichos, quando você mesmo não pode cantar, em meio aos incessantes gritos de alegria, quando você mesmo não pode se alegrar, enquanto a lua, também sozinha, olha do céu, sem se importar se é primavera ou inverno, ou se as pessoas estão vivas ou mortas... Com um desgosto na alma, é penoso não ter ninguém perto. Quem dera Lipa tivesse a seu lado a mãe, Praskóvia, ou o Muleta, ou a cozinheira, ou qualquer mujique!

— Bu-u! — gritava o abetouro. — Bu-u!

De repente, ouviu-se com nitidez a voz de uma pessoa!

— Ponha os arreios, Vavila!

À frente, na beira da estrada, ardia uma fogueira; já não havia chamas, só as brasas vermelhas brilhavam. Ouvia-se a mastigação dos cavalos. Na escuridão, se destacavam duas carroças — uma com um tonel, a outra, mais baixa, com sacos, e também dois homens: um trazia um cavalo para atrelar e o outro de pé, imóvel, junto à fogueira, com as mãos cruzadas nas costas. Um cachorro começou a rosnar perto das carroças. O homem que estava trazendo o cavalo parou e disse:

— Parece que vem alguém pela estrada.

— Chárik, cale a boca! — gritou o outro para o cachorro.

E, pela voz, dava para perceber que era um velho. Lipa se deteve e falou:

— Que Deus os proteja!

O velho se aproximou e respondeu, sem demora:

— Boa noite!

— O seu cachorro não vai me morder, vovô?

— Não se preocupe, pode vir. Ele não vai fazer nada.

— Eu estou vindo do hospital — disse Lipa, depois de um breve silêncio. — O meu filhinho morreu lá. Olhe, eu estou levando para casa.

O velho não deve ter gostado de ouvir aquilo, pois se afastou e exclamou, com pressa:

— Não há de ser nada, menina. É a vontade de Deus. Mexa-se, rapaz! — disse, voltando-se para seu companheiro de viagem. — Não faça corpo mole.

— É que não estou achando a coelheira para prender nos tirantes — disse o rapaz. — Não estou vendo.

— Preste mais atenção, Vavila.

O velho levantou um tição em brasa, soprou — só os olhos e o nariz se iluminaram; depois, quando acharam a coelheira, ele se aproximou de Lipa, com o tição aceso na mão, e olhou bem para ela; o olhar do velho exprimia compaixão e ternura.

— Você é mãe — disse. — Toda mãe tem pena dos filhos.

Ao dizer aquilo, suspirou e balançou a cabeça. Vavila despejou algo no fogo, pisou para abafar as brasas e logo ficou tudo escuro; aquela imagem desapareceu e agora, como antes, só havia o campo, o céu com as estrelas e o alarido dos pássaros, que não deixava que os próprios pássaros dormissem. Uma codorniz pareceu gritar exatamente onde estava a fogueira.

Entretanto, passou um minuto e, de novo, já era possível ver as carroças, o velho e o alto Vavila. Os carroções rangeram ao tomarem a estrada.

— Vocês são santos? — perguntou Lipa para o velho.

— Não. A gente é de Firsánovo.

— Agora há pouco, você olhou para mim e meu coração ficou mais leve. E o rapaz é calmo. Aí, eu pensei: eles devem ser santos. — Você vai para longe?

— Para Ukléievo.

— Sente aqui, levamos você até Kuzmiénki. De lá, você segue reto, e nós vamos para a esquerda.

Vavila sentou-se na carroça com o tonel, o velho e Lipa, na outra. Avançaram a passo lento, Vavila na frente.

— O meu filhinho sofreu o dia todo — disse Lipa. — Ficava olhando com seus olhinhos sem dizer nada, queria falar e não conseguia. Deus Pai, Rainha do Céu! De tanto sofrimento, eu caía no chão toda hora. Eu me levantava e caía de novo, bem do lado da cama. Mas me diga, vovô, por que o pequenininho teve de sofrer antes de morrer? Quando uma pessoa grande, uma mulher ou um mujique, sofre assim, expia os seus pecados, mas por que com um menininho, se ele não tem pecado nenhum? Por quê?

— Quem vai saber? — respondeu o velho.

E seguiram meia hora em silêncio.

— Não se pode saber tudo, por que e como — disse o velho. — Não deram quatro asas para os pássaros, mas duas, porque com duas já é possível voar; assim, também, não deram ao ser humano a capacidade de saber tudo, só metade ou um quarto. Ele sabe tanto quanto precisa saber para tocar sua vida.

— Vovô, para mim, é melhor ir a pé. Agora, o meu coração está tremendo.

— Isso não é nada, fique aí.

O velho bocejou e fez o sinal da cruz sobre a boca.

— Não é nada... — repetiu. — Sua dor vai ser meia dor. A vida é longa, ainda vão acontecer coisas boas e coisas ruins, vai acontecer de tudo. A Mãe Rússia é grande! — disse ele, e olhou para os dois lados. — Eu já andei por toda a Rússia e, nela, já vi de tudo, acredite na minha palavra, minha cara. Vão acontecer coisas boas e coisas ruins. Fui a pé até a Sibéria, andei pelo Amur e no Altai, emigrei para a Sibéria e lá cultivei a terra, depois senti saudades da Mãe Rússia e voltei para o meu povoado natal. E eu viajei a pé para a Rússia; lembro que estávamos numa balsa, eu era só pele e osso de tão magro, todo esfarrapado, descalço, morrendo de frio, chupava uma casca de árvore para me alimentar, aí um senhor qualquer que viajava na mesma balsa, e se ele morreu, que Deus o tenha no Reino dos Céus, aquele senhor olhou para mim com pena e suas lágrimas correram. Disse: "Ah, o seu pão é escuro, os seus dias são escuros...". Quando cheguei em casa, como se diz, eu não tinha onde cair morto; minha mulher tinha ficado na Sibéria, onde foi enterrada. Agora, sou lavrador. E o que é que tem? Pois vou dizer para você: depois, aconteceram coisas ruins e coisas boas. Olhe, eu não tenho vontade de morrer, minha cara, eu viveria bem mais uns vinte aninhos; isso quer dizer que houve mais coisas boas. É grande a Mãe Rússia! — disse e, de novo, olhou para os lados e também para trás.

— Vovô — perguntou Lipa —, quando uma pessoa morre, por quantos dias sua alma ainda fica vagando pela terra?

— Ah, quem vai saber? Olhe, vamos perguntar ao Vavila: ele foi à escola. Agora, todo mundo estuda. Vavila! — o velho chamou.

— Ah?

— Vavila, quando uma pessoa morre, por quantos dias sua alma anda pela terra?

Vavila deteve o cavalo e, então, respondeu:

— Nove dias. Mas o meu tio Kiril morreu e, depois, sua alma viveu na nossa isbá por treze dias.

— Como você sabe?

— A gente ouvia umas batidas dentro da estufa por treze dias.

— Sei, está certo. Toca em frente — disse o velho, e era evidente que ele não acreditava em nada daquilo.

Perto de Kuzmiénki, as carroças entraram na estrada principal, mas Lipa seguiu em frente. Já estava clareando. Quando ela começou a descer para o fundo do barranco, as isbás de Ukléievo e a igreja estavam ocultas pela neblina. Fazia frio e Lipa tinha a impressão de que o mesmo cuco de antes não parava de gritar.

Quando ela chegou a sua casa, o gado ainda não tinha sido levado para o pasto; todos dormiam. Lipa sentou-se na varanda e ficou esperando. O primeiro a sair foi o velho; bastou um olhar de relance para ele compreender o que havia ocorrido e, por muito tempo, não conseguiu pronunciar nenhuma palavra, apenas estalava os lábios.

— Ah, Lipa — disse. — Você não protegeu o meu netinho...

Foram acordar Varvara. Ela ergueu os braços, desfez-se em soluços e logo tratou de preparar o bebê para o enterro.

— Esse menino era tão bonzinho... — dizia. — Ai-ai-ai... Era só um filhinho e a bobinha não protegeu...

Celebraram missas fúnebres de manhã e à noite. No dia seguinte, o enterraram e, depois do enterro, os convidados e o pessoal do clero comeram muito e com tamanha avidez que parecia terem ficado muito tempo com fome. Atrás da mesa, Lipa servia as pessoas, e o padre, erguendo seu garfo, com um cogumelo em conserva espetado, lhe disse:

— Não sofra por uma criança. Delas será o Reino dos Céus.

Só depois que todos foram embora, Lipa tomou consciência, a sério, de que Nikífor já não existia, nunca mais existiria, ela se deu conta disso e começou a chorar. Também não sabia a qual dos quartos devia ir para chorar, pois tinha a sensação de que, naquela casa, depois da morte do menino, já não havia lugar para ela, sua presença ali não tinha razão de ser, ela era supérflua; e os outros também tinham a mesma sensação.

— Puxa, que choradeira é essa, aí? — berrou Aksínia, aparecendo na porta, de repente. Ela vestira roupas novas e pusera pó de arroz, para o enterro. — Cale essa boca!

Lipa queria parar, mas não conseguia e soluçava cada vez mais forte.

— Não está ouvindo? — gritou Aksínia e, com forte raiva, bateu o pé no chão. — Com quem você acha que estou falando?

Fora daqui, suma desta casa, e que seus pés nunca mais pisem aqui, sua mulher de forçado! Fora!

— Vamos, vamos, vamos!... — interveio o velho, atarantado. — Aksiuta, se aquiete, mãezinha... Ela está chorando, é natural... o filho morreu...

— É natural... — Aksínia arremedou o velho. — Então ela pode passar a noite aqui, mas amanhã eu não quero ver nem sombra dela nesta casa! É natural!... — arremedou mais uma vez e, às gargalhadas, seguiu para a mercearia.

No dia seguinte, de manhã cedo, Lipa foi morar na casa da mãe, em Torgúievo.

IX

Hoje, o telhado e a porta da mercearia estão pintados, brilham como novos; nas janelas, florescem alegres os gerânios, como no passado, e aquilo que ocorreu três anos antes, na casa e no pátio de Tsibúkin, já foi quase de todo esquecido.

Como naquele tempo, o velho Grigóri Tsibúkin é tido como o dono da casa, mas na verdade tudo passou para as mãos de Aksínia; é ela quem compra e vende e, sem sua aprovação, não se pode fazer nada. A fábrica de tijolos vai de vento em popa; como a estrada de ferro precisa de tijolos, o preço do milheiro alcançou vinte e quatro rublos; mulheres e mocinhas do campo levam os tijolos até a estação, carregam os vagões e, por esse trabalho, recebem um quarto de rublo por dia.

Aksínia tornou-se sócia dos Khrímini e, agora, sua fábrica se chama Khrímini Jovens e Companhia. Perto da estação, abriram uma taverna e já não é na fábrica que tocam o acordeão caro, mas sim na taverna, e quem aparece lá, muitas vezes, é o chefe dos correios, que também montou para si um comércio qualquer, bem como o chefe da estação. Os Khrímini Jovens deram um relógio de ouro de presente para o surdo Stiepan e, volta e meia, ele tira o relógio do bolso e encosta no ouvido.

No povoado, dizem que Aksínia adquiriu uma força enorme; e, de fato, quando vai de manhã para a sua fábrica, bela, feliz, com seu sorriso ingênuo, e depois, enquanto administra os negócios da fábrica, ela sente dentro de si uma força enorme. Em casa, no povoado, na fábrica, todos a temem. Quando Aksínia vai aos correios, o chefe da agência se levanta de um pulo e lhe diz:

— Peço humildemente que a senhora sente aqui, Ksênia[11] Abrámovna!

Um elegante senhor de terra, já de certa idade, numa sobrecasaca de feltro fino e botas de verniz e cano alto, certo dia, ao vender um cavalo para Aksínia, se deixou arrebatar a tal ponto por aquela mulher que concedeu todos os descontos que ela desejava. Ficou segurando sua mão por muito tempo e, enquanto mirava seus olhos alegres, sagazes e ingênuos, disse:

— Para uma mulher como a senhora, Aksínia Abrámovna, eu estou pronto a atender todos os desejos. Basta dizer quando poderemos nos encontrar, sem que ninguém nos perturbe.

— Ora, quando o senhor desejar!

E, depois disso, o velho elegante passa pela mercearia quase todos os dias para beber cerveja. A cerveja é horrível, amarga como absinto. O senhor de terra sacode a cabeça, mas, mesmo assim, bebe.

O velho Tsibúkin não se mete mais nos negócios. Não mexe com dinheiro, pois é incapaz de distinguir o verdadeiro do falso, mas se mantém calado, não fala com ninguém sobre a sua fraqueza. Tornou-se um tanto esquecido e, se não lhe derem comida, ele mesmo não pede; já se acostumaram a almoçar sem ele e, muitas vezes, Varvara diz:

— Ontem, de novo, o nosso velho foi dormir sem comer.

---

[11] Forma erudita do nome Aksínia.

Fala com indiferença, pois já se habituou. Tanto no inverno como no verão, sabe-se lá por quê, o velho Tsibúkin anda pela rua sempre de casaco de pele e só em dias muito calorentos fica em casa, não sai. Em geral bem agasalhado, de casaco de pele e com a gola levantada, ele passeia pelo povoado, pela estrada que vai até a estação, ou fica sentado num banquinho perto do portão da igreja, da manhã até o anoitecer. Senta-se ali e não se mexe. As pessoas passam e o cumprimentam com uma reverência, mas ele não responde, pois, como antes, não gosta de mujiques. Quando lhe fazem alguma pergunta, responde de maneira sensata e educada, mas muito sucinta.

No povoado, correm rumores de que a nora o expulsou da própria casa, não lhe dá o que comer, e que o velho só se alimenta graças à caridade de outras pessoas; alguns ficam contentes, outros sentem pena.

Varvara engordou e empalideceu ainda mais e, como antes, pratica boas ações, porém Aksínia não a perturba. Agora, há tanta geleia em casa que nem dá tempo de comer tudo antes da nova safra de frutas; o doce açucara nos potes e Varvara quase chora, sem saber o que fazer com ele.

Quanto a Aníssim, começaram a esquecê-lo. Um dia, chegou uma carta sua, escrita em versos, com a mesma caligrafia magnífica de antes, numa folha de papel grande, do tipo usado para apresentar petições. Pelo visto, seu amigo Samoródov estava cumprindo pena junto com ele. Abaixo dos versos, em letras feias, quase ilegíveis, vinha escrita uma linhazinha só: "Vivo sempre doente, passo muitas dificuldades, me ajudem, pelo amor de Cristo".

Certa vez — foi num claro dia de outono, antes de anoitecer —, o velho Tsibúkin sentou-se perto do portão da igreja, com a gola do casaco levantada, e só se via seu nariz e a pala do boné. Na outra extremidade do banco, muito comprido, sentaram o mestre de obras Ielizárov e, a seu lado, o inspetor escolar Iákov, velho de setenta anos, sem dentes. Muleta e o velho estavam conversando.

— Os filhos têm de dar de comer aos velhos, e dar de beber também... têm de respeitar pai e mãe — disse Iákov, com irritação. — Mas ela, a tal nora, expulsou o sogro da casa que é dele. Não dá de comer ao velho, nem dá de beber... Para onde ele pode ir? Faz três dias que não come.

— Três dias! — espantou-se Muleta.

— Olhe, ele fica ali sentado, sem falar nada. Está fraco. E por que não fala nada? É melhor dar logo queixa na justiça... no tribunal, não vão fazer elogios para ela.

— Quem foi que elogiaram no tribunal? — perguntou Muleta, que não tinha ouvido bem.

— O quê?

— A mulher é boa, é esforçada. No ramo deles, sem isso, não se consegue nada... quero dizer, sem pecado...

— Da sua própria casa — prosseguiu Iákov, irritado. — O sujeito consegue levantar sua casa e depois vem alguém e expulsa. Puxa, que peste me saiu essa mulher! Já pensou? Que peste!

Tsibúkin estava ouvindo e não se mexeu.

— Na sua própria casa ou na casa dos outros, tanto faz, contanto que esteja aquecido e que a mulherada não fique brigando... — disse Muleta, e riu. — Quando eu era moço, tinha muita pena da minha Nastássia. Era uma mocinha sossegada. E vivia me dizendo: "Compre uma casa, Makáritch! Compre uma casa, Makáritch! Compre um cavalo, Makáritch!". Quando ela estava morrendo, sempre me dizia: "Compre uma charrete ligeira, Makáritch, para não ter de andar a pé". E eu só comprava pães de mel para ela, mais nada.

— O marido é surdo, um abobalhado — continuou Iákov, sem ouvir as palavras de Muleta. — Um palerma dos pés à cabeça, que nem um ganso. Como é que ele não consegue entender nada? Com um ganso, mesmo que a gente dê uma paulada na cabeça, nem assim ele vai entender.

Muleta levantou-se a fim de ir para casa, que ficava dentro da fábrica. Iákov também se levantou e os dois seguiram juntos, enquanto continuavam a conversa. Quando tinham se afastado uns quinze passos, o velho Tsibúkin também se levantou e foi arrastando os pés atrás deles, pisava hesitante, como se andasse sobre gelo escorregadio.

O povoado já mergulhava no crepúsculo do fim do dia e o sol apenas brilhava logo acima da estrada, que fugia serpenteante, subindo pela encosta. As velhas estavam retornando da mata e, com elas, vinha uma criançada; traziam cestos com cogumelos. Mulheres e mocinhas, em bando, voltavam da estação onde haviam carregado vagões com tijolos, tinham os narizes e as faces, abaixo dos olhos, cobertos de pó vermelho de tijolo. Vinham cantando. Lipa caminhava à frente de todas, cantava com voz aguda, a plenos pulmões, olhando para o céu, e parecia triunfante e maravilhada, porque o dia, graças a Deus, havia terminado e ela podia descansar. Naquele bando, estava sua mãe, a diarista Praskóvia, que caminhava com uma trouxinha na mão, ofegante, como sempre.

— Boa tarde, Makáritch! — disse Lipa, ao ver Muleta. — Boa tarde, meu caro!

— Boa tarde, Lípinka! — alegrou-se Muleta. — Mocinhas, florezinhas, amem este rico carpinteiro! Ho-ho-ho! Minhas crianças, criancinhas — Muleta soluçou. — Minhas machadinhas adoradas.

Muleta e Iákov seguiram em frente e se ouvia a conversa dos dois. Mais adiante, o bando deparou com o velho Tsibúkin e, de repente, se fez um silêncio. Lipa e Praskóvia ficaram um pouco para trás e, quando o velho chegou aonde elas estavam, Lipa curvou-se bastante, numa reverência, e disse:

— Boa tarde, Grigóri Petróvitch!

A mãe também se curvou numa reverência. O velho se deteve e, sem falar nada, olhou para ambas; ele tinha os lábios trêmulos e os olhos cheios de lágrimas. Lipa tirou um pedaço de empadão da trouxa da mãe e deu para ele. O velho pegou e começou a comer.

O sol já havia baixado atrás do horizonte; seu brilho se apagara também acima da estrada. Escureceu e o frio começou a cair. Lipa e Praskóvia seguiram em frente e, depois, pelo caminho, durante muito tempo, se benziam, fazendo o sinal da cruz.

1900

Nas festas de Natal[1]

I

— O que vou escrever? — perguntou Iegor, e molhou a pena.

Fazia quatro anos que Vassilissa não via a filha. Depois do casamento, Efímia, a filha, partira para São Petersburgo com o marido, mandou duas cartas e depois sumiu, como se tivesse afundado na água; não deu mais sinal de vida. E tanto ao raiar do dia, quando ordenhava uma vaca, como à noite, quando punha lenha na estufa e ia dormir, a mãe pensava sempre a mesma coisa: Como anda Efímia? Será que está viva? Era preciso mandar uma carta, mas o velho marido não sabia escrever e ela não tinha a quem pedir.

Nessa altura, chegaram as festas natalinas, e Vassilissa não aguentou mais, foi à taverna falar com Iegor, irmão do proprietário, que, após o regresso do serviço militar, ficava o tempo todo à toa na taverna, onde também morava; diziam que ele escrevia cartas muito bem, contanto que lhe pagassem direito. Na taverna, Vassilissa conversou com a cozinheira, depois com o proprietário, depois com o próprio Iegor. Acertaram o preço de quinze copeques.

E agora — isso aconteceu no segundo dia das festas natalinas, na cozinha da taverna —, Iegor estava sentado diante da mesa, de pena em punho. Vassilissa se mantinha de pé, na

---

[1] Em russo, *sviátki*. Trata-se dos doze dias entre o Natal e o dia 6 de janeiro.

sua frente, pensativa, com expressão de mágoa e preocupação. Junto com ela, tinha ido o seu velho, Piotr, muito magro, alto, de calva marrom; também de pé, olhava fixo e reto para a frente, como um cego. No fogão, estavam cozinhando carne de porco; a panela chiava e crepitava, parecia até falar: "fliu-fliu-fliu". O ambiente era sufocante.

— O que vou escrever? — perguntou Iegor, de novo.

— O quê? — disse Vassilissa, olhando para ele, zangada e com desconfiança. — Não me afobe! Você não está escrevendo de graça, mas por dinheiro! Certo, escreva aí. Ao nosso querido genro Andrei Khrissánfitch e à nossa adorada filha única Efímia Petrovna, com amor, enviamos nossa saudação profunda e a eterna e indelével bênção de seus pais.

— Pronto. E o que mais?

— E saudamos também pelo dia do nascimento de Cristo. Estamos vivos e com saúde, o mesmo desejamos que o Senhor... Rei dos Céus conceda para vocês.

Vassilissa refletiu um pouco e trocou um olhar com o velho.

— O mesmo desejamos que o Senhor... Rei dos Céus conceda para vocês... — repetiu e começou a chorar.

E não conseguiu dizer mais nada. Porém, antes, de madrugada, enquanto estava pensando, lhe parecia que tudo o que queria dizer não caberia nem em dez cartas. Desde o dia em que a filha partira com o marido, muita água havia corrido para o mar, os velhos viviam como órfãos e suspiravam fundo, à noite, como se tivessem enterrado a filha. E quanta coisa aconteceu, no povoado, durante aquele tempo, quantos casamentos, quantas mortes! Que invernos compridos! Que noites longas!

— Que calor! — exclamou Iegor, e desabotoou o colete. — Deve estar fazendo uns setenta graus. E o que mais? — perguntou.

Os velhos ficaram calados.

— O que é que o seu genro faz por lá? — perguntou Iegor.

— Ele foi soldado, meu caro, você bem sabe — respondeu o velho, em voz baixa. — Pois serviu o exército junto com você. Foi soldado e agora, quer dizer, lá em Petersburgo, trabalha numa clínica de águas. O médico trata os doentes com água. Sabe, ele é o porteiro do médico.

— Olhe, está escrito aqui... — disse a velha, tirando uma carta do bolso do casaco. — Recebemos da Efímia, Deus sabe há quanto tempo. Talvez eles já nem estejam neste mundo.

Iegor refletiu um pouco e se pôs a escrever depressa.

"No presente", escreveu, "quando o seu destino determinou o término do seu tempo de serviço militar, recomendamos que observe o Estatuto de Punições Disciplinares e Leis Criminais do Departamento Militar e, só pela Lei, tome consciência da cultura dos Membros do Departamento Militar."

Terminou de escrever, leu em voz alta, mas Vassilissa achou que ainda era necessário contar para a filha as necessidades que eles tinham passado no ano anterior, faltara comida até o Natal, tiveram de vender sua vaca. Também achava que precisavam pedir dinheiro, contar que o velho adoecia muitas vezes e que, em breve, talvez entregasse a alma a Deus... Mas como exprimir aquilo em palavras? O que dizer primeiro e o que dizer depois?

"Preste atenção", continuou a escrever Iegor, "ao Tomo Quinto dos Regulamentos Militares. Soldado é um cargo geral, afamado. Chamam de soldado o General Supremo e também o último recruta..."

O velho moveu os lábios e falou baixinho:

— Queria ver os netinhos, era bom.

— Que netinhos? — perguntou a velha, e olhou para ele, zangada. — É, pode ser que tenha, pode ser que não!

— Netinhos? Pode ser que tenha, sim. Quem sabe?

"E por isso o senhor pode avaliar", apressou-se a escrever Iegor, "qual é o inimigo interior e qual é o inimigo exterior. O primeiríssimo Inimigo Interior é Baco."

A pena rangia, fabricando uns caracoizinhos no papel, semelhantes a pequenos anzóis de pesca. Iegor tinha pressa e relia várias vezes cada linhazinha. Estava sentado num tamborete, com as pernas compridas esticadas por baixo da mesa, bem nutrido, saudável, de cara redonda e nuca vermelha. Ali estava a encarnação de uma baixeza brutal, desdenhosa, invencível, orgulhosa de ter nascido e crescido numa taverna, e Vassilissa compreendia muito bem que aquilo era uma baixeza, mas não conseguia se exprimir em palavras e limitava-se a olhar para Iegor de cara amarrada e com desconfiança. A voz dele, as palavras incompreensíveis, o calor e o abafamento faziam a cabeça doer, embaralhavam as ideias e ela não conseguia falar nem pensar nada, apenas esperava que ele terminasse de ranger a pena no papel. Já o velho olhava com total confiança. Acreditava em Iegor e também na velha, que o levara até lá, e quando, pouco antes, mencionou a clínica de águas, era visível pelo seu rosto que ele acreditava também na clínica e na capacidade terapêutica da água.

Iegor terminou de escrever, levantou-se e leu a carta inteira, desde o início. O velho não entendeu, mas balançou a cabeça, confiante.

— Está bom, vai correndo... — disse. — Deus queira que eles estejam com saúde. Tudo certo...

Colocaram sobre a mesa três moedas de cinco copeques e saíram da taverna; o velho olhava reto para a frente, como um cego, e no rosto se estampava a confiança mais completa, porém, na hora em que saíram da taverna, Vassilissa espantou um cachorro com a mão e disse, zangada:

— Xô-ô, que peste!

A velha passou a noite toda acordada, os pensamentos a inquietavam e, ao raiar do dia, levantou-se, rezou e foi até a estação para enviar a carta.

Até a estação eram onze verstas.

II

A clínica de tratamento com águas do dr. B. O. Mozelveizer atendia os pacientes também no Ano-Novo, como nos dias comuns, mas só o porteiro Andrei Khrissánfitch estava de uniforme, com galões novos, e suas botas reluziam de modo um tanto vistoso; a todos que chegavam, ele dirigia uma saudação de feliz Ano-Novo e boas festas.

Era de manhã. Andrei Khrissánfitch estava postado junto à porta e lia um jornal. Às dez em ponto, chegou um general conhecido, um frequentador habitual, e logo depois dele veio o carteiro. Andrei Khrissánfitch tirou o capote do general e disse:

— Feliz Ano-Novo e boas festas, vossa excelência!
— Obrigado, meu caro. Para você também.

Ao subir pela escada, o general apontou para uma porta com a cabeça e perguntou (todo dia perguntava aquilo e sempre esquecia):

— E o que tem neste quarto?
— É o gabinete de massagem, vossa excelência!

Quando os passos do general silenciaram, Andrei Khrissánfitch passou os olhos na correspondência que acabara de chegar e encontrou uma carta em seu nome. Abriu o envelope, leu algumas linhas, depois, sem pressa, olhando para o jornal, foi para o seu quarto, que ficava exatamente ali embaixo, no final do corredor. Efímia, sua esposa, estava sentada na cama e amamentava um bebê; outra criança, o filho mais velho, estava de pé a seu lado, com a cabeça de cabelos cacheados metida nos joelhos da mãe, e um terceiro filho dormia sobre a cama.

Quando entrou no quarto, Andrei entregou a carta para a esposa e disse:

— Deve ser lá do campo.

Em seguida, saiu sem descolar os olhos do jornal e se deteve no corredor, perto da porta. Dali, ouviu a voz trêmula de Efímia, enquanto lia as primeiras linhas. E ela não foi capaz de ler nada além daquele ponto. Para Efímia, tais linhas eram o bastante, as lágrimas correram e, abraçando-se ao filhinho mais velho, beijando-o, ela se pôs a falar, e era impossível compreender se estava chorando ou rindo.

— É da vovó, do vovô... — disse ela. — Vem lá do campo... Rainha do Céu... Por Todos os Santos... Lá, agora, os telhados estão cobertos de neve... as árvores estão branquinhas. A criançada passeia nuns trenós pequenininhos... E o vovô, carequinha, está sentado junto à estufa... e o cachorrinho amarelo... Ah, minha gente querida, adorada!

Ao ouvir aquilo, Andrei Khrissánfitch recordou que, três ou quatro vezes, a esposa lhe entregara cartas e pedira que mandasse para o campo, mas alguns assuntos importantes não o permitiram: ele não enviou as cartas, que agora estavam perdidas em algum canto.

— E as lebrezinhas correm pelo campo afora — lamentava-se Efímia, em lágrimas, enquanto dava beijos no seu menino. — O vovô, calminho, bom, e a vovó, também bondosa, piedosa. Lá no campo, eles vivem conforme a religião, temem a Deus... No povoado, tem uma igrejinha, os mujiquezinhos cantam no coro. Quem dera a Rainha do Céu, mãe protetora, nos levasse para lá!

Andrei Khrissánfitch voltou para o quarto a fim de fumar, enquanto não vinha ninguém e, de repente, Efímia se calou, se acalmou, esfregou os olhos e só os lábios tremiam. Tinha muito medo do marido, ah, como o temia! Chegava a estremecer, era dominada pelo horror, só de ouvir seus passos, de ver seu olhar; ela não se atrevia a dizer nenhuma palavra em sua presença.

Andrei Khrissánfitch começou a fumar, porém, exatamente naquele momento, chamaram lá em cima. Ele apagou o cigarro e, com o rosto muito sério, acudiu depressa à porta principal.

Era o general que estava descendo, rosado e fresco após o banho.

— E neste quarto, quem está aí? — perguntou, apontando para uma porta.

— É a ducha de Charcot,[2] vossa excelência!

1900

---

[2] Refere-se ao psiquiatra francês Jean-Martin Charcot (1825-93), conhecido, entre outros motivos, por criar um tratamento por meio de duchas.

O bispo

I

No mosteiro de Staro-Petróvski, estavam celebrando as vésperas do Domingo de Ramos. Ao final, quando os ramos foram distribuídos, já passava das nove horas, as velas se apagaram, os pavios viraram cinzas, tudo parecia envolto por uma neblina. Na penumbra da igreja, a multidão ondulava como o mar, e o reverendíssimo Piotr, doente havia cerca de três dias, teve a impressão de que todos os rostos — velhos e jovens, homens e mulheres — se pareciam uns com os outros e de que todos os que vinham receber os ramos de salgueiro de suas mãos tinham nos olhos a mesma expressão. No nevoeiro, não dava para enxergar as portas, a multidão se movia incessante, parecia que não tinha e não teria fim. O coro feminino cantava, a monja lia o cânone.

Como estava abafado, que calor! Como as Vésperas haviam se prolongado! O reverendíssimo Piotr se sentia exausto. Tinha a respiração ofegante, rápida, seca, os ombros doíam de cansaço, as pernas tremiam. Era incômodo e desagradável ouvir que um *iuródivi*[1], de vez em quando, soltava gritos no meio do coro. Foi então que, de repente, como um sonho ou um delírio, o reverendíssimo teve a impressão de que, vinda do meio da multidão, se aproximava sua mãe, Maria Timoféievna, que

---

[1] Pessoa mentalmente insana, mas tida como sagrada na Igreja ortodoxa.

ele não encontrava já fazia nove anos, ou então alguma velha parecida com sua mãe e, depois de receber um ramo das mãos dele, a senhora foi se afastando, mas olhava para ele o tempo todo, com ar alegre, com um sorriso bondoso e contente, até se misturar de novo com a multidão. Por algum motivo, lágrimas desceram pelo rosto do bispo. Em sua alma, havia serenidade, tudo corria às mil maravilhas, no entanto ele mirava fixo para o coro do lado esquerdo, onde estavam lendo e onde, na penumbra da noite, já não se podia distinguir ninguém, e então... chorou. Lágrimas brilharam no rosto, na barba. Perto dele, alguém começou a chorar, depois, um pouco à frente, outra pessoa também, em seguida mais uma, e outra mais e, pouco a pouco, a igreja se encheu de um choro abafado. Após um breve tempo, mais ou menos cinco minutos, o coro de monjas cantou, ninguém mais chorava, tudo voltou ao que era.

Dali a pouco, a cerimônia chegou ao fim. Quando o bispo se acomodou na carruagem que o levaria para casa, as belas e alegres badaladas dos sinos pesados, e tão caros a ele, ressoaram por todo o jardim, iluminado pelo luar. Os muros brancos, as cruzes brancas nas sepulturas, as bétulas brancas, as sombras negras e a lua distante no céu, suspensa exatamente acima do mosteiro, pareciam agora viver uma vida à parte, incompreensível, embora próxima aos seres humanos. Era início de abril e, depois de um dia quente de primavera, o tempo arrefeceu, começou a gelar um pouco e, no ar frio e suave, sentia-se a aragem da primavera. O caminho do mosteiro até a cidade passava por um areal, era preciso descer e seguir a pé; e, de ambos os lados da carruagem, à luz do luar, claro e sereno, peregrinos arrastavam os passos pela areia. Todos seguiam calados, pensativos, tudo parecia inteiramente aprazível, jovial, estreitamente unido — as árvores, o céu, até mesmo a lua, e dava vontade de pensar que assim havia de ser para sempre.

Por fim, a carruagem chegou à cidade e avançou pela rua principal. As lojas já haviam fechado, menos a do comerciante Ierakin, milionário, onde experimentavam a iluminação elétrica, que piscava com força, enquanto muita gente se aglomerava em redor. Depois, vieram ruas largas, escuras, uma após a outra, desertas e, já fora da cidade, a estrada do *ziémstvo*, o campo, o aroma de pinheiros. De súbito, diante dos olhos, se ergueu um muro branco e denteado, por trás dele, um alto campanário, todo iluminado, e, junto a ele, cinco grandes cúpulas douradas e brilhantes — era o Mosteiro Pankratiévski, onde o reverendíssimo Piotr morava. Lá também pairava a lua, pensativa e serena, acima do mosteiro. A carruagem atravessou o portão, rangendo sobre a areia e, aqui e ali, ao luar, se entreviam vultos negros de monges, soavam passos sobre as lajes de pedra...

— Veja só, vossa reverendíssima, a sua mãe chegou quando o senhor estava ausente — informou um irmão leigo, assim que o reverendíssimo entrou em seus aposentos.

— A mamãe? Quando chegou?

— Antes das Vésperas. Primeiro perguntou onde o senhor estava e depois foi ao mosteiro feminino.

— Quer dizer que foi ela mesma que eu vi na igreja, agora há pouco! Ah, meu Deus!

E o reverendíssimo desatou a rir de alegria.

— Ela mandou avisar, vossa reverendíssima, que voltará amanhã — continuou o irmão leigo. — Ela veio com uma menina, deve ser a neta. Estão hospedadas no albergue de Ovsiánikov.

— Que horas são?

— Onze e pouco.

— Ah, que pena!

O reverendíssimo ficou um breve tempo sentado na sala, pensativo, como se não acreditasse que era tão tarde. Sentia pontadas nas pernas e nos braços, a nuca doía. Fazia um calor incômodo. Após descansar um pouco, foi para o seu quarto e, ali, também se deixou ficar sentado por um tempo, sempre pensando na mãe. Ouviu que o irmão leigo se retirava e que, por trás da parede, o monge Sissói tossia. O relógio do mosteiro bateu um quarto de hora.

O reverendíssimo trocou de roupa e começou a fazer as orações da hora de dormir. Recitava com atenção as preces antigas, conhecidas havia muito e, entretanto, pensava na mãe. Tinha nove filhos e cerca de quarenta netos. No passado distante, morava num povoado pobre com o marido, um diácono; viveu lá por muito tempo, dos dezessete aos sessenta anos. O reverendíssimo se recordava da mãe desde a mais remota infância, mal contava três anos de idade, e como a amava! Uma infância doce, preciosa, inesquecível! Por que aquele tempo irrecuperável, para sempre perdido, parecia mais radiante, mais festivo e mais rico do que foi, na realidade? Como era afetuosa e meiga a sua mãe, quando ele adoecia, na infância e na mocidade! E agora as preces se misturavam com as recordações, que se acendiam, cada vez mais radiosas, como chamas; porém as preces não o impediam de pensar na mãe.

Encerradas as orações, ele se despiu, deitou-se e, tão logo escureceu em redor, surgiram diante de seus olhos o pai falecido, a mãe, o povoado natal de Lessopólie... O rangido das rodas, o balido das ovelhas, o sino da igreja nas manhãs claras de verão, os ciganos ao pé da janela — oh, como era doce pensar naquilo! Veio à memória o sacerdote de Lessopólie, o padre Simeon, dócil, humilde, bondoso; embora magro e baixo, seu filho, um seminarista, era imensamente alto e falava com furiosa voz de baixo; certa vez, o filho do pope se exaltou com a cozinheira e a insultou: "Ah, sua jumenta de Iegudiíl!".[2] E o padre Simeon, ao ouvir aquilo, não disse nenhuma palavra, apenas se

---

[2] Trata-se de um dos sete arcanjos da Igreja ortodoxa.

envergonhou por não conseguir lembrar que trecho das Sagradas Escrituras mencionava a jumenta. O sacerdote que o sucedeu em Lessopólie foi o padre Demian, que bebia demais e, volta e meia, se embriagava até a serpente verde³ e, por isso, tinha o apelido de Demian-que-vê-a-serpente-verde. O professor em Lessopólie era Matviei Nikoláitch, seminarista, homem bondoso e inteligente, mas também beberrão; nunca batia nos alunos, contudo, por algum motivo, tinha sempre pendurado na parede um feixe de varas de bétula e, abaixo, num latim completamente sem sentido, a inscrição: *betula kinder balsamica secuta*.⁴ Também tinha um cachorro chamado Sintaxe.

O reverendíssimo pôs-se a rir. A oito verstas de Lessopólie se encontrava o povoado de Óbnino, onde havia um ícone milagroso. No verão, o ícone do povoado era levado em procissão aos povoados vizinhos e os sinos tocavam o dia inteiro, ora num povoado, ora em outro, e o reverendíssimo tinha a impressão de que a alegria palpitava no ar e ele (na época, chamado de Pavlucha) caminhava atrás do ícone sem gorro, descalço, com uma fé ingênua, um sorriso ingênuo, e infinitamente feliz. Em Óbnino — agora lhe veio a lembrança — sempre havia muita gente e o sacerdote local, padre Aleksei, a fim de acelerar o ofertório, obrigava seu sobrinho surdo, Ilarion, a ler os bilhetinhos e anotações que acompanhavam os pães eucarísticos,⁵ "à saúde de fulano", "ao repouso de fulano"; Ilarion fazia a leitura, às vezes ganhava cinco ou dez copeques por missa e, só quando já estava grisalho e calvo e a vida já havia passado, de repente, ele viu escrito num papelzinho: "Como você é burro, Ilarion!". Até os quinze anos, pelo menos, Pavlucha tinha pouca

---

3 "Embriagar-se até a serpente verde" é a tradução de uma expressão idiomática russa que significa beber até ter alucinações. 4 *Betula*, latim: bétula. *Kinder*, alemão: criança. *Balsamica*, latim: que cura, consola. *Secuta*, latim: seca. O sentido almejado seria: "A bétula seca cura a criança". 5 No rito ortodoxo, equivale à hóstia.

instrução, andava mal nos estudos, quiseram até retirá-lo da escola religiosa e empregá-lo numa vendinha; certa vez, ao ir ao correio em Óbnino para pegar cartas, Pavlucha ficou olhando muito tempo para os funcionários e indagou: "Desculpe perguntar, mas como vocês recebem seu salário: por mês ou por dia?".

O reverendíssimo fez o sinal da cruz e virou-se para o outro lado, a fim de não pensar em mais nada e dormir.

"Minha mãe está aqui...", lembrou-se e começou a rir.

A lua mirava pela janela, o chão do quarto estava iluminado e, nele, sombras se estendiam. Um grilo cantou. No quarto vizinho, atrás da parede, o padre Sissói roncava e, no seu ronco de velho, percebia-se algo de solitário, órfão, errante, até. Em outros tempos, Sissói tinha sido ecônomo e bispo diocesano, mas agora o chamavam de "padre ex-ecônomo"; tinha setenta anos. Morava num mosteiro a dezesseis verstas da cidade, mas também se alojava na cidade, em qualquer lugar. Três dias antes, havia passado pelo mosteiro Pankratiévski e o reverendíssimo abrigou-o em seus aposentos para, em algum momento, numa hora vaga, conversar com ele sobre negócios, sobre problemas locais...

À uma e meia, soaram as matinas. Ele ouviu que o padre Sissói se pôs a tossir, resmungou com voz descontente, depois se levantou e ficou passando, descalço, junto à porta dos quartos.

— Padre Sissói! — chamou o reverendíssimo.

Sissói voltou ao seu quarto e, pouco depois, reapareceu com uma vela na mão, já de botas; por cima das roupas de baixo, vestia sua batina e, na cabeça, um solidéu velho e desbotado.

— Não consigo dormir — disse o reverendíssimo, ao se pôr sentado. — Devo estar doente. Mas o que eu tenho, não sei. Que calor!

— Deve ter se resfriado, reverendo. Era bom besuntar o corpo com sebo de vela.

Sissói esperou um pouco mais e bocejou:

— "Oh, Senhor, perdoai-me, pecador que sou!" Hoje, na loja do Ierakin, acenderam a eletricidade — disse. — Eu não gosto!

O padre Sissói era velho, esquálido, recurvado, sempre descontente com alguma coisa, tinha os olhos zangados, proeminentes como os de um caranguejo.

— Eu não gosto! — repetiu, enquanto se retirava. — Não gosto, e que Deus o proteja!

II

No dia seguinte, Domingo de Ramos, o reverendíssimo celebrou a missa na catedral da cidade, depois visitou o bispo diocesano, foi à casa de uma velha generala[6] gravemente enferma e, por fim, voltou para casa. Depois de uma hora da tarde, visitas queridas foram almoçar com ele: a velha mãe e a sobrinha Kátia, menina de uns oito anos. Durante o almoço, um solzinho de primavera espiava o tempo todo pela janela e iluminava, com alegria, a toalha de mesa branca e os cabelos ruivos de Kátia. Através dos caixilhos duplos da janela, ouvia-se o rumor das gralhas no jardim e o canto dos estorninhos.

— Já faz nove anos que não nos vemos — disse a velha. — E ontem, no mosteiro, quando eu olhei para o senhor... meu Deus! Não mudou nem um pinguinho, só ficou um pouco mais magro, talvez, e a barba está mais comprida. Rainha do Céu, Mãezinha! Ontem, nas Vésperas, não consegui me conter, todo mundo estava chorando. E, de repente, quando pus os olhos no senhor, também comecei a chorar, e nem eu mesma sei por quê. É a vontade de Deus!

Apesar do carinho com que falava, percebia-se que ela se sentia constrangida, como se não soubesse se devia tratar o

---

6 No Império Russo, a esposa ou viúva de um general recebia o título de generala.

filho por você ou senhor, se devia rir ou não, e era como se ela se sentisse antes a esposa de um diácono do que a mãe do bispo. Enquanto isso, Kátia olhava para o tio, o reverendíssimo, sem piscar, e parecia querer decifrar que tipo de pessoa era aquela. Os cabelos da menina, presos por uma travessa e uma fitinha de veludo, estavam um pouco levantados e pareciam formar uma auréola, seu nariz era arrebitado e os olhos, sagazes. Antes de sentar para almoçar, ela quebrou um copo e agora sua avó, enquanto conversava, afastava da neta ora um copo, ora uma taça. O reverendíssimo escutava a mãe e recordou que, outrora, muitos anos antes, ela o levava, com os irmãos e as irmãs, à casa de parentes que ela considerava ricos; naquelas visitas, se mostrava muito preocupada com os filhos e, agora, fazia o mesmo com os netos, e havia trazido Kátia...

— A Várienka, a irmã do senhor, tem quatro filhos — contou a mãe. — Esta aqui é a Kátia, a mais velha, e só Deus sabe por que o meu genro, o padre Ivan, caiu doente e morreu três dias antes da Ascensão. E agora, para viver, a minha Várienka é obrigada a pedir esmola.

— E como vai o Nikanor? — perguntou o reverendíssimo, referindo-se ao irmão mais velho.

— Vai indo, graças a Deus. Vai levando, como Deus quer. Dá para viver. Só tem um problema: o filho dele, o Nikolacha, meu neto, não quis seguir carreira na igreja, entrou na universidade para ser médico. Talvez seja melhor assim, quem sabe? É a vontade de Deus.

— O Nikolacha retalha os defuntos — disse Kátia, e entornou água sobre os joelhos.

— Fique quieta, menina, comporte-se — advertiu a avó, com voz tranquila, e tomou o copo de suas mãos. — Coma e reze.

— Há quanto tempo não nos vemos! — disse o reverendíssimo, e olhou com ternura para a mão e para o ombro da mãe. — Eu senti saudade da senhora no exterior, mamãe, senti muita saudade.

— Muito grata por sua bondade.

— Ao fim da tarde, eu ficava sentado junto a uma janela aberta, me sentia muito sozinho, ouvia alguém tocar música e, de repente, me vinha uma saudade da terra natal e eu tinha impressão de que eu daria qualquer coisa só para estar de novo em casa e ver a senhora...

A mãe sorriu, ficou radiante, mas logo seu rosto se tornou sério e ela disse:

— Muito grata por sua bondade.

De repente, o estado de ânimo do bispo se transformou. Olhava para a mãe e não compreendia de onde vinha aquela expressão respeitosa e intimidada, no rosto e na voz, não entendia por que tudo aquilo, e nem a reconhecia mais. Sentiu-se triste, aborrecido. Ainda por cima, tinha dor de cabeça, como na véspera, as pernas doíam muito e o peixe parecia insípido, de paladar ruim e, a todo instante, ele sentia vontade de beber...

Depois do almoço, vieram duas damas ricas, senhoras de terra, de fisionomia tensa, que ficaram uma hora e meia sentadas e em silêncio; depois, a trabalho, veio o arquimandrita, calado e meio surdo. Então, soaram os sinos das Vésperas, o sol baixou atrás do bosque e o dia chegou ao fim. Ao voltar da igreja, o reverendíssimo rezou afobado, deitou-se na cama e cobriu-se para se aquecer.

Sentia enjoo só de recordar o peixe que comera no almoço. O luar o deixava inquieto e, além do mais, ouvia-se uma conversa. No cômodo vizinho, com certeza na sala, o padre Sissói estava falando de política.

— Agora, os japoneses estão em guerra. Estão combatendo. Os japoneses, mãezinha, são iguais aos montenegrinos, são da mesma tribo. Estiveram juntos sob o jugo turco.

Em seguida, se ouviu a voz de Maria Timoféievna:

— Sabe, depois de fazer as orações, pois é, e depois de beber o chá, nós fomos visitar o padre Iegor, sabe, em Novokhátnoie...

Toda hora dizia "depois de beber o chá", ou "depois de tomar chá", e parecia que, de tudo o que fazia na vida, ela só sabia que bebia chá, e mais nada. Com vagar e sonolência, o reverendíssimo recordou o seminário, a academia. Por três anos, mais ou menos, ele foi professor de grego no seminário, já não conseguia ler um livro sem óculos, depois foi ordenado monge e nomeado inspetor. Mais adiante, defendeu sua dissertação. Aos trinta e dois anos, foi nomeado reitor do seminário, consagrado arquimandrita e, então, a vida se revelou muito leve e aprazível, parecia muito, muito longa, e não se avistava o seu fim. Então, começou a adoecer, emagreceu demais, ficou quase cego e, por recomendação médica, teve de abandonar tudo e ir para o exterior.

— Mas e depois, o que aconteceu? — perguntou o padre Sissói, no cômodo vizinho.

— Depois, tomamos chá... — respondeu Maria Timoféievna.

— Paizinho, o senhor está com a barba verde! — exclamou Kátia, de repente, com surpresa, e riu.

O reverendíssimo recordou que a barba do encanecido Sissói, de fato, tinha um tom esverdeado, e riu também.

— Senhor meu Deus, que martírio é esta menina! — exclamou Sissói bem alto, com irritação. — Que mimada! Fique quieta, comporte-se!

O reverendíssimo recordou a igreja branca, nova em folha, em que ele celebrava missas, quando no exterior; recordou o rumor do mar de águas tépidas. Seu apartamento tinha cinco cômodos claros, teto alto, biblioteca e escrivaninha nova no escritório. Lia muito, escrevia com frequência. Recordou que tinha saudades da terra natal, que uma cega pedinte tocava violão e cantava canções de amor, todos os dias, embaixo de sua janela e ele, ao ouvi-la, por alguma razão, pensava sempre no seu passado. Entretanto, corridos oito anos, ele foi chamado de volta à Rússia e, agora, já se tornara bispo sufragâneo e todo seu passado havia fugido para algum lugar distante, envolto em uma neblina, como se fosse um sonho...

Com uma vela na mão, o padre Sissói entrou no quarto.

— Puxa — admirou-se. — O senhor já está dormindo, reverendíssimo?

— O que é?

— Sabe, ainda é cedo, dez horas, pouco menos, até. Hoje eu comprei uma velinha, queria friccionar o sebo no seu corpo.

— Tenho febre... — disse o reverendíssimo, e sentou-se. — De fato, é preciso fazer alguma coisa. Minha cabeça não está bem...

Sissói tirou a camisa do bispo e se pôs a esfregar o peito e as costas com o sebo da vela.

— Pronto, assim... pronto, assim... — dizia. — Senhor Jesus Cristo... Assim. Hoje, fui à cidade, estive com aquele... como se chama? O arcipreste Sidónski... Eu tomei chá com ele... Não gosto dele, não! Senhor Jesus Cristo... Pronto, assim... Eu não gosto!

III

Velho, muito gordo, o bispo diocesano sofria de reumatismo, ou de gota, e já fazia um mês que estava de cama. O reverendíssimo Piotr o visitava quase todo dia e, em lugar dele, recebia pessoas com solicitações. Agora, que ele mesmo estava mal de saúde, sentia-se chocado com o vazio e a mesquinharia de tudo aquilo que pediam e por que choravam; a ignorância e a timidez o deixavam irritado; toda aquela massa de ninharias e futilidades o esmagava e ele tinha a impressão de que, agora, entendia o bispo diocesano, que, na mocidade, escrevera *A doutrina do livre-arbítrio*, mas agora parecia se abandonar por inteiro a coisas irrelevantes, esquecera-se de tudo e não pensava em Deus. Com certeza, no exterior, o reverendíssimo se desabituara da vida russa e, para ele, aquela vida era penosa; o povo lhe parecia bruto, as mulheres, com suas súplicas, eram enfadonhas e tolas, os seminaristas e seus professores se revelavam ignorantes, por vezes selvagens. E além disso havia a papelada, o entra e sai de documentos, que chegavam a dezenas de milhares, e que documentos! Os ajudantes de todas as dioceses davam notas de comportamento para os sacerdotes, jovens ou velhos, e até para suas esposas e filhos, davam nota cinco e quatro, às vezes três, e era necessário falar, ler e escrever documentos sérios sobre aquilo. Não tinha, rigorosamente, nem um minuto livre, sua alma se mantinha agitada o dia inteiro e o reverendíssimo Piotr só se acalmava quando estava na igreja.

Tampouco havia meio de se acostumar com o temor que, mesmo sem querer, ele despertava nos outros, a despeito de seu temperamento calmo, discreto. Quando olhava para as pessoas naquela província, todos lhe pareciam pequenos, assustados, culpados. Em sua presença, todos se intimidavam, mesmo o velho arcipreste, todos "se arrojavam" a seus pés e, pouco tempo antes, a esposa de um pope do campo, já idosa, que viera lhe trazer alguma solicitação, não conseguiu pronunciar nenhuma palavra, de tanto medo, e acabou indo embora sem obter nada. E ele, que nos sermões nunca se atrevia a falar mal das pessoas, nunca repreendia ninguém, pois tinha pena, com os peticionários perdia a cabeça, se irritava, atirava ao chão o papel com suas solicitações. Durante todo o tempo em que esteve ali, nem uma única pessoa conversou com ele de maneira sincera, simples, humana; até sua velha mãe, pelo visto, já não era a mesma, longe disso! Era até o caso de perguntar por que, ao conversar com Sissói, ela falava sem parar, e ria muito, mas com ele, seu filho, se mostrava séria, em geral calada, retraída, uma conduta de todo estranha a ela. A única pessoa que se mantinha à vontade em sua presença e dizia tudo o que desejava era o velho Sissói, que passara toda a vida entre bispos e já enterrara onze deles. Por algum motivo, era fácil, para o bispo, ficar em sua companhia, embora, sem dúvida, Sissói fosse um homem difícil e rabugento.

Terça-feira, após a missa, o reverendíssimo esteve na residência episcopal, onde recebeu as solicitações das pessoas, se perturbou, se aborreceu e, depois, foi para casa. Como antes, não estava se sentindo bem, tudo que desejava era deitar-se; entretanto, assim que entrou em casa, anunciaram a visita de Ierakin, jovem comerciante que fazia doações à igreja, a fim de tratar de um assunto muito importante. Era indispensável recebê-lo. Ierakin permaneceu ali uma hora, mais ou menos, falava muito alto, quase aos gritos, era até difícil entender o que dizia.

— Deus queira! — disse Ierakin, ao sair. — Absolutamente imprescindível! Por força das circunstâncias, vossa eminência reverendíssima! É a minha vontade!

Depois dele, veio a superiora de um mosteiro distante. Quando também ela foi embora, soaram os sinos das Vésperas: era preciso ir à igreja.

À noite, os monges cantaram de forma harmoniosa, inspirada, um jovem monge de barba negra celebrou a missa; ao ouvir os versículos sobre o noivo que virá à meia-noite e sobre os aposentos enfeitados,[7] o reverendíssimo não sentia arrependimento dos pecados nem desgosto, mas sim serenidade espiritual, calma, e o pensamento o transportou para o passado remoto, a infância e a mocidade, quando também cantavam sobre o noivo e os aposentos enfeitados, e agora aquele passado ressurgia belo, alegre, vivaz, como provavelmente nunca

---

7 Mateus 25,1-15.

tinha sido. Talvez, no outro mundo, na outra vida, recordemos o passado remoto, nossa vida aqui na terra, com esse mesmo sentimento. Quem sabe? O reverendíssimo estava sentado no altar, num lugar escuro. Lágrimas corriam em seu rosto. Ele pensava que havia alcançado tudo que uma pessoa na sua condição podia obter, ele tinha fé, porém, mesmo assim, nem tudo estava claro, algo ainda faltava, ele não queria morrer; continuava com a impressão de que não tinha o mais importante, algo com que sonhara vagamente em outros tempos e, agora, ainda o perturbava a mesma esperança no futuro que ele sentira na infância, na academia e no exterior.

"Como estão cantando bem hoje!", pensou, enquanto ouvia o canto, atentamente. "Que beleza!"

IV

Na quinta-feira, ele celebrou missa na catedral e houve a cerimônia do lava-pés. Quando a missa terminou e o povo se dispersou rumo a suas casas, o dia estava ensolarado, quente, alegre, a água rumorejava nas valas e, nos arredores da cidade, ouvia-se o meigo e incessante canto das cotovias, que vinha dos campos e convidava ao repouso. As árvores já haviam despertado, sorriam afáveis e, acima delas, o céu azul, insondável e imenso, fugia só Deus sabe para onde.

Uma vez em casa, o reverendíssimo Piotr tomou chá, depois trocou de roupa, deitou-se na cama e mandou o irmão leigo fechar as persianas. O quarto ficou escuro. No entanto, que cansaço, que dor nas pernas e nas costas, uma dor pesada e fria, e que zoeira nos ouvidos! Fazia muito tempo que não dormia, muito tempo, era essa a sua impressão, pois, assim que os olhos fechavam, alguma bobagem se esgueirava em seu cérebro e não o deixava adormecer. Como na véspera, o som de vozes, copos e colheres de chá atravessava a parede... Com alegria, entre gracejos, Maria Timoféievna contava algo para o padre Sissói, que respondia, em tom triste e melancólico: "Eles têm cada uma! Onde é que nós estamos? Onde vamos parar?". E, mais uma vez, o reverendíssimo sentiu-se aborrecido, depois magoado, ao ver que a velha se portava de maneira simples e natural com os outros, porém com ele, seu filho, se mostrava intimidada, falava pouco e não dizia o que queria, e o bispo chegava a ter a impressão de que, todos aqueles dias, em sua presença, sua mãe procurava sempre um pretexto para se manter de pé, pois tinha vergonha de sentar-se. E o pai? Com certeza, se estivesse vivo, seria incapaz de pronunciar uma só palavra diante dele...

No quarto vizinho, algo bateu no chão e se espatifou; na certa, Katia deixara cair a xícara ou o pires, porque o padre Sissói, de repente, cuspiu e exclamou, contrariado:

— Essa menina é um verdadeiro martírio, meu Deus, perdoe este pobre pecador! Ninguém aguenta!

Depois, veio um silêncio, só se ouviam sons que vinham de fora. E, quando o reverendíssimo abriu os olhos, viu Kátia no seu quarto, de pé, imóvel, olhando para ele. Os cabelos ruivos, como de costume, presos por uma travessa, estavam um pouco levantados e pareciam formar uma auréola.

— É você, Kátia? — perguntou. — Quem é que está lá embaixo e abre e fecha a porta toda hora?

— Não estou ouvindo — respondeu Kátia, e tentou ouvir.

— Olhe, agora alguém entrou.

— Mas isso foi dentro da sua barriga, titio!

Ele deu uma risada e afagou a cabeça da menina.

— Quer dizer que seu irmão Nikolacha, pelo que você diz, retalha os defuntos? — perguntou ele, após um breve silêncio.

— É. Está estudando.

— E ele é bom?

— É bom, sim. Só que toma vodca demais.

— E o seu pai, do que foi que ele morreu?

— O papai ficou fraco e magro, muito magrinho e, de repente... a garganta. Aí eu fiquei doente, e também o irmão Fiédia, todo mundo ficou ruim da garganta. O papai morreu, titio, mas nós ficamos bons.

O queixo da menina tremeu e lágrimas surgiram em seus olhos, deslizaram pelas bochechas.

— Vossa reverendíssima — disse ela, com voz fina, já chorando amargamente. — Titio, eu e mamãe ficamos na miséria... Dê algum dinheiro para nós... faça essa caridade... tio querido!...

O bispo também chorou e, por muito tempo, por causa da emoção, não conseguiu pronunciar uma só palavra, depois afagou a cabeça da menina, tocou atrás do seu ombro e disse:

— Tudo bem, tudo bem, menina. Olhe, quando chegar a Páscoa, vamos falar sobre isso... Eu vou ajudar... ajudo sim...

Tímida, em silêncio, a mãe entrou e rezou voltada para um ícone. Ao ver que o filho não estava dormindo, perguntou:

— Não quer uma sopinha?

— Não, obrigado... — respondeu. — Não tenho vontade.

— O senhor não parece bem de saúde... agora que estou reparando. Também, como não ficar doente? O dia inteiro de pé, o dia inteiro... meu Deus, só de olhar para o senhor, dá pena. Bem, não falta muito para a Semana Santa, aí o senhor vai descansar, com a graça de Deus, e então vamos poder conversar. Agora, não vou ficar mais aqui, para não incomodar o senhor com minhas conversas. Vamos, Kátietchka, deixe o reverendo dormir um pouco.

E ele recordou que, muito tempo antes, quando ainda menino, sua mãe era exatamente assim, falava com o padre naquele mesmo tom, entre o respeitoso e o brincalhão... Só os olhos extremamente bondosos, o olhar tímido e preocupado que ela lhe dirigiu de passagem, ao sair do quarto, ainda deixavam adivinhar que aquela era sua mãe. Ele fechou os olhos e parecia dormir, mas ouviu o relógio bater duas vezes e o padre Sissói tossir, por trás da parede. Entretanto, a mãe voltou e, por um minuto, olhou acanhada para ele. Ouviu-se a chegada de alguém, numa carruagem ou caleche, na frente da varanda. De súbito, batidas na porta, que foi aberta: o irmão leigo entrou no quarto.

— Vossa reverendíssima! — gritou.
— O que foi?
— Os cavalos estão prontos, está na hora da Paixão do Senhor.
— Mas que horas são?
— Sete e quinze.

O bispo se vestiu e partiu rumo à catedral. Durante a leitura de todos os doze trechos dos evangelhos, era preciso ficar de pé no meio da igreja, imóvel, e o primeiro, o mais longo, o mais belo, ele mesmo lia. Um ânimo alegre e bem-disposto o dominou. Aquele primeiro trecho — "Agora, o filho do homem foi glorificado" —, ele sabia de cor; e, enquanto lia, volta e meia erguia os olhos e via, de ambos os lados, um verdadeiro mar de luzes, chegava a ouvir o crepitar das velas, porém as pessoas não estavam visíveis, como no ano anterior, e ele teve a impressão de que eram as mesmas pessoas de sua infância e mocidade, teve a impressão de que haveriam de ser sempre as mesmas, ano após ano, e até quando, só Deus podia saber.

Seu pai fora diácono, o avô, padre, o bisavô, diácono, e todos os seus antepassados, quem sabe, desde os tempos da cristianização da Rus,[8] pertenceram ao clero; seu amor ao ministério da igreja, ao clero e ao som dos sinos era inato, profundo, impossível de erradicar; na igreja, sobretudo quando participava

---

[8] Designação histórica, de raiz mitológica, das regiões povoadas pelos eslavos orientais, cristianizados no século XX.

da cerimônia, sentia-se vivo, animado, feliz. Como agora, também. No entanto, terminada a leitura do oitavo evangelho, sentiu a voz enfraquecer, nem sua tosse era possível ouvir, assaltou-o uma forte dor de cabeça, e o medo de cair a qualquer momento o perturbou. De fato, as pernas se entorpeceram por completo, a tal ponto que, pouco a pouco, ele acabou por não sentir mais as próprias pernas e, agora, não conseguia entender como, e apoiado em quê, ainda se mantinha de pé e por que não caía...

Quando a missa terminou, eram quinze para meia-noite. Ao chegar a seus aposentos, o reverendíssimo logo se despiu e deitou-se, nem mesmo rezou. Não conseguia falar e tinha a impressão de ser incapaz de manter-se de pé. Quando se cobriu com o cobertor, de repente, veio um desejo de estar no estrangeiro, um desejo irreprimível! Tinha a impressão de que daria a própria vida só para não ver aquelas persianas baratas, deploráveis, aqueles tetos baixos, não sentir aquele odor pesado do mosteiro. Quem dera houvesse ao menos uma pessoa com quem ele pudesse conversar, desabafar as mágoas!

No quarto vizinho, por muito tempo, soaram os passos de alguém, mas ele não conseguia, de maneira nenhuma, atinar quem era. Enfim, a porta abriu e Sissói entrou, com uma vela acesa e uma xícara de chá.

— O senhor já se deitou, reverendíssimo? — perguntou. — Olhe só o que eu trouxe: quero friccionar vodca e vinagre no senhor. Se untar faz bem, isto aqui é ainda mais benéfico. Senhor Jesus Cristo... Assim, pronto... Assim, pronto... Eu estive agora há pouco no nosso mosteiro... Eu não gosto! Vou embora daqui amanhã mesmo, reverendo, não quero mais ficar. Senhor Jesus Cristo... Assim, pronto...

Sissói não conseguia permanecer muito tempo no mesmo lugar e tinha a impressão de que já fazia um ano que residia no mosteiro Pankratiévski. Ao ouvi-lo falar, era difícil, acima de tudo, entender onde ele morava, se gostava de alguém ou de algo, se acreditava em Deus... Ele mesmo não sabia por que era monge, nem sequer pensava no assunto e já fazia muito tempo que se apagara de sua memória o tempo em que recebera a tonsura. Era como se já tivesse nascido monge.

— Vou embora amanhã. Que fiquem com Deus, todos eles!

— Eu queria conversar com o senhor... nunca tenho chance — falou o reverendíssimo em voz baixa, com esforço. — Afinal, aqui, não conheço ninguém, não sei de nada...

— Eu posso ficar até domingo, se o senhor deseja, assim será. Mais do que isso eu não quero. Chega!

— Que bispo sou eu? — prosseguiu o reverendíssimo, em voz baixa. — Eu poderia muito bem ser um pároco de aldeia, um diácono qualquer... ou um simples monge... Tudo isto me sufoca... me sufoca...

— O quê? Senhor Jesus Cristo... Assim, pronto... Muito bem, vá dormir, reverendíssimo!... Onde já se viu? Onde é que isso vai parar? Boa noite!

O reverendíssimo passou a noite inteira sem dormir. De manhã, às oito horas, mais ou menos, teve início uma hemorragia intestinal. O irmão leigo se assustou e, primeiro, correu para avisar ao arquimandrita, só depois foi chamar o médico do mosteiro, Ivan Andreitch, que morava na cidade. O médico, um velho gordo, de barba comprida e grisalha, examinou demoradamente o reverendíssimo, o tempo todo balançava a cabeça e franzia as sobrancelhas, e no final, disse:

— Sabe de uma coisa, vossa reverendíssima? O senhor está com febre tifoide!

Por causa da hemorragia, em cerca de uma hora, o reverendíssimo emagreceu e empalideceu muito, definhou, o rosto enrugou-se, os olhos ficaram grandes e ele parecia ter envelhecido, diminuído de estatura, já estava até com a impressão de ser mais magro, mais fraco e mais insignificante do que qualquer outra pessoa, e de que tudo o que havia ocorrido em sua vida partira para algum lugar muito distante, nunca mais haveria de repetir-se, não teria continuidade.

"Que bom!", pensou. "Que bom!"

Sua velha mãe chegou. Ao ver o rosto enrugado e os olhos grandes do filho, assustou-se, caiu de joelhos diante da cama e se pôs a beijar seu rosto, seus ombros, suas mãos. Por alguma razão, ela também teve a impressão de que o filho era mais magro, mais fraco e mais insignificante do que qualquer outra pessoa, ela não se lembrava mais de que seu filho era bispo e o beijava como se fosse uma criança, muito próxima, muito querida.

— Pavlucha, meu anjinho — disse. — Meu adorado!... Meu filhinho!... Por que você ficou desse jeito? Pavlucha, me responda!

Kátia, pálida, compenetrada, se mantinha de pé e não entendia o que havia com o tio, por que sua avó mostrava tamanho sofrimento no rosto, por que ela dizia palavras tão tristes e comoventes. Naquela altura, ele já não conseguia articular nenhuma palavra, não compreendia nada, e lhe pareceu que já era uma pessoa simples e comum, que estava andando ligeiro e alegre pelo campo, batendo com uma varinha no chão e, acima dele, se alastrava o céu vasto, inundado pelo sol, e agora ele era livre como um pássaro, podia ir para onde bem entendesse!

— Filhinho, Pavlucha, me responda! — dizia a velha. — O que você tem? Meu querido!

— Não perturbe o reverendo — exclamou Sissói, zangado, ao atravessar o quarto. — Deixe que durma... Não há nada que fazer... Não adianta!...

Vieram três médicos, deram conselhos, depois foram embora. O dia foi longo, inacreditavelmente longo, depois teve início a noite, também muito longa e, já de manhã, no sábado, o irmão leigo se aproximou da velha, deitada no sofá da sala, e pediu que entrasse no quarto: o reverendíssimo deixara de viver.

No dia seguinte, era Páscoa. Na cidade, havia quarenta e duas igrejas e seis mosteiros; da manhã à noite, o repicar alegre e retumbante dos sinos pairou acima da cidade, sem cessar, agitando o ar da primavera; os pássaros cantavam, o sol brilhava radiante. Na grande praça da feira, havia barulho e alvoroço, os balanços iam e vinham, os realejos tocavam, um acordeão gemia, vozes embriagadas ressoavam. Na rua principal, depois do meio-dia, teve início o desfile de cavalos trotadores — em suma, a alegria reinava, tudo era festa, como fora também no ano anterior e como seria, com toda a certeza, no ano seguinte.

Passado um mês, foi nomeado um novo bispo sufragâneo e já ninguém mais pensava no reverendíssimo Piotr. Depois, ele foi completamente esquecido. Apenas a velha mãe do falecido, que agora morava na casa do genro diácono, num longínquo vilarejo de província, quando saía de casa ao entardecer para recolher sua vaca e caminhava rumo ao pasto em companhia de outras mulheres, se punha a falar dos filhos, dos netos, contava que teve um filho que era bispo, e falava disso com timidez, receosa de que não acreditassem...

E, na verdade, nem todas acreditavam.

A noiva

I

Já eram dez horas da noite e a lua cheia brilhava acima do jardim. Na casa dos Chúmin, a cerimônia da vigília encomendada pela avó, Marfa Mikháilovna, havia terminado e Nádia, que saíra para o jardim por um minuto, viu que agora, no salão, estavam preparando a mesa para o jantar, enquanto a avó ia e vinha, em seu suntuoso vestido de seda; Andrei, o padre, arcipreste da catedral, conversava com a mãe de Nádia, Nina Ivánovna, que, sob a luz noturna vazada através da janela, parecia agora muito jovem; a seu lado, estava o filho do padre Andrei,[1] Andrei Andreitch, que escutava a conversa com atenção.

O jardim estava silencioso, fresco, sombras escuras se estendiam sobre a terra. Em algum local distante, muito distante, na certa fora da cidade, ouvia-se o coaxar das rãs. Sentia-se que era maio, o doce mês de maio! Vinha o ímpeto de respirar fundo, a vontade de pensar que, não ali, mas em algum lugar acima das árvores, mais perto do céu, longe, fora da cidade, nos campos, nos bosques, a primavera agora desdobrava sua vida misteriosa, bela, rica e sagrada, inacessível ao fraco entendimento de um mero pecador. E, sem saber de onde, vinha uma vontade de chorar.

Nádia já contava vinte e três anos; aos dezesseis, com fervor, sonhava casar, e agora, por fim, estava noiva de Andrei

---

[1] Na Igreja ortodoxa, os sacerdotes casam e têm filhos. Exceto os monges.

Andreitch, o mesmo que ela via ali, por trás da janela; Nádia gostava dele, o casamento estava marcado para o dia 7 de julho, entretanto, não existia contentamento, ela dormia mal à noite, havia perdido a alegria... Pela janela aberta do porão, onde ficava a cozinha, se podia ouvir o rebuliço das pessoas, o retinir das facas, o abrir e o fechar da porta, que estalava no batente; sentia-se o cheiro de peru assado e de cerejas em calda. E, por algum motivo, agora, parecia que toda a vida seria daquele modo, sem mudança, sem fim!

Naquele momento, alguém saiu da casa e se deteve na varanda: era Aleksandr Timoféitch, ou simplesmente Sacha, um hóspede que chegara de Moscou havia dez dias. Muito tempo antes, uma parenta distante da avó, chamada Mária Petrovna, viúva e doente, magrinha e pequena, de origem nobre, porém empobrecida, costumava vir à sua casa pedir esmola. Sacha era seu filho. Por algum motivo, diziam que era um pintor talentoso e, quando sua mãe morreu, a avó de Nádia, em nome da salvação da própria alma, o enviou para estudar no Instituto Komissárovskoie, em Moscou; dois anos depois, ele ingressou na Academia de Belas-Artes, lá permaneceu por quase quinze anos e, aos trancos e barrancos, concluiu o curso de arquitetura, só que não trabalhava como arquiteto, mas sim numa litografia de Moscou. Quase todo verão, passava uma temporada com a avó de Nádia e, em geral, chegava muito doente e vinha com o intuito de repousar e tratar-se.

Agora, vestia um casacão abotoado até em cima e surradas calças de brim, com as bainhas puídas. Tinha a camisa amarrotada e todo ele denotava um aspecto de desleixo. Muito magro, olhos grandes, dedos compridos e magros, barbado, pele escurecida e, ainda assim, bonito. Era pessoa familiar entre os Chúmin, quase um parente, e ali Sacha se sentia como em sua própria casa. Já fazia tempo que o quarto onde agora se hospedava era chamado de "quarto do Sacha".

Ao parar na varanda, ele avistou Nádia e caminhou em sua direção.

— É bonito, aqui na casa de vocês — disse ele.

— Claro que é bonito. O senhor devia ficar aqui até o outono.

— Sim, é isso mesmo que deve acontecer. Talvez eu fique até setembro.

Riu sem nenhum motivo e sentou-se ao lado da moça.

— Pois é, eu estou aqui sentada, olhando para a mamãe, lá dentro — disse Nádia. — Daqui, ela parece tão jovem! A minha mãe, é claro, tem suas fraquezas — acrescentou, após um breve silêncio. — Apesar disso, é uma mulher extraordinária.

— Sim, é bonita... — concordou Sacha. — A mãe da senhora, a seu modo, é claro, é uma mulher muito boa e gentil, mas... como dizer? Hoje de manhã cedo, eu fui à cozinha e, lá, três criadas estavam dormindo deitadas no chão, não há cama e, em lugar de lençol, trapos, mau cheiro, percevejos, baratas... A mesma coisa que há vinte anos, nenhuma alteração. Quanto à vovó, não se pode dizer nada, as avós são assim; mas a sua mãe, afinal de contas, fala francês, participa de espetáculos artísticos. Parece que já poderia compreender certas coisas.

Enquanto Sacha falava, estendia à frente da interlocutora dois dedos compridos e ossudos.

— Aqui, tudo me parece um tanto selvagem e estranho — prosseguiu. — Que diabo, ninguém faz nada. Mamãe só faz passear, o dia inteiro, como se fosse alguma duquesa, e a vovó também não faz nada, e a senhora... também. E o seu noivo, o Andrei Andreitch, também não faz nada.

Nádia ouvira as mesmas palavras no ano anterior, bem como, assim lhe parecia, dois anos antes, sabia que Sacha era incapaz de raciocinar de outra maneira e aquilo, que antes a divertia, dessa vez, por alguma razão, a deixou aborrecida.

— Tudo isso é velho e já me cansou faz tempo — disse, e levantou-se. — O senhor devia inventar algo novo.

Ele deu uma risada, também se levantou e ambos seguiram para casa. Alta, bonita, esbelta, agora ao lado dele, Nádia parecia muito saudável e elegante; percebia aquilo, teve pena de Sacha e, por algum motivo, sentiu-se constrangida.

— O senhor fala muita coisa desnecessária — disse. — Veja, agora há pouco, falou do meu Andrei, mas, afinal de contas, o senhor nem o conhece.

— O meu Andrei... Que Deus proteja o seu Andrei! É da juventude da senhora que eu sinto pena.

Quando os dois entraram no salão, os outros já estavam sentados à mesa, para jantar. A avó, ou como a chamavam em casa, vozinha, muito gorda, feia, de sobrancelhas espessas e bigodes, falava alto e, por sua voz e suas maneiras, logo se notava que ela era a senhora da casa. A ela pertenciam as lojas do antigo mercado e a velha casa com colunas, porém, toda manhã, ela rezava e pedia que Deus a salvasse da ruína e, naqueles momentos, chorava. Sua nora, Nina Ivánovna, loura, com a cintura fortemente cingida por um espartilho, de pincenê, ostentava diamantes em todos os dedos; o padre Andrei, velho, magro, sem dentes, tinha a expressão de quem está prestes a contar algo muito engraçado; seu filho, Andrei Andreitch, noivo de Nádia, gordo e bonito, de cabelos ondulados, parecia um artista ou pintor — os três conversavam sobre hipnotismo.

— Na minha casa, você vai se recuperar em uma semana — disse a avó, dirigindo-se a Sacha. — É só comer um pouco mais. Olhe só como você está! — e suspirou. — Ficou horrível! Parece um verdadeiro filho pródigo, sem tirar nem pôr.

— Para malbaratar a riqueza paterna — recitou o padre Andrei, lentamente, com olhos risonhos —, o filho execrado fartou-se com a canalha insensata...[2]

---

[2] Referência à parábola do filho pródigo (Lucas 15,11-32), mas com o texto bastante modificado.

— Eu adoro o meu paizinho — disse Andrei Andreitch, e tocou por trás do ombro do pai. — É um velho maravilhoso. Um velho muito bom.

Todos ficaram em silêncio. De súbito, Sacha deu uma risada e comprimiu um guardanapo de encontro à boca.

— Quer dizer que o senhor acredita no hipnotismo? — perguntou o padre Andrei a Nina Ivánovna.

— Eu não posso, é claro, afirmar que eu acredite — respondeu Nina Ivánovna, dando ao rosto uma expressão muito séria e até severa. — Mas tenho de reconhecer que, na natureza, há muita coisa misteriosa e incompreensível.

— Concordo inteiramente com a senhora, embora eu deva acrescentar, da minha parte, que a fé reduz de forma considerável o alcance do misterioso, para nós.

Serviram um peru grande, muito gorduroso. O padre Andrei e Nina Ivánovna continuaram sua conversa. Os brilhantes cintilavam nos dedos de Nina Ivánovna e, depois, lágrimas brilharam em seus olhos: estava abalada.

— Embora eu não me atreva a discutir com o senhor — disse ela —, o senhor mesmo há de convir que, na vida, há muitos enigmas insolúveis!

— Não há nenhum, eu me atrevo a assegurar à senhora.

Depois do jantar, Andrei Andreitch tocou violino, enquanto Nina Ivánovna acompanhou ao piano. Dez anos antes, ele concluíra a universidade, na faculdade de filologia, porém não exercera a profissão em lugar algum, não tinha nenhuma ocupação definida e só de vez em quando se apresentava em concertos beneficentes; na cidade, as pessoas o chamavam de artista.

Andrei Andreitch começou a tocar; todos ouviam em silêncio. Sobre a mesa, o samovar fervia baixinho, e apenas Sacha bebia chá. Depois, quando bateu a meia-noite, uma corda do violino se rompeu, de repente. Todos riram, houve um alvoroço geral e começaram a se despedir.

Após conduzir o noivo até a porta, Nádia subiu ao seu quarto, que dividia com a mãe (a avó ocupava o térreo). No salão, embaixo, começaram a apagar as velas, enquanto Sacha continuava sentado, tomando chá. À maneira moscovita, ele sempre se demorava bastante quando bebia chá, e tomava cerca de sete copos de cada vez. Após se despir e deitar-se, Nádia ficou muito tempo na cama, ouvindo como uma criada arrumava o salão e a avó se mostrava irritada. Por fim, tudo silenciou e só de vez em quando ressoava a tosse de Sacha, em tom de baixo, dentro do seu quarto.

II

Quando Nádia acordou, deviam ser duas horas e estava começando a amanhecer. Longe, em algum lugar, soaram as batidas de um vigia noturno. Nádia estava sem sono, a cama parecia mole demais, desconfortável. Como em todas as noites de maio antes daquela, Nádia sentou-se na cama e se pôs a pensar. Os pensamentos eram sempre os mesmos da noite anterior, repetitivos, redundantes, obsessivos, pensava na maneira como Andrei Andreitch começou a cortejá-la e pediu sua mão em casamento, como ela aceitou e depois, pouco a pouco, passou a estimar aquele homem bondoso e inteligente. No entanto, por alguma razão, agora, a menos de um mês do casamento, Nádia começou a sentir medo, uma inquietação, como se algo vago e opressivo a aguardasse.

"Tic-toc, tic-toc...", soavam preguiçosas as batidas do vigia noturno. "Tic-toc..."

Pela janela, grande e velha, via-se o jardim, densos arbustos de lilases floresciam ao longe, sonolentos e murchos de frio; a neblina espessa e branca flutuava em silêncio rumo aos lilases, queria cobri-los. Gralhas sonolentas grasnavam nas árvores distantes.

— Meu Deus, por que estou me sentindo tão oprimida?

Talvez todas as noivas experimentassem o mesmo, antes do casamento. Quem sabe? Ou seria a influência de Sacha? Entretanto, Sacha dizia a mesma coisa havia vários anos, como se recitasse de cor e, quando estava falando, o que ele dizia parecia ingênuo e estranho. Mesmo assim, por que o Sacha não saía de sua cabeça? Por quê?

Fazia tempo que o sinal do vigia noturno não soava. No jardim, ao pé da janela, pássaros começavam a cantar, a neblina estava abandonando o jardim e, como um sorriso, tudo em redor se iluminava com a luz da primavera. Aquecido e acariciado pelo sol, logo o jardim inteiro ganhou vida e as gotas de orvalho reluziram nas folhas como diamantes; o jardim antigo, abandonado havia muito tempo, parecia jovem e elegante naquela manhã.

A avó já despertara. Sacha tossia com sua voz de baixo. Ouvia-se que, no térreo, arrastavam as cadeiras e serviam o samovar.

As horas passavam lentamente. Nádia já estava de pé havia muito tempo e havia também muito tempo que contemplava o jardim, no entanto, a manhã continuava a se arrastar.

Então, apareceu Nina Ivánovna, chorosa, com um copo de água mineral na mão. Ela estudava espiritismo, homeopatia, lia muito, adorava conversar sobre as dúvidas que a assaltavam e Nádia tinha a impressão de que tudo aquilo continha um significado profundo, misterioso. Agora, Nádia beijou a mãe e se pôs a caminhar a seu lado.

— Por que estava chorando, mamãe? — perguntou.

— Ontem à noite, comecei a ler um conto que fala de um velho e sua filha. O velho tem um emprego não sei onde e então o chefe se apaixona pela filha dele. Ainda não li até o fim, mas há uma passagem em que é difícil conter as lágrimas — disse Nina Ivánovna, e tomou uns goles do seu copo. — Hoje de manhã, eu me lembrei do conto e chorei de novo.

— Pois, para mim, estes dias todos têm sido muito tristes — disse Nádia, após um breve silêncio. — Por que eu passo as noites sem dormir?

— Não sei, querida. Quando não durmo à noite, fecho os olhos com toda a força, olhe, assim, e imagino a Anna Kariênina, como ela caminha, como ela fala, ou imagino alguma cena histórica, da antiguidade...

Nádia sentiu que a mãe não a compreendia nem era capaz de compreender. Sentia aquilo pela primeira vez na vida e chegou a ter medo, quis se esconder, e fugiu para o seu quarto.

Às duas horas, sentaram-se à mesa para almoçar. Era quarta-feira, dia de jejum e, por isso, serviram para a vovó sopa de beterraba sem carne, especial para os dias de jejum, e carpa com *kacha*.[3]

A fim de provocar a vovó, Sacha tomou a sopa de beterraba do jejum, mas também o seu caldo de carne de sempre. Durante todo o almoço, ele dizia gracejos, no entanto, suas brincadeiras soavam canhestras, invariavelmente denotavam algum propósito moral e acabavam não tendo graça nenhuma, pois quando ele, antes de algum dito jocoso, erguia os dedos muito compridos, esquálidos como os de um cadáver, logo vinha à mente de todos que Sacha se encontrava gravemente enfermo e que talvez não tivesse mais muito tempo neste mundo; em tal situação, ele dava muita pena e as pessoas chegavam à beira das lágrimas.

Após o almoço, a vovó foi para seu quarto, descansar. Nina Ivánovna tocou um pouco de piano e, depois, também se retirou.

— Ah, minha querida Nádia — Sacha deu início à sua conversa de sempre, depois do almoço. — Se a senhora pelo menos me ouvisse! Quem dera!

---

3 Mingau de cereais. Tradicional na culinária russa.

Sentada bem fundo na velha poltrona macia, Nádia mantinha os olhos fechados, enquanto Sacha caminhava pela sala, de uma ponta à outra.

— Se pelo menos a senhora fosse estudar! — dizia. — Só as pessoas muito cultas e os santos são interessantes, só eles são necessários. Afinal, quanto mais pessoas assim houver, mais cedo virá o Reino de Deus na terra. E da sua cidade, então, pouco a pouco, não restará pedra sobre pedra. Tudo será virado de pernas para o ar, tudo vai se transformar, como num passe de mágica. E então, aqui, haverá casas enormes, majestosas, jardins deslumbrantes, chafarizes prodigiosos, pessoas extraordinárias... Mas o principal não é isso. O principal é que a multidão, no sentido em que nós entendemos a palavra, a multidão tal como é hoje, toda esta maldade, não vai mais existir, porque todas as pessoas vão acreditar e cada pessoa vai saber para que vive e ninguém vai tentar se apoiar na multidão. Minha querida, adorada, vá embora! Mostre a todos que está farta desta vida cinzenta, estagnada, pecadora. Mostre isso, nem que seja só para si mesma!

— Não posso, Sacha. Eu vou casar.

— Ah, chega! De que adianta tudo isso?

Foram para o jardim, caminharam um pouco.

— De todo modo, minha cara, é preciso refletir, é preciso compreender como é impura, como é imoral esta vida ociosa de vocês — prosseguiu Sacha. — Tente entender, por exemplo, que se a senhora, a sua mãe e a sua avó não fazem nada, quer dizer que outras pessoas estão trabalhando por vocês, que vocês estão se alimentando à custa da vida dos outros; por acaso isso é puro, por acaso não é sórdido?

Nádia queria dizer: "sim, é verdade"; queria dizer que compreendia; porém romperam lágrimas em seus olhos, ela emudeceu de repente, encolheu-se toda e fugiu para o seu quarto.

Antes do anoitecer, Andrei Andreitch chegou e, como de hábito, tocou violino por muito tempo. Em geral, era de poucas palavras e talvez adorasse o violino porque, enquanto tocava, podia manter-se mudo. Às onze horas, quando foi embora, já de casaco, abraçou Nádia e sentiu forte desejo de beijar seu rosto, seus ombros, suas mãos.

— Minha querida, adorada, linda!... — balbuciava. — Ah, como estou feliz! Estou ficando louco de tanta alegria!

E Nádia teve a impressão de já ter ouvido aquilo muito, muito tempo antes, ou ter lido aquilo em algum lugar... num romance velho, gasto e já esquecido havia muito tempo.

No salão, Sacha estava sentado à mesa e tomava chá, com o pires apoiado em seus cinco dedos compridos. Nina Ivánovna estava lendo. A chama fraca crepitava na lamparina e parecia que tudo estava tranquilo e corria muito bem. Nádia deu boa-noite e subiu para o seu quarto, deitou-se e logo adormeceu. No entanto, a exemplo da noite anterior, mal rompeu a primeira luz na madrugada, ela despertou. Não sentia vontade de dormir, tinha a alma inquieta, aflita. Ela se pôs sentada na cama, a cabeça apoiada sobre os joelhos, pensava no noivo, no casamento... Por algum motivo, lembrou que a mãe não amava o falecido marido e, agora, não possuía nada, vivia na completa dependência da sogra, a vozinha. E Nádia, por mais que pensasse, não conseguia conceber por que, até então, ela vira na mãe algo de especial, extraordinário, por que não enxergara, na mãe, uma mulher simples, comum, infeliz.

No térreo, Sacha também não estava dormindo — ouvia-se sua tosse. Era um homem terrível, ingênuo, pensava Nádia, e, nos sonhos dele, em todos aqueles jardins prodigiosos e chafarizes extraordinários, pressentia-se algo de ridículo; no entanto, por algum motivo, na sua ingenuidade, e até no seu ridículo, havia tanta beleza que, assim que Nádia apenas começava a ponderar se devia mesmo ir embora dali para estudar, todo seu coração e todo seu peito eram tomados por um frescor, inundados por um sentimento de alegria e de exaltação.

— Mas é melhor não pensar, é melhor não pensar... — sussurrou. — Não devo pensar nisso.

"Tic-toc...", soaram as pancadas do vigia noturno, em algum lugar distante. "Tic-toc... tic-toc..."

III

De repente, em meados de junho, Sacha se sentiu enfastiado e resolveu partir para Moscou.

— Eu não consigo morar nesta cidade — dizia, com ar soturno. — Sem água encanada, sem esgoto! No almoço, eu como com repugnância, a imundície na cozinha é indescritível...

— Ah, espere mais um pouco, filho pródigo! — A vovó tentava dissuadi-lo e, por algum motivo, falava em sussurros. — O casamento é no dia sete!

— Não quero.

— Mas você pretendia ficar aqui até setembro!

— Só que agora eu não quero mais. Preciso trabalhar!

O verão transcorria úmido e frio, as árvores estavam molhadas, tudo no jardim se mostrava tristonho e pouco acolhedor, dava de fato vontade de ir trabalhar. No térreo e no primeiro andar, em todos os cômodos, ouviam-se vozes femininas desconhecidas, a máquina de costura da vovó trepidava: todos se apressavam para o enxoval ficar pronto. Só de casacos de pele, Nádia ganhou seis, e o mais barato, segundo a vovó, custava trezentos rublos! O rebuliço irritava Sacha; ele se mantinha fechado em seu quarto, contrariado; entretanto, acabou persuadido a ficar e deu sua palavra de que não partiria antes de 1º de julho.

O tempo passava ligeiro. No dia de São Pedro,[4] depois do almoço, Andrei Andreitch foi com Nádia à rua Moskóvskaia para, mais uma vez, examinar a casa que tinham alugado e que,

---

4 Dia 29 de junho.

já havia muito tempo, estava sendo preparada para os jovens. A casa tinha dois andares, mas, por enquanto, só o andar de cima estava mobiliado. Na sala, o chão brilhava com uma pintura que imitava um piso de parquê, havia cadeiras vienenses, piano, uma estante para as partituras do violino. Sentia-se o cheiro de tinta. Na parede, pendia uma pintura a óleo, em moldura dourada: uma dama nua e, a seu lado, um jarro lilás com a alça partida.

— Que quadro maravilhoso — disse Andrei Andreitch, e suspirou de admiração. — É do pintor Chichmátchevski.

Mais adiante, ficava a sala de estar, com mesa redonda, poltronas e sofá estofados de tecido azul-celeste. Acima do sofá, um grande retrato fotográfico do pai de Andrei, de camelauco[5] ortodoxo e medalhas. Depois, vinha a sala de jantar, com um bufê e, em seguida, o dormitório; ali, na penumbra, jaziam duas camas, lado a lado, e parecia que, ao decorarem aquele quarto, tinham em mente a ideia de que, ali, sempre haveria de ser muito bom e de que jamais poderia ser de outro modo. Andrei Andreitch conduzia Nádia pelos cômodos do apartamento e, o tempo todo, a cingia pela cintura; ela se sentia enfraquecida, culpada, detestava todos aqueles cômodos, camas, poltronas, e a dama nua lhe dava náuseas. Para Nádia, já estava bem claro que ela não tinha mais amor por Andrei Andreitch, talvez nunca tenha havido amor nenhum. No entanto, como dizer aquilo, para quem, para quê, ela não entendia, e não conseguia entender, por mais que pensasse no assunto, dia após dia, noite após noite... Ele a segurava pela cintura, falava com voz tão carinhosa, tão discreta, ele estava tão feliz, enquanto perambulava pela sua casa; mas, em tudo aquilo, Nádia via apenas vulgaridade, tola, ingênua e intolerável vulgaridade, e

---

5 Em russo, *kamilavka*. Chapéu cilíndrico rígido e sem abas, usado por certos membros do clero.

o braço dele, que envolvia sua cintura, lhe parecia duro e frio como um aro de ferro. Nádia estava pronta, a qualquer instante, para fugir, chorar, jogar-se pela janela. Andrei Andreitch levou-a para o banheiro, ali, tocou na torneira embutida na parede e, de repente, a água jorrou.

— Que tal? — disse ele, e riu. — Mandei fazer uma caixa de água de uns cem baldes no sótão e, agora, eu e você vamos ter água em casa.

Foram para o pátio e, depois, para a rua, onde tomaram um coche de praça. A poeira se erguia em nuvens densas e parecia que logo ia chover.

— Não está com frio? — perguntou Andrei Andreitch, estreitando as pálpebras por causa do pó.

Ela ficou muda.

— Ontem, o Sacha, você lembra, me repreendeu por eu nunca fazer nada — disse ele, depois de um breve silêncio. — Pois é, ele tem razão! Tem toda razão! Eu não faço nada e não consigo fazer coisa nenhuma. Minha cara, por que é assim? Por que será que me causa repulsa a mera ideia de que eu, algum dia, use uma insígnia de funcionário público no chapéu[6] e vá trabalhar numa repartição? Por que será que eu me sinto tão incomodado quando vejo um advogado ou um professor de latim ou um membro do judiciário? Ah, mãe Rus! Ah, mãe Rus, quantos ociosos e inúteis tu suportas! Quantos como eu tu tens de levar nas costas, grande sofredora!

E, como o próprio Andrei Andreitch nada fazia, ele generalizava a situação e via naquilo um sinal dos tempos.

— Quando nos casarmos — prosseguiu —, iremos juntos para o campo, minha cara, e lá vamos trabalhar! Vamos comprar

---

[6] Os funcionários públicos usavam uniformes e uma fita, ou insígnia, no chapéu, chamada *kokarda*.

um pedaço de terra, com jardim, rio, e vamos trabalhar, contemplar a vida... Ah, como vai ser bom!

Tirou o chapéu e os cabelos esvoaçaram ao vento, enquanto Nádia escutava e pensava: "Meu Deus, quero ir para casa! Meu Deus!". Já bem perto de casa, cruzaram com o padre Andrei.

— Lá vai o papai! — alegrou-se Andrei Andreitch e acenou com o chapéu. — Eu adoro o meu pai, de verdade — disse ele, enquanto acertava as contas com o cocheiro de praça. — É um velho maravilhoso. Um velho muito bom.

Nádia entrou em casa aborrecida, sentindo-se mal, prevendo que teria de receber visitas a noite inteira, seria obrigada a entretê-las, sorrir, ouvir o violino, escutar toda sorte de absurdos e só conversar sobre o casamento. A vovó, imponente, suntuosa em seu vestido de seda, arrogante, como sempre se mostrava diante das visitas, estava sentada ao lado do samovar. O padre Andrei entrou, com seu sorriso astuto.

— É uma satisfação e um abençoado consolo ver a senhora com boa saúde — disse para a vovó, e era difícil compreender se gracejava ou falava a sério.

IV

O vento trepidava na janela, no telhado; um assovio ressoava e, dentro da estufa, tristonho e lastimoso, o *domovói*[7] entoava sua cançãozinha. Era uma hora da madrugada. Em casa, todos estavam na cama, mas ninguém dormia, e Nádia tinha sempre a sensação de que, no térreo, alguém tocava violino. Ressoou uma forte pancada, na certa o contravento de uma janela despencara. Um minuto depois, Nina Ivánovna entrou, só de camisolão, com uma vela.

— Que batida foi essa, Nádia? — perguntou.

7 Espírito doméstico que habitava a estufa, na mitologia popular russa.

Naquela noite tempestuosa, com os cabelos presos numa trança e um sorriso tímido, a mãe parecia mais velha, mais feia, mais baixa. Nádia lembrou que, pouco tempo antes, considerava a mãe uma pessoa extraordinária e escutava com orgulho as palavras que ela dizia; agora, porém, nem conseguia lembrar tais palavras; tudo que vinha à sua memória era fraco e supérfluo.

Dentro da estufa, irrompeu o canto de vozes em tom de baixo e dava até para ouvir: "A-ah, meu De-e-eus!". Nádia sentou-se na cama e, de repente, agarrou com força os cabelos e desatou a soluçar.

— Mamãe, mamãe — exclamou. — Minha adorada, se você soubesse o que se passa comigo! Eu peço, eu imploro, me deixe ir embora daqui! Eu suplico!

— Mas para onde? — perguntou Nina Ivánovna, sem compreender, e sentou-se na cama. — Ir embora para onde?

Nádia chorou por muito tempo, incapaz de pronunciar qualquer palavra.

— Deixe que eu vá embora desta cidade! — falou, afinal. — Esse casamento não deve acontecer, e não vai acontecer... Compreenda! Eu não amo esse homem... Não consigo nem falar sobre ele.

— Não, minha querida, não — respondeu Nina Ivánovna, falando depressa, tremendamente assustada. — Acalme-se... Sua alma está abalada. Isso vai passar. Acontece. Na certa, teve uma briga com o Andrei; mas todo mundo sabe que brigas de namorados terminam em beijos.

— Então vá embora, mamãe, vá embora! — Nádia desatou a chorar.

— Pois é — disse Nina Ivánovna, após breve silêncio. — Não faz muito tempo, você era um bebê, mas agora já é noiva. Na natureza, há uma constante transformação da matéria. Sem perceber, você mesma vai ser mãe, vai ficar velha e terá uma filha rebelde, igual à que eu tenho.

— Minha querida, meu anjo, você é inteligente, você é infeliz — disse Nádia para a mãe. — Você é muito infeliz... Por que diz essas vulgaridades? Pelo amor de Deus, por quê?

Nina Ivánovna quis dizer alguma coisa, mas não conseguiu pronunciar nenhuma palavra, soluçou e foi para seu quarto. As vozes de baixo recomeçaram a zunir dentro da estufa e, de repente, veio um medo. Nádia se ergueu da cama bruscamente e foi depressa ver a mãe. Nina Ivánovna, chorando, jazia estirada na cama, embaixo de um cobertor azul, com um livro nas mãos.

— Mamãe, me escute! — exclamou Nádia. — Eu imploro, reflita e entenda! Entenda a que ponto a nossa vida é mesquinha e humilhante. Os meus olhos se abriram, agora vejo tudo. E o que é o seu Andrei Andreitch? Ele não tem nada de inteligente, mamãe! Meu Deus do céu! Entenda, mãe, ele é um tolo!

Num movimento brusco, Nina Ivánovna se pôs sentada.

— Você e a sua avó vivem me atormentando! — disse, entre soluços. — Eu quero viver! Viver! — repetiu e bateu duas vezes o punho cerrado contra o peito. — Deem-me a liberdade! Eu ainda sou jovem, quero viver, mas vocês me transformaram numa velha!...

Desatou a chorar amargamente, deitou-se e se encolheu toda embaixo do cobertor, como uma bola, e parecia tão pequena, tão digna de pena, tão tola. Nádia foi para o seu quarto, vestiu-se, sentou-se junto à janela e ficou aguardando o dia amanhecer. Sentada ali, refletiu durante toda a madrugada, enquanto alguém, lá fora, não parava de bater no contravento das janelas e assoviar.

De manhã, a vovó se queixou porque a ventania da madrugada havia derrubado todas as maçãs no pomar e partido o tronco de uma velha ameixeira. O tempo estava úmido, escuro, triste, as luzes tinham de ficar acesas; todos reclamavam do frio e a chuva batia forte nas janelas. Depois do chá, Nádia foi ao quarto de Sacha e, sem dizer nenhuma palavra, se pôs de joelhos num canto, junto à poltrona, e cobriu o rosto com as mãos.

— O que foi? — perguntou Sacha.

— Eu não consigo... — respondeu. — Eu não entendo como fui capaz de viver aqui até agora, não consigo compreender! Eu desprezo o meu noivo, desprezo a mim mesma, desprezo toda essa vida ociosa, absurda...

— Tudo bem, tudo bem... — disse Sacha, ainda sem atinar do que se tratava. — Está tudo bem... Não há de ser nada.

— Eu tomei nojo dessa vida — prosseguiu Nádia. — Eu não vou suportar ficar aqui nem mais um dia. Amanhã mesmo, vou embora. Leve-me com você, pelo amor de Deus!

Sacha olhou supreso para ela, por um minuto; enfim, compreendeu e alegrou-se como uma criança. Abriu os braços e começou a sapatear de leve, como se dançasse de alegria.

— Que ótimo! — disse, esfregando as mãos uma na outra. — Meu Deus, que maravilha.

Nádia olhava para ele sem pestanejar, com olhos grandes e apaixonados, como que enfeitiçada, à espera de que ele fosse dizer algo importante, incomensurável por sua relevância; Sacha continuava sem dizer nada, mesmo assim, para Nádia, parecia que, à sua frente, se revelava algo novo e vasto, algo que até então ela desconhecia, e olhava para Sacha repleta de expectativas, disposta a tudo, mesmo que fosse a morte.

— Amanhã, eu vou embora — disse ele, após refletir um pouco. — E a senhora irá até a estação para se despedir de mim... Eu vou levar sua bagagem na minha mala e vou comprar a sua passagem; na hora do terceiro apito do trem, a senhora vai entrar no vagão... e nós vamos embora. Acompanhe-me até Moscou e, de lá, a senhora pode seguir viagem sozinha para Petersburgo. A senhora tem passaporte?

— Tenho.

— Juro que a senhora não vai lamentar nem vai se arrepender — disse Sacha com entusiasmo. — Vá embora, vá estudar e, lá, deixe que o destino a conduza. Quando a senhora der uma reviravolta na sua vida, tudo vai ser diferente. O principal é dar uma reviravolta na vida, tudo o mais não importa. Então, quer dizer que nós vamos embora amanhã?

— Ah, sim! Pelo amor de Deus!

Nádia tinha a impressão de que estava muito transtornada, de que carregava um peso na alma, como nunca antes, e parecia que, até a hora da partida, teria de sofrer e pensar de modo torturante; no entanto, assim que subiu para seu quarto e deitou na cama, adormeceu imediatamente, num sono profundo, até o fim do dia, o rosto em lágrimas e com um sorriso.

V

Chamaram um coche de praça. Já de chapéu e casaco, Nádia subiu ao primeiro andar para, uma vez mais, ver sua mãe, ver tudo o que era seu; deteve-se um momento em seu quarto, perto da cama, ainda quente, observou bem e, depois, sem fazer barulho, entrou no quarto da mãe. Nina Ivánovna dormia, o quarto estava em silêncio. Nádia beijou a mãe e arrumou seus cabelos, permaneceu ali cerca de dois minutos... Em seguida, sem pressa, desceu novamente.

Lá fora, chovia forte. O coche, com a capota abaixada, todo molhado, aguardava junto à varanda.

— Não tem lugar para você, Nádia — disse a vovó, quando a criada começou a arrumar as malas no coche. — E, afinal, de onde vem toda essa vontade de ir à estação com um tempo desse? É melhor ficar em casa. Nossa, olhe só que chuva!

Nádia queria dizer algo e não conseguia. Então, Sacha acomodou Nádia sentada no coche e cobriu suas pernas com a manta. Em seguida, sentou-se a seu lado.

— Boa viagem! Que Deus abençoe! — gritou a vovó, da varanda. — Sacha, escreva de Moscou para nós!

— Está certo. Adeus, vozinha!

— Que a Rainha do Céu o proteja e guarde!

— Puxa, que tempinho! — exclamou Sacha.

Só então, Nádia desatou a chorar. Agora, para ela, estava claro que iria embora dali, a todo custo, algo em que, apesar de tudo, ainda não acreditava na hora em que se despediu da avó e quando olhou para a mãe. Adeus, cidade! E, de repente, de uma só vez, tudo lhe veio à memória: Andrei, o pai dele, o quadro novo, a dama nua com a jarra; e tudo aquilo já não assustava, não oprimia, parecia ingênuo, diminuto, e ia ficando para trás, cada vez mais distante. Quando tomaram seu assento no vagão e o trem partiu, todo aquele passado, tão vasto e tão grave, se encolheu em uma bolinha, e desdobrou-se à sua frente um futuro imenso, largo, que até então era quase imperceptível. A chuva batia na janela do vagão, só se via um campo verde, postes telegráficos e pássaros pousados nos fios passavam em lampejos e, de repente, a alegria cortou sua respiração: Nádia se deu conta de que partia rumo à liberdade, estava indo embora para estudar, e de que era o mesmo que, em outros tempos, se chamava de "fugir para os cossacos".[8] Ela ria, chorava, rezava.

— Tudo be-e-em! — dizia Sacha, com um risinho. — Tudo be-e-em!

VI

O outono se foi, depois passou o inverno. Nádia sentia muita saudade, todo dia pensava na mãe e na avó, e também em Sacha.

---

[8] No século XVIII, os cossacos tinham o domínio de um vasto território no que é hoje o sul da Ucrânia, com certa independência do Império Russo. A expressão denotava a ideia geral de fuga das convenções sociais.

As cartas de casa chegavam tranquilas, afetuosas, e parecia que tudo estava esquecido e perdoado. Em maio, depois dos exames, saudável e alegre, Nádia viajou para casa e, no caminho, se deteve em Moscou para visitar Sacha. Ele continuava o mesmo, tal como no verão anterior: barbado, cabelos arrepiados, sempre o mesmo sobretudo e a mesma calça de brim, os mesmos olhos grandes e bonitos de sempre; no entanto, tinha aspecto doentio, atormentado, envelhecido, estava magro e tossia o tempo todo. E, por algum motivo, Nádia o achou cinzento, provinciano.

— Meu Deus, Nádia chegou! — disse ele, e deu uma risada de alegria. — Minha adorada, meu anjo!

Ficaram um pouco na litografia, no meio do ar enfumaçado e do cheiro sufocante de tintas e nanquim; depois, foram para o quarto de Sacha, também enfumaçado e imundo; em cima da mesa, ao lado de um samovar frio, havia um papel escuro sobre um prato partido, muitas moscas mortas no chão e também sobre a mesa.[9] Em tudo, ali, se percebia que Sacha tratava sua vida pessoal com desmazelo, vivia ao sabor do acaso, com total desprezo pelo conforto e, se alguém lhe falava a respeito de sua felicidade pessoal, sua vida pessoal, sobre o amor de alguém por ele, Sacha não conseguia compreender e se limitava a rir.

— Foi muito bom, tudo correu às mil maravilhas — explicou Nádia, às pressas. — Mamãe foi me visitar em Petersburgo no outono, disse que a vovó não está zangada, só que vai sempre ao meu quarto e faz o sinal da cruz para as paredes.

Sacha parecia alegre, porém tossia um pouco, falava com voz trêmula, e Nádia olhava para ele sem compreender se estava de fato doente, com gravidade, ou era só impressão sua.

— Sacha, meu querido — disse. — Será que você está mesmo doente?

---

9 Um papel com veneno era usado para matar moscas.

— Não, não é nada. Eu estou doente, mas não muito...

— Ah, meu Deus — Nádia se perturbou. — Por que o senhor não se trata, por que não cuida de sua saúde? Meu caro, meu adorado Sacha — exclamou, lágrimas rolaram de seus olhos e, por algum motivo, em sua imaginação, surgiram Andrei Andreitch, a dama nua com a jarra e todo seu passado, que agora lhe parecia tão distante quanto a infância; e ela chorou, porque Sacha já não parecia tão novo, inteligente, interessante, como no ano anterior. — Querido Sacha, o senhor está muito, muito doente. Nem sei o que eu faria para que o senhor não estivesse tão pálido e magro. Eu devo tanto ao senhor! Nem pode imaginar quanto o senhor fez por mim, meu bom Sacha! No fundo, agora, o senhor é a pessoa mais querida para mim, a pessoa por quem eu mais tenho carinho.

Ficaram ali e conversaram um pouco; depois de ter passado o inverno em Petersburgo, Nádia tinha a impressão de que Sacha, suas palavras, seu sorriso e toda sua figura exalavam algo de antiquado, obsoleto, há muito tempo já decrépito, talvez até já morto e enterrado.

— Depois de amanhã, eu vou para o Volga — disse Sacha. — Pois é, depois vou me tratar com *kumis*.[10] Eu quero beber *kumis*. Comigo vão também um amigo e sua esposa. Ela é uma pessoa admirável; eu não lhe dou sossego, insisto o tempo todo para que vá estudar. Quero que ela dê uma reviravolta na sua vida.

Terminada a conversa, foram para a estação. Sacha presenteou Nádia com chá e maçãs; quando o trem partiu e ele, sorrindo, abanou um lenço no ar, só pelo aspecto das pernas, se percebia que estava muito enfermo e que não havia de viver muito tempo.

---

[10] Bebida feita de leite de égua fermentado, tradicional em várias regiões da Rússia e países vizinhos, tida como muito benéfica à saúde.

Nádia chegou à sua cidade ao meio-dia. Quando o coche a levou da estação para casa, as ruas lhe pareceram muito largas e as casas, pequenas e acanhadas; não viu ninguém no caminho, só um alemão, afinador de piano, de casaco ruivo. Todas as casas pareciam cobertas de poeira. A vovó, já de todo envelhecida, gorda e feia como antes, envolveu Nádia em seus braços e chorou muito tempo, com o rosto apertado contra o ombro da neta, incapaz de soltá-la. Nina Ivánovna também envelhecera bastante, tinha o rosto encovado, porém, como antes, ainda se enfeitava e, nos dedos, reluziam diamantes.

— Minha querida! — disse, o corpo todo trêmulo. — Minha querida!

Depois, sentaram e choraram, sem dizer nada. Era evidente que a mãe e a avó se davam conta de que o passado estava perdido para sempre, irrecuperável: não existiam mais nem posição na sociedade nem as honras de antes nem o direito de receber convidados; era o mesmo que acontecia quando, em meio à vida frívola e despreocupada, de repente, à noite, ocorre uma batida policial em casa e se revela que o proprietário cometeu fraudes, falsificações... e adeus, para sempre, vida frívola e despreocupada!

Nádia subiu ao seu quarto e viu a mesma cama, as mesmas janelas de cortinas brancas e ingênuas e, através das janelas, o mesmo jardim alegre, cheio de vida, banhado de sol. Tocou a mão de leve na sua mesa, na sua cama, sentou-se e refletiu um pouco. Almoçou bem, tomou chá com um creme encorpado e delicioso, mas faltava algo, sentia-se um vazio nos cômodos da casa e os tetos eram baixos. À noite, na hora de dormir, deitou-se, cobriu-se e, por alguma razão, achou engraçado estar naquela cama quente e muito macia.

Nina Ivánovna entrou por um minuto, sentou-se, tímida e cautelosa, como quem tem alguma culpa.

— E então, Nádia? — perguntou, após breve silêncio. — Está contente? Muito contente?

— Estou contente, mamãe.

Nina Ivánovna levantou-se e fez o sinal da cruz para Nádia e para a janela.

— Pois eu, como está vendo, virei uma pessoa religiosa — disse. — Sabe, agora estudo filosofia e fico pensando, eu penso o tempo todo... Agora, para mim, muita coisa ficou clara como o dia. Antes de tudo, me parece, é preciso que a vida inteira passe como que através de um prisma.

— Diga, mamãe, como anda a saúde da vovó?

— Parece que vai bem. Quando você foi embora com o Sacha e chegou o seu telegrama, assim que a vovó leu, desmaiou; passou três dias na cama, sem se mexer. Depois, ela rezava e chorava o tempo todo. Agora, está bem.

Nina Ivánovna levantou-se e caminhou pelo quarto.

"Tic-toc...", soaram as batidas do vigia. "Tic-toc, tic-toc..."

— Antes de tudo, é preciso que a vida inteira passe como que através de um prisma — disse ela. — Ou seja, em outras palavras, é preciso que a vida, na consciência, se divida em seus elementos mais simples, como as sete cores elementares, e é preciso estudar cada elemento em particular.

Nina Ivánovna ainda disse mais alguma coisa, porém, quando saiu, Nádia já não estava ouvindo, pois adormecera rapidamente.

Maio passou, começou junho. Nádia já se sentia em casa. A vovó cuidava do samovar, suspirava fundo; à noite, Nina Ivánovna falava de sua filosofia; como antes, vivia como uma parasita naquela casa e, a cada vinte copeques de que precisava, era obrigada a apelar para a avó. Em casa, havia muitas moscas e o teto dos cômodos parecia tornar-se mais baixo a cada dia. A avozinha e Nina Ivánovna não saíam à rua, com medo de encontrar o padre Andrei e Andrei Andreitch. Nádia caminhava pelo jardim, pela rua, olhava para as casas, para as cercas cinzentas, e tinha a impressão de que, na cidade, já fazia tempo que tudo envelhecera, se tornara obsoleto, e apenas aguardava ou o fim ou o começo de algo jovem e fresco. Ah, quem dera tivesse logo início aquela vida nova, radiante, quando será possível olhar de frente, sem medo, nos olhos do próprio destino, reconhecer que se está do lado certo, ser alegre, livre! Cedo ou tarde, há de começar essa vida! Afinal, virá o tempo em que a casa da avozinha, onde tudo está organizado para que quatro criadas não tenham alternativa senão morar num único quarto, no porão, na imundície — virá o tempo em que, daquela casa, não restará o menor vestígio, será esquecida, ninguém vai mais se lembrar. Só os meninos do terreno vizinho distraíam Nádia; quando ela passeava pelo jardim, eles batiam na cerca e mexiam com ela:

— Noiva! Noiva!

Chegou de Sarátov uma carta de Sacha. Com sua letra alegre e dançante, contava que a viagem pelo Volga fora um grande sucesso, porém sua saúde havia piorado um pouco em Sarátov, ele perdera a voz e já fazia duas semanas que estava no hospital. Nádia compreendeu o que aquilo significava e um pressentimento, semelhante a uma certeza, a dominou. Percebeu com desagrado que aquele pressentimento, bem como os pensamentos sobre Sacha, não a emocionavam como antes. Nádia, com toda a paixão, queria viver, queria ir para Petersburgo, e sua amizade com Sacha lhe parecia algo doce, porém já distante, muito distante, no passado! Ficou acordada a noite inteira e, de manhã, sentou-se junto à janela e se pôs a escutar. De fato, vozes soavam lá embaixo; muito alterada, a vovó fazia perguntas, falava depressa. Depois, alguém começou a chorar... Quando Nádia desceu, vovó estava de pé, num canto, rezando, o rosto coberto de lágrimas. Sobre a mesa, um telegrama.

Nádia ficou andando pela sala, por muito tempo, enquanto ouvia a vovó chorar, depois pegou o telegrama e leu. Informava que, na manhã anterior, em Sarátov, vítima de tuberculose, falecera Aleksandr Timoféitch, ou simplesmente Sacha.

Vovó e Nina Ivánovna foram à igreja encomendar a missa fúnebre, enquanto Nádia ficou em casa, caminhando muito tempo pelos cômodos e pensando. Ela se deu conta de que sua vida dera uma reviravolta, como era o desejo de Sacha, que ali ela estava sozinha, era uma estranha, supérflua, que nada ali lhe fazia falta, que tudo que existia antes havia se apartado dela, e desaparecera, como se tivesse ardido nas chamas e as cinzas tivessem sido espalhadas pelo vento. Nádia entrou no quarto de Sacha, se deteve um pouco ali.

"Adeus, querido Sacha!", pensou e, à sua frente, retratou-se uma vida nova, larga, vasta, e aquela vida, ainda desconhecida, cheia de mistérios, atraía e fascinava Nádia.

Ela subiu ao seu quarto, fez as malas e, na manhã seguinte, despediu-se da família e, alegre, cheia de vida, deixou a cidade, assim supunha, para sempre.

1903

ANTON TCHÉKHOV nasceu em 1860 em Taganrog, um porto no Mar de Azov, na Rússia. Após receber uma educação clássica em sua cidade natal, mudou-se para Moscou em 1879 para estudar medicina, diplomando-se em 1884. Ainda nos tempos de faculdade conseguiu sustentar sua família graças a histórias humorísticas, contos e esquetes publicados com enorme sucesso em diversas revistas e jornais. Estreou em livro em 1886, e no ano seguinte já receberia o prêmio Púchkin pelo seu segundo livro. Suas histórias mais famosas foram escritas depois que retornou da temerária viagem à Sacalina. A montagem por Stanislávski de sua peça *A gaivota*, de 1898, consolidou sua fama no teatro, gênero em que deixou alguns dos mais importantes textos da história, como *Tio Vânia*, *Três irmãs* e *O jardim das cerejeiras*. Com a saúde debilitada após contrair tuberculose, mudou-se para Ialta, onde entrou em contato com Tolstói e Górki, e seria nessa cidade na costa do Mar Negro que passaria o resto de seus dias. Em 1901 casou-se com Olga Knipper, atriz do Teatro Artístico de Moscou. Morreu em 1904.

RUBENS FIGUEIREDO nasceu em 1956, no Rio de Janeiro. Como escritor, publicou os romances *Barco a seco* e *Passageiro do fim do dia*, além dos livros de contos *As palavras secretas* e *O livro dos lobos*, entre outros. Como tradutor, verteu as obras de grandes autores como Dostoiévski, Turguêniev, Tolstói e Bábel, além de numerosos escritores contemporâneos de língua inglesa. Para a Todavia, traduziu *Infância, adolescência, juventude* (Tolstói, 2018), *A ilha de Sacalina* (Tchékhov, 2018), *Crime e castigo* (Dostoiévski, 2019) e *Novelas completas* (Tolstói, 2020).

© Todavia, 2023
© *Tradução e apresentação*, Rubens Figueiredo, 2023

Todos os direitos desta edição reservados à Todavia.

Grafia atualizada segundo o Acordo Ortográfico da Língua Portuguesa de 1990, que entrou em vigor no Brasil em 2009.

Original usado para esta tradução:
Чехов А. П., Полное собрание сочинений и писем в *30* т. ан сссР. Москва: Наука, т. 10. Рассказы, повести, *1898-1903*, 1986 [Tchékhov, A. P., *Obra completa e cartas em 30 volumes*. Academia de Ciências da URSS. Moscou: Naúka. v. 10: *Contos, novelas, 1898-1903*, 1986.]

capa
Fernanda Ficher
obra de capa
The Gang (2021), de Guim Tió
preparação
Leny Cordeiro
revisão
Paula Queiroz
Gabriela Rocha

Dados Internacionais de Catalogação na Publicação (CIP)

Tchékhov, Anton (1860-1904)
 Últimos contos / Anton Tchékhov ; tradução e apresentação Rubens Figueiredo. — 1. ed. — São Paulo : Todavia, 2023.

ISBN 978-65-5692-455-7

1. Literatura russa. 2. Contos. I. Figueiredo, Rubens. II. Título.

CDD 890

Índice para catálogo sistemático:
1. Literatura russa 890

Bruna Heller — Bibliotecária — CRB 10/2348

todavia
Rua Luís Anhaia, 44
05433.020 São Paulo SP
T. 55 11 3094 0500
www.todavialivros.com.br

fonte
Register*
papel
Pólen soft 80 g/m²
impressão
Geográfica